William Trevor

Die Geschichte der Lucy Gault

Roman

Aus dem Englischen von
Brigitte Jakobeit

Hoffmann und Campe

Die Originalausgabe erschien 2002 unter dem Titel
»The Story of Lucy Gault«
im Verlag Viking/Penguin, London

Die vorliegende Übersetzung wurde gefördert vom
Ireland Literature Exchange (Übersetzungsfonds), Dublin, Irland
www.irelandliterature.com
info@irelandliterature.com

1. Auflage 2003

www.hoffmann-und-campe.de
Schutzumschlag: sander, köhn, wehrmann
Foto: photonica/Jane Booth Vollers, getty images/David Sacks
Satz: Dörlemann Satz, Lemförde
Druck und Bindung: Clausen & Bosse, Leck
Printed in Germany
ISBN 3-455-07778-1

HOFFMANN
UND CAMPE

Ein Unternehmen der
GANSKE VERLAGSGRUPPE

Für Jane

Eins

I

Am Abend des 21. Juni 1921 verwundete Captain Everard Gault einen jungen Mann an der rechten Schulter. Er zielte in der Dunkelheit über die Köpfe der Eindringlinge hinweg, feuerte nur einen Schuss aus dem Fenster im Obergeschoss und beobachtete dann, wie die drei Gestalten davonhuschten, der Verwundete gestützt von seinen Kumpanen.

Sie waren gekommen, um das Haus in Brand zu stecken, aber man hatte mit ihrem Besuch gerechnet, weil sie schon vorher da waren. Beim ersten Mal waren sie später aufgetaucht, kurz nach ein Uhr morgens. Die Schäferhunde hatten sie verscheucht, aber eine Woche später lagen die Hunde vergiftet im Hof, und da wusste Captain Gault, dass die Eindringlinge wiederkehren würden. »Die Polizei ist überlastet«, sagte Sergeant Talty, als er von Enniseala nach Lahardane kam. »Schrecklich überlastet, Captain.« Lahardane war nicht das einzige Haus in Gefahr; jede Woche brach irgendwo ein Feuer aus, ganz gleich, wie die Polizei sich verteilte. »Hoffentlich hat das alles bald ein Ende«, sagte Sergeant Talty und ging wieder. Es herrschte Kriegsrecht, denn im Land waren Unruhen, die auf eine bewaffnete Auseinandersetzung hinausliefen. Die Sache mit den vergifteten Hunden wurde nicht weiter verfolgt.

Am Morgen nach der Schießerei entdeckte man Blut auf

den Kieselsteinen der Wendestelle vor dem Haus, und hinter einem Baum fand man zwei Benzinkanister. Die Kiesel wurden wieder glatt geharkt und ein paar Eimer voll rot verfärbter Steine entfernt.

Für Captain Gault war die Angelegenheit damit erledigt: Die Übeltäter hatten ihre Lektion bekommen. Er schrieb einen Brief an Pater Morrissey nach Enniseala, in dem er den Geistlichen bat, er möge sein Mitleid und Bedauern übermitteln, falls er zufällig erfahren sollte, wer der Verwundete war. Er habe niemanden verletzen, sondern nur zeigen wollen, dass sein Haus bewacht wurde. Pater Morrissey schrieb zurück und schloss seine Bemerkungen mit dem Satz: *Er war schon immer der Hitzkopf in der Familie.* Doch der Brief hatte in der Wahl der Formulierungen und Wendungen etwas Irritierendes an sich, als falle es dem Pater schwer, sich zu dem Geschehen zu äußern, als begreife er nicht, dass der Captain niemanden hatte töten oder verwunden wollen. Er habe die Nachricht weitergeleitet, schrieb er, aber keine Antwort von der betreffenden Familie erhalten.

Captain Gault war selbst verwundet worden. Seit er vor sechs Jahren als Invalide aus den Schützengräben zurückgekehrt war, steckten Granatsplitter in seinem Körper, die sich nicht mehr entfernen ließen. Die Verletzung hatte damals das Ende seiner militärischen Laufbahn herbeigeführt: Er sollte für immer Captain bleiben, was eine große Enttäuschung für ihn war, denn er hatte seit jeher einen viel höheren Rang angestrebt. In anderer Hinsicht war er jedoch keineswegs enttäuscht. Er fand großen Trost in seiner glücklichen Ehe, in dem Kind, das seine Frau Heloise ihm geboren hatte, und in seinem Haus. Nirgendwo hätte er glücklicher sein können als hier, unter dem Schieferdach des dreistöckigen Hauses, dessen graues Gemäuer von weißen

Holzfenstern und einer hübschen Lünette über der Eingangstür aufgehellt wurde. Rechts vom Haus befand sich ein breiter hoher Torbogen und ein kopfsteingepflasterter Hof, von dem ebenfalls gepflasterte Wege zu einem Apfelgarten und einem Ziergarten führten. Eine Hälfte des runden Vorhofs, auf den die vorderen Zimmer blickten, war mit Kies bestreut; die andere Hälfte bedeckte ein erhöht angelegter Rasen, den eine bogenförmige Rabatte aus blauen Hortensien gegen den steil ansteigenden Wald abgrenzte. Die oberen Zimmer auf der Rückseite boten einen Blick auf das Meer, so weit das Auge reichte.

Die Ursprünge der Gaults in Irland verloren sich irgendwann vor mehreren hundert Jahren. Von Norfolk kommend – das jedenfalls glaubte die Familie, ohne es genau zu wissen –, ließen sie sich zunächst im Westen der Grafschaft Cork nieder. Ein Söldner, der dort aus unbekannten Gründen untergetaucht war, begründete ihre bescheidene Dynastie. Irgendwann Anfang des 18. Jahrhunderts zog die inzwischen angesehene und wohlhabende Familie in den Osten, und in jeder Generation hielt ein Sohn die Verbindung zum Militär aufrecht. Die Ländereien von Lahardane wurden erworben, der Hausbau begann. Der Wald im Tal wurde angelegt, dazu die lange gerade Allee, die man auf beiden Seiten mit Kastanien säumte. Spätere Generationen pflanzten den Obstgarten mit Bäumchen aus der Grafschaft Armagh; der Ziergarten, den man klein hielt, wurde nach und nach angelegt. 1769 weilte Lord Townshend, der Vizekönig von Irland, auf Lahardane; ebenso Daniel O'Connell, als 1809 in Dromana, dem Sitz der Stuarts, alle Zimmer belegt waren. Auf diese Weise hinterließ die große Geschichte ihre Spuren. Aber ebenso gut in Erinnerung und ebenso oft im Gespräch waren Geburten, Hochzeiten und Todesfälle, Begebenheiten im Haushalt, Veränderungen und Anbauten an diesem oder jenem Zimmer, Zerwürfnisse und Versöhnungen. 1847 erlitt ein Gault einen Schlaganfall und war drei Jahre lang bei vollem Bewusstsein ans Bett gefesselt. Es folgten die katastrophalen sechs Monate des Jahres 1872, als beim Kartenspiel ein Feld nach dem anderen an die benachbarten O'Reillys verloren ging. 1901 brach die Diphterie aus und verbreitete sich so rasch und dramatisch, dass nur der jetzige Everard Gault und die fünfköpfige Familie seines Bruders verschont blieben. Über dem Schreibtisch im Salon hing das Gemälde eines entfernten Vorfahren, dessen Identität keinem der Lebenden bekannt war: ein hageres, ernstes Gesicht, mit blauen, ausdruckslosen Augen. Es war das einzige Porträt im Haus, obwohl es seit dem Beginn der Fotografie Alben mit Bildern von Freunden, Verwandten und den Gaults auf Lahardane gab.

Dies alles – das Haus mit dem übrig gebliebenen Weideland, der Strand unterhalb der hellen Lehmklippen, der Weg dort entlang zum Fischerdorf Kilauran, die Allee, über der sich die Zweige der Kastanien mittlerweile berührten – gehörte ebenso zu Everard Gault wie sein glattes dunkles Haar und die Gesichtszüge, die jenem auf dem Porträt im Salon glichen. Er war groß und hielt sich aufrecht, ein Mann, der nichts von sich versteckte und keine großen Ambitionen mehr hegte, denn er hatte vor langer Zeit akzeptiert, dass seine Bestimmung darin lag, sein Erbe in gutem Zustand zu halten, Bienen in seine Stöcke zu locken und Apfelbäume, die nicht mehr trugen, auszugraben und zu ersetzen. Er fegte eigenhändig die Schornsteine des Hauses, konnte Mörtel verfugen und Fensterscheiben auswechseln. Er kroch auf dem Dach herum und reparierte kleine Löcher, die sich von Zeit zu Zeit im Blei bildeten; der Fischleim, den er in die schadhaften Stellen drückte, hielt dann wieder eine Zeit lang.

Bei vielen dieser Arbeiten half ihm Henry, ein stark untersetzter Mann mit behäbigen Bewegungen, der tagsüber nur selten den Hut vom Kopf nahm. Henry hatte vor Jahren ins Pförtnerhaus eingeheiratet, in dem er und Bridget nun allein wohnten, da die Ehe kinderlos geblieben war und Bridgets Eltern nicht mehr lebten. Ihr Vater hatte sich mit zwei Männern, die ihm unterstanden, um die Pferde und alle anderen auf Hof und Feld anfallenden Arbeiten gekümmert, die Henry jetzt allein erledigte. Ihre Mutter hatte im Haus gearbeitet, so wie ihre Großmutter davor. Bridget war von der gleichen gedrungenen Statur wie ihr Mann, hatte kräftige breite Schultern und ein resolutes Auftreten: In der Küche führte nur sie das Kommando. Kitty Teresa, die Kammerzofe, half Heloise Gault bei den Arbeiten, die früher auf mehrere Dienstboten verteilt waren. Einmal in der Woche kam die alte Hannah zu Fuß aus Kilauran, um Kleidung, Bettwäsche und Tischdecken zu waschen und die Fliesen in der Eingangshalle samt den Steinböden im hinteren Teil des Hauses zu schrubben. Den früheren Lebensstil von Lahardane konnte man sich nicht mehr leisten. Die lange Allee führte jetzt durch Land, das den O'Reillys beim Kartenspiel zugefallen war, so dass den Gaults gerade noch genug Weideland blieb, um eine bescheidene Herde Frisian-Rinder zu halten.

Drei Tage nach der nächtlichen Schießerei las Heloise Gault Pater Morrisseys Brief, dann drehte sie das Blatt um und las ihn noch einmal. Sie war eine schlanke, schmächtig gebaute Frau Ende dreißig und trug ihr langes blondes Haar zu einer Frisur aufgesteckt, die ihre Gesichtszüge gut zur Geltung brachte und ihrer spröden Schönheit einen Hauch von Strenge verlieh, der in ständigem Widerspruch zu ihrem Lächeln stand. Aber seit der Nacht, als ein Schuss sie geweckt hatte, war dieses Lächeln nur noch selten zu sehen.

Heloise Gault hatte Angst, obwohl sie normalerweise kein feiger Mensch war. Auch sie kam aus einer Soldatenfamilie und hatte es verwunden, dass sie, wenige Jahre vor ihrer Hochzeit, nahezu ohne Familie zurückblieb, nachdem ihre Mutter, eine Witwe aus dem Burenkrieg, gestorben war. Gewöhnlich fiel es ihr leicht, in Zeiten von Unglück und Chaos Mut aufzubringen, aber bei dem Gedanken daran, dass jemand das Haus, in dem sie, ihr Kind und die Magd schliefen, niederbrennen wollte, verließ sie die gewohnte Zuversicht. Hinzu kamen die vergifteten Hunde, der unbeantwortete Brief an die Familie des jungen Mannes, das Blut auf den Kieselsteinen. »Ich habe Angst, Everard«, gab sie schließlich zu und behielt ihre Gefühle nicht länger für sich.

Der Captain und seine Frau kannten sich gut. Sie teilten einen gewissen Lebensstil, folgten festen Prioritäten und Interessen. Die frühe Erfahrung mit dem Tod, die beiden gemeinsam war, hatte sie eng zusammengeschweißt und dazu beigetragen, dass sie in ihrer Ehe dem Familienleben einen hohen Stellenwert einräumten und die Geburt ihrer Tochter willkommen war. Heloise war lange davon ausgegangen, dass sie weitere Kinder bekommen würde und hegte noch immer die Hoffnung auf wenigstens eine Schwangerschaft. Aber inzwischen hatte ihr Mann sie ausreichend davon überzeugt, dass es kein Versagen ihrerseits war, wenn es keinen männlichen Erben auf Lahardane gebe, und sie empfand – je größer ihr einziges Kind wurde – eine tiefe Dankbarkeit für die einmalige Geburt und das von Zuneigung geprägte Leben zu dritt.

»Du bist doch sonst nicht so ängstlich, Heloise.«

»Das Ganze ist nur passiert, weil ich hier bin. Weil eine Engländerin auf Lahardane ist.«

Sie sei es, beharrte Heloise, die Aufmerksamkeit auf das Haus zog, doch das bezweifelte ihr Mann. Er erinnerte sie daran, dass der versuchte Brandanschlag auf Lahardane Teil eines Musters war, das sich in ganz Irland wiederholte. Allein die Beschaffenheit des Hauses und der Besitz von Land, so gering er auch sein mochte, dazu die Verbindung der Familie zum Militär hätten genügt, um den nächtlichen Ärger zu provozieren. Und er musste zugeben, dass der von ihm vertretene Standpunkt nicht gerade dazu beigetragen hatte, den Drang zur Zerstörung, ganz gleich, woher er kommen mochte, zu unterdrücken. Nach dem Vorfall schlief Everard Gault eine Zeit lang am Nachmittag und hielt nachts Wache; und wenngleich nichts passierte, schufen die Sorge um die Sicherheit und die Angst seiner Frau eine beunruhigende Atmosphäre, eine Anspannung, die sich auf alle im Haus übertrug, letztendlich auch auf das Kind.

Lucy, die fast neun war, hatte sich in jenem Sommer mit dem Hund der O'Reillys angefreundet, einem großen ausgelassenen Tier, halb Setter, halb Retriever. Er stammte, so vermutete Henry, aus einem der verlassenen Häuser und hatte sich vor ungefähr einem Monat auf dem Hof der O'Reillys eingeschlichen, wo ihn die Wachhunde nach anfänglichen Feindseligkeiten duldeten. Henry hielt ihn für eine nutzlose Kreatur, und Lucys Papa empfand ihn als lästig, vor allem wenn er die Klippen herunterrannte und jedem, der am Strand spazieren ging, seine Begleitung anbot. Die O'Reillys hatten dem Hund keinen Namen gegeben und hätten es – so Henry – wohl kaum bemerkt, wenn er wieder verschwunden wäre. Wenn Lucy und ihr Papa frühmorgens zum Schwimmen gingen, schickte er den Hund immer fort, sobald er ihn über den groben Strandkies springen sah. Lucy fand das hartherzig, sagte es aber nicht. Sie erzählte auch nicht, dass, wenn sie verbotenerweise allein schwimmen ging, der namenlose Hund aufgeregt am Ufer umhertobte, nie aber einen Fuß ins Wasser setzte und manchmal mit einer ihrer Sandalen im Fang davonrannte. Der Hund sei alt, sagte Henry, aber wenn er mit Lucy am Strand war, wurde er fast wieder zum Welpen, bis er sich irgendwann erschöpft hinlegte und ihm die lange rosa Zunge aus der Schnauze hing. Einmal fand sie die Sandale nicht mehr, mit der er gespielt hatte, obwohl sie den ganzen Morgen danach suchte. Sie musste ein altes Paar aus dem untersten Teil ihres Kleiderschranks ausgraben und hoffte, niemand würde es merken, was auch der Fall war.

Als die Schäferhunde auf Lahardane vergiftet wurden, schlug Lucy vor, den zugelaufenen Hund als Ersatz für einen der beiden zu verwenden, zumal er den O'Reillys nie richtig gehört hatte; doch ihr Vorschlag stieß auf wenig Gegenliebe, und nach einer Woche begann Henry zwei Schäferhundwelpen zu trainieren, die ihm ein Bauer aus der Nähe von Kilauran zu einem günstigen Preis überlassen hatte. Obwohl sie ihre Eltern innig liebte – ihren Vater wegen seiner gewohnten Gutmütigkeit, ihre Mutter wegen ihrer Sanftheit und Schönheit –, war Lucy diesen Sommer auf beide böse, weil sie den Hund der O'Reillys nicht ebenso gern mochten wie sie, und auf Henry war sie böse, weil auch er ihn ablehnte: Rückblickend hätte all dies am Ende des Sommers vergessen sein sollen, und ohne den nächtlichen Ärger wäre es wohl auch so gewesen.

Lucy erzählte man nichts von dem Vorfall. Da der Schuss

ihres Vaters sie nicht geweckt hatte, wurde er im Traum zu einem knackenden Ast, der im Wind nachgab; und Henry erzählte ihr, die Schäferhunde seien wahrscheinlich auf ein vergiftetes Feld geraten. Doch im Laufe der Wochen wurde sie das Gefühl nicht los, dass dieser Sommer anders war, und sie verschaffte sich Gewissheit, indem sie lauschte.

»Alles wird sich beruhigen«, sagte ihr Papa. »Man spricht sogar schon von einem Waffenstillstand.«

»Der Ärger wird weitergehen, ob mit oder ohne Waffenstillstand. Das weißt du genau. Man spürt es. Für uns gibt es keinen Schutz, Everard.«

Lucy lauschte in der Eingangshalle und hörte, wie ihre Mutter vorschlug, dass sie vielleicht wegziehen sollten und womöglich gar keine andere Wahl hatten. Sie verstand nicht, was damit gemeint war oder was sich wieder beruhigen sollte. Sie schlich dichter an die leicht geöffnete Tür, weil die Stimmen leiser sprachen als zuvor.

»Wir müssen an sie denken, Everard.«

»Ich weiß.«

Und in der Küche sagte Bridget: »Die Morells sind aus Clashmore weggezogen.«

»Ich weiß.« Henrys bedächtiger Tonfall drang zu Lucy in den Hundegang, wie der Durchgang von der Küche zur Hintertür genannt wurde. »Ich hab's schon gehört.«

»Die beiden sind über siebzig.«

Henry schwieg einen Moment lang, dann sagte er, dass in Zeiten wie diesen immer mit dem Schlimmsten gerechnet werde, da man im Zweifel eher an das Eintreten als an das Ausbleiben eines Unglücks glaubt. Die Gouvernets seien aus Aglish weggezogen, sagte er, die Priors aus Ringville, die Swifts und die Boyces. Überall war von Aufbruch und Abschied die Rede.

Im selben Moment begriff Lucy. Sie wusste, was es mit dem »verlassenen Haus« und dem davongelaufenen Hund auf sich hatte. Sie stellte sich zurückgelassene Möbel und Sachen vor, denn auch davon war die Rede gewesen. Als sie alles durchschaute, rannte sie aus dem Hundegang, und es war ihr egal, dass man ihre Schritte hörte, es war ihr egal, dass die Tür zum Hof laut knallte und die Erwachsenen somit wussten, dass sie gelauscht hatte. Sie rannte in den Wald, hinunter zum Bach, wo sie ihrem Papa erst vor wenigen Tagen geholfen hatte, eine Reihe Trittsteine zu legen. Sie würden Lahardane verlassen – das Tal und den Wald und den Strand, die flachen Felsen bei den Krabbenbecken, das Zimmer, in dem sie aufwachte, das Gegacker der Hennen im Hof, das Kollern der Truthähne, die ersten Spuren im Sand, die ihre Füße auf dem Schulweg nach Kilauran hinterließen, den aufgehängten Seetang, der das Wetter anzeigte. Sie würde eine Schachtel für ihre Muscheln suchen müssen, die auf dem Fenstertisch in ihrem Zimmer lagen, für ihre Tannenzapfen und den dolchförmigen Stock, ihre Kieselsteine. Nichts durfte zurückbleiben.

Sie fragte sich, wohin sie gehen würden, und der Gedanke an einen Ort, den sie sich nicht vorstellen konnte, war ihr unerträglich. Zwischen den Farnen, die ein paar Meter vom Bach entfernt in großer Anzahl wuchsen, weinte sie still vor sich hin. »Das ist unser Ende«, hatte Henry gesagt, und Bridget hatte ihm zugestimmt. In Irland sei die Vergangenheit der Feind, sagte ihr Papa bei einer anderen Gelegenheit.

Den ganzen Tag blieb Lucy an ihren geheimen Plätzen im Wald, der sich von der Talsohle steil nach oben zog. Sie trank aus der Quelle, die ihr Papa gefunden hatte, als er selbst noch ein Kind war. An der Stelle, wo die Sonne durch die Bäume schien, legte sie sich ins Gras. Sie suchte nach Paddy Lindons eingestürztem kleinem Haus, das sie bisher noch nie gefunden hatte. Paddy Lindon war immer wie ein Wilder aus dem Wald aufgetaucht, mit blutunterlaufenen Augen und Haaren, die noch nie einen Kamm gesehen hatten. Paddy Lindon hatte ihr den dolchförmigen Stock gesucht und ihr gezeigt, wie man Funken aus einem Feuerstein schlägt. Das Dach seines Häuschens sei teilweise eingestürzt, hatte er ihr erzählt, aber ein Teil sei noch in Ordnung. »Der Regen macht mir zu schaffen«, sagte er immer. »So wie der durch das alte Torfdach tropft, bringt er mich noch vor der Zeit ins Grab.« Der Regen verfolge und quäle ihn wie der Leibhaftige persönlich, sagte er. Und eines Tages sagte ihr Papa: »Der arme Paddy, er ist tot«; auch damals hatte sie geweint.

Wie schon so oft gab sie es auf, das kleine Haus zu suchen. Da sie langsam Hunger hatte, brach sie auf und ging durch den Wald zurück zum Bach und weiter zum Weg, der nach Lahardane führte. Es waren nur ihre Schritte zu hören oder wenn sie gegen einen Tannenzapfen trat. Für sie gab es keinen schöneren Ort als diesen Weg, der zurück zum Haus führte, auch wenn es fast nur bergauf ging.

»Wie siehst du denn aus!«, schimpfte Bridget laut in der Küche. »Kind, Kind, wir haben doch wirklich genug Ärger!«

»Ich gehe nicht von Lahardane weg.«

»Ach, ist ja schon gut.«

»Niemals.«

»Du gehst sofort nach oben und wäschst dir die Knie, Lucy. Und zwar bevor sie dich sehen. Noch ist nichts entschieden.«

Oben sagte Kitty Teresa, es werde bestimmt alles wieder

gut: Sie sah die Dinge immer von der positiven Seite. Diese Einstellung hatte sie aus den Liebesromanen, die Lucys Mutter ihr für ein paar Pence in Enniseala kaufte, und sie erzählte Lucy oft Geschichten von Unglück oder vereitelter Liebe, die ein glückliches Ende fanden. Aschenputtel gelangten auf den Ball, Schwertkämpfe wurden vom attraktiveren Kombattanten gewonnen, Bescheidenheit wurde mit Reichtümern belohnt. Doch diesmal täuschte sich Kitty Teresa. Während ihre Wunschwelt zerfiel, konnte sie nur wiederholen, dass bestimmt alles wieder gut werde.

»Ich gehöre hierher«, sagte Everard Gault, und Heloise sagte, bisher habe sie genauso empfunden. Auf Lahardane sei sie glücklicher gewesen als überall sonst, aber dem nächtlichen Schuss würde bestimmt ein Racheakt folgen.

»Selbst wenn sie warten, bis die Unruhen vorüber sind, werden sie diese Nacht nicht vergessen.«

»Ich werde an die Familie des jungen Mannes schreiben. Pater Morrissey meint, ich soll es versuchen.«

»Du weißt, wir können von dem leben, was ich habe.«

»Lass mich erst an die Familie schreiben.«

Sie protestierte nicht. Auch dann nicht, als in den folgenden Wochen keine Antwort auf den Brief kam; und auch später nicht, als ihr Mann das Pony vor den Zweisitzer spannte und nach Enniseala fuhr, um die von ihm beleidigte Familie aufzusuchen. Sie boten ihm Tee an, den er annahm und als Zeichen der Versöhnung verstand: Er sei bereit zu zahlen, was man von ihm verlange, um die Angelegenheit zu regeln. Sie hörten seinem Vorschlag zu, während Kinder in der Küche barfuß ein und aus gingen und eines von ihnen gelegentlich das Schwungrad des Blasebalgs bewegte, so dass die Funken aus dem Torf stoben. Doch abgesehen von den unmittelbaren Höflichkeiten kam keine Reaktion. Der Sohn, den der Captain verwundet hatte, saß mit dem Arm in einer Schlinge am Tisch, ließ den Besucher seine Verachtung spüren und sprach ebenfalls kein Wort. Zum Schluss sagte Captain Gault – und es war ihm peinlich und unangenehm –, dass selbst Daniel O'Connell einmal auf Lahardane gewohnt habe. Der Name war berühmt, der Mann ein geliebter Fürsprecher der Unterdrückten; doch in diesem kleinen Haus hatte die Vergangenheit ihren Zauber verloren. Die drei jungen Männer hatten Kaninchen fangen wollen und sich verirrt. Sie hätten das Grundstück nicht betreten dürfen; daran bestehe kein Zweifel, wurde eingeräumt. Captain Gault sagte nichts von den Benzinkanistern. Er kehrte nach Lahardane zurück und hielt eine weitere Nachtwache.

»Du hast Recht«, stimmte er seiner Frau ein paar Tage später zu. »Du hattest schon immer das richtige Gespür, Heloise.«

»Diesmal wäre es mir lieber, ich hätte es nicht.«

Everard Gault hatte 1915 als vermisst gegolten, und für Heloise war das Warten im Ungewissen die einsamste Zeit ihres Lebens gewesen, die zwei Jahre alte Tochter ihr größter Trost. Dann war ein Telegramm gekommen, und als sie wenig später die Nachricht erhielt, dass man ihren Mann wegen Dienstuntauglichkeit aus der Armee entlassen würde, hatte sie erleichtert die Augen geschlossen. Solange sie lebte, schwor sie sich, würde sie ihn nie wieder allein lassen, und ihr Vorsatz war ein Ausdruck der Dankbarkeit für diese freundliche Schicksalsfügung.

»Die ganze Zeit habe ich gespürt, dass sie dachten, ich hätte ihren Sohn vorsätzlich umbringen wollen. Sie haben mir kein einziges Wort geglaubt.«

»Everard, wir haben uns, und wir haben Lucy. Wir können woanders von vorn anfangen. Wo immer wir wollen.«

Heloise hatte Everard Gault immer Kraft gegeben, ihr Trost war wie Balsam auf die Wunden, welche die leidigen Niederlagen des Alltags mit sich brachten. Auch mit dieser Zwangslage kämen sie zurecht. Sie würden, wie Heloise gesagt hatte, von dem leben, was sie geerbt hatte; sie waren nicht arm, auch wenn sie nie so wohlhabend wären wie die Gaults es waren, ehe das Land verloren ging. Ihre finanziellen Verhältnisse würden sich an einem anderen Ort nicht von den jetzigen auf Lahardane unterscheiden. Der Waffenstillstand, den man endlich geschlossen hatte, fand kaum Beachtung, so wenig traute man ihm.

Im Wohnzimmer und in der Küche wurden die Gespräche fortgesetzt, das gleiche Thema jedoch von zwei verschiedenen Seiten betrachtet. Die Kammerzofe war untröstlich über das, was sie hörte, und als sie nachfragte, erklärte man ihr die Lage. Immerhin war Lahardane seit über zwanzig Jahren auch Kitty Teresas Zuhause gewesen.

»Oh, Ma'am«, flüsterte sie, rot im Gesicht, ihre Finger spielten am Saum der Schürze. »Oh, Ma'am!«

Doch wenngleich es das Ende für Kitty Teresa bedeuten mochte, so war es das keineswegs für Bridget und Henry, wie beide vermutet hatten. Als die Entscheidung gefällt war, wurde ihnen erklärt, dass sie das Pförtnerhaus weiter bewohnen und als Hausmeister für das größere Haus tätig sein könnten, außerdem würde man ihnen zumindest vorläufig die Herde überlassen, um ihnen einen dauerhaften Lebensunterhalt zu garantieren.

»Mit dem Milchgeld sind Sie besser bedient«, sagte Heloise, »als mit irgendeinem Lohn, den wir uns leisten können. Diese Lösung scheint uns gerecht.« Nur die Zeit, fügte der Captain hinzu, könne die ganze Verwirrung beilegen.

Sie würden nach England gehen, eröffnete Heloise schließlich ihrem Kind, nachdem sie Kitty Teresa versprochen hatte, sich nach einer anderen Stellung für sie umzusehen und der alten Hannah Bescheid gegeben hatte.

»Für lange?«, fragte Lucy und kannte die Antwort.

»Ja, ziemlich lange.«

»Für immer?«

»Wenn es nach uns ginge, dann nicht.«

Doch Lucy wusste, es wäre für immer. Bei den Morells war es für immer und bei den Gouvernets. Die Boyces seien in den Norden gezogen, sagte Henry, das Haus stehe zur Versteigerung. Seinem Tonfall konnte sie entnehmen, was das hieß, aber er sagte es ihr ohnehin.

»Es tut mir Leid, Lucy«, sagte ihr Papa. »Es tut mir wirklich sehr Leid.«

Ihre Mutter war Schuld, aber er genauso. Sie waren beide Schuld an Hannahs traurigem Schweigen und an Kitty Teresas roten Augen und ihrer nassen Schürze, mit der sie die Tränen trocknete, die ihr über Wangen und Hals liefen, was Bridget dazu veranlasste, ihr zwanzigmal am Tag zu sagen, sie solle aufhören. Henry schlich bedrückt im Hof herum.

»Du bist aber schön!«, rief ihr Papa in gespieltem Entzücken, als sie eines Morgens in ihrem roten Kleid im Esszimmer erschien.

Heloise schenkte an der Anrichte Tee ein und trug die Tassen mit den Untertassen zum Tisch. »Nun lach doch mal wieder, mein Schatz«, sagte sie, den Kopf zur Seite geneigt. »Nur einmal«, bat sie.

Henry fuhr mit den Milchkannen auf dem Karren am Fenster vorbei, und Lucy, die natürlich nicht lachte, lauschte dem auf der Allee verhallenden Klappern der Pferdehufe. Zwei Minuten dauerte das genau: Ihr Papa hatte es einmal beim Frühstück mit der Taschenuhr gestoppt.

»Denk an die armen kleinen Kinder der Kesselflicker«, sagte ihre Mama. »Die haben nie ein Dach überm Kopf.«

»Das wird dir nicht passieren, Lucy«, versprach ihr Papa. »Wir müssen uns alle an das Neue gewöhnen. Wir müssen, Lady.«

Normalerweise gefiel es ihr, wenn er sie »Lady« nannte, nicht aber an diesem Morgen. Sie sah nicht ein, weshalb man sich an etwas Neues gewöhnen sollte. Sie sagte, sie habe keinen Hunger, als man sie fragte, obwohl es nicht stimmte.

Danach am Strand kam gerade die Flut, das Wasser überspülte die Möwenspuren auf dem Sand und die aufgewühlten Häufchen der Sandwürmer. Sie warf Seetangzweige für den Hund der O'Reillys und fragte sich, wie viele Tage ihr noch blieben. Das hatte niemand gesagt, und sie hatte nicht gefragt.

»Du gehst wieder zurück«, befahl sie dem Hund und zeigte auf die Klippen, und als er nicht gehorchte, imitierte sie den Tonfall ihres Vaters.

Sie ging allein weiter, an den Felsen vorbei, die wie Finger ins Meer ragten, und überquerte den Bach bei den Trittsteinen. Als sie im Wald ein Stück bergauf geklettert war, konnte sie das Meer und das kurze Kreischen der Möwen nicht mehr hören. Helle Lichtstreifen glitten durch die dunklen Bäume. »Ich hab nicht mal die Hälfte des Tals gesehen«, sagte Paddy Lindon oft. Jedes Jahr, hatte er ihr einmal erzählt, setze er Kartoffeln auf der Lichtung, die er neben seinem Häuschen gerodet hatte, aber an diesem Morgen brachte sie es nicht übers Herz, es wieder zu suchen.

»Wer will mit mir nach Enniseala fahren?«, fragte ihr Papa am Nachmittag, und natürlich sagte sie ja. Er lehnte sich gemütlich in den gebogenen Sitz des Pferdewagens zurück, die Zügel lose zwischen den Fingern. Mit fünf, sagte er, sei er zum ersten Mal in Enniseala gewesen, um sich das Frenulum an der Zunge durchschneiden zu lassen.

»Was ist Frenulum?«

»Ein dünner Hautlappen unter der Zunge. Wenn er zu fest verwachsen ist, ist man zungenlahm.«

»Was ist zungenlahm?«

»Wenn du nicht deutlich sprechen kannst.«

»Und das konntest du nicht?«

»Behaupteten sie jedenfalls. Es hat nicht wehgetan. Hinterher bekam ich einen Kasten mit Murmeln geschenkt.«

»Ich glaube, es tut weh.«

»Bei dir ist es ja nicht notwendig.«

Die Murmeln waren in einem flachen Holzkasten mit einem Deckel zum Auf- und Zuschieben. Es gab ihn immer noch, neben dem Tivolispiel im Salon. Sie musste sich auf einen Schemel stellen, wenn sie Tivoli spielten, aber sie wusste, dass da der Kasten mit den Murmeln war, denn das hatte er ihr einmal erzählt. Er hatte es nur vergessen. Manchmal vergaß er Sachen.

»In Kilauran gibt es einen Fischer, der nicht sprechen kann«, sagte sie.

»Ich weiß.«

»Er benutzt seine Finger dazu.«

»Ja, stimmt.«

»Man kann ihm dabei zusehen. Die anderen Fischer verstehen ihn.

»Tja, Sachen gibt's! Willst du jetzt die Zügel halten?«

In Enniseala kaufte ihr Papa neue Koffer bei Domville's,

weil sie nicht genug hatten. Einer der Verkäufer kam aus dem Büro und sagte, es tue ihm Leid. Er könne es nicht fassen. Dass er diesen Tag erleben müsse, hätte er nie für möglich gehalten. »Hoffentlich kommen Sie bald wieder, Captain.«

Ihr Vater nickte ständig und sagte nichts, bis er die Hand ausstreckte und den Mann als Mr. Bothwell ansprach. Die neuen Koffer passten kaum in die Kutsche, aber am Ende ging es doch. »Gut«, sagte ihr Papa, stieg aber nicht ein, sondern nahm sie auf eine Weise an die Hand, die sie ahnen ließ, wohin sie gingen.

Bei Allen's konnte er die Tür aufmachen, ohne dass die Glocke läutete. Er öffnete sie einen Spalt und packte oben den Riegel, dann schob er die Tür auf, und sie konnten hineingehen. Im Innern griff er über die Theke, nahm das Glas vom Regal und kippte die Süßigkeiten in die Waagschale. Anschließend ließ er sie in eine weiße Papiertüte gleiten, stellte die Tüte erneut auf die Waage und setzte den Stöpsel wieder auf das Glas. Am liebsten mochte er Lakritzbonbons und Mandelnougat, und sie ebenfalls. *Lemon's Pure Sweets* stand auf dem silberfarbenen Papier der Sahnebonbons.

Während er die Süßigkeiten abwog, hätte sie, wie immer, am liebsten gekichert, aber sie unterließ es, weil es alles verdorben hätte. Er zog die Tür nach innen auf, und die Glocke läutete. »Viereinhalb Pence«, sagte er, als das Mädchen mit den Zöpfen von hinten kam. »Sie sind wirklich schrecklich!«, sagte das Mädchen.

Wenn sie auf der Straße fuhren, hielt er die Zügel immer selbst. Er saß kerzengerade da, hielt sie straff, zog erst am einen, dann am anderen und löste manchmal eine Hand, um jemandem zuzuwinken. »Was heißt ›und County‹?«, fragte sie, als sie die Geschäfte hinter sich gelassen hatten.

»Und County?«

»Driscoll und County, Broderick und County.«

»Das Co. steht nicht für County, sondern für Company. ›Und Company Ltd.‹ Das Ltd. bedeutet ›mit beschränkter Haftung‹.«

»In der Schule steht es für County. County Cork, County Waterford.«

»Es ist nur die gleiche Abkürzung. Man kürzt ein Wort ab, damit nicht so viel auf einer Karte oder über einem Geschäft steht.«

»Komisch, dass sie gleich sind.«

»Möchtest du jetzt die Zügel?«

Der Geruch von Leder hing im Wagen, aber er war noch stärker, als die neuen Koffer im Haus geöffnet wurden. Die Schrankkoffer waren schon halb voll, ihre Deckel wurden von Bügeln offen gehalten, die sich beim Zuklappen einfalteten. Henry maß die Fenster aus, sie sollten später mit Brettern vernagelt werden.

»Wer ist noch nie mit dem Zug gefahren?«, fragte ihr Papa wie früher, als wäre sie immer noch drei oder vier Jahre alt. Er war als Kind oft allein mit dem Zug unterwegs gewesen, dreimal im Jahr musste er fort in die Internatsschule. Er besaß noch immer den Koffer und die Kartons mit den schwarz aufgemalten Initialen. Sie bat ihn, ihr etwas über die Schule zu erzählen, aber er vertröstete sie auf die Zugfahrt. Im Moment hätten alle zu tun, sagte er.

»Ich will nicht gehen«, sagte sie, als sie ihre Mama im Schlafzimmer fand.

»Dein Papa und ich wollen auch nicht gehen.«

»Und warum tun wir's dann?«

»Manchmal müssen wir Dinge tun, die wir nicht tun wollen.«

»Papa wollte die Männer doch gar nicht töten.«

»Hat dir Henry das erzählt?«

»Henry nicht. Und Bridget auch nicht.«

»Es ist nicht lieb von dir, wenn du so unleidlich bist, Lucy.«

»Ich will auch nicht lieb sein. Ich will nicht mit euch gehen.«

»Lucy …«

»Ich geh nicht.«

Sie rannte aus dem Zimmer und hinunter zu den Trittsteinen. Sie liefen ihr hinterher, riefen im Wald nach ihr und fanden sie, aber alles, was sie ihnen auf dem Rückweg sagte, prallte an ihnen ab. Sie wollten nichts hören, und sie wollten nichts verstehen.

»Kommst du mit mir zur Molkerei?«, fragte Henry am nächsten Tag, und sie schüttelte trübselig den Kopf. »Wollen wir draußen Tee trinken?«, fragte ihre Mama und lächelte sie an. Und ihr Papa sagte, offenbar habe es ihr die Sprache verschlagen, als das Tischtuch auf dem Gras ausgebreitet wurde und es Zitronenkuchen gab, ihren liebsten Kuchen. Sie wünschte, sie wäre nicht mit ihm nach Enniseala gefahren und hätte ihn nicht nach dem Frenulum gefragt und was über den Geschäften geschrieben stand. Ständig spielten sie ihr etwas vor.

»Sieh mal«, sagte ihr Papa. »Der Bussard.«

Und sie sah unwillkürlich auf. Der Bussard war nur ein Punkt am Himmel, der ständig seine Kreise zog. Sie beobachtete ihn, und ihr Papa sagte, sie solle nicht weinen.

Das Weinen von Kitty Teresa in den Schlafzimmern hörte niemand mehr, denn Kitty Teresa war bereits fort, sie war nach Dungarvan zurückgekehrt, als man keine andere Stellung für sie finden konnte. Bevor sie ging, versprach sie zurückzukommen, sobald die Gaults wiederkehren würden. Ganz gleich, wo sie war, sie würde zurückkommen.

»Sie haben eine Wohnung gemietet«, sagte Bridget in der Küche, und Henry holte vom Regal über dem Küchenherd den Zettel mit der Adresse. Zuerst sagte er nichts, und dann meinte er, das sei also erledigt. »Nur bis sie was Festes haben«, sagte Bridget. »Sie kaufen sich ein Haus, nehme ich an.«

Im Hof sägte Henry das Holz zum Vernageln der Fenster. Lucy saß unterm Birnbaum auf dem Sims, das sich im Hof entlang der Ostmauer erstreckte, und sah ihm zu. Sie hatte sich angewöhnt, auf dem Heimweg von der Schule allein zu baden; sie beschwerte ihre Kleider mit dem Schulranzen, rannte schnell ins Wasser und wieder heraus, dann trocknete sie sich irgendwie ab. Henry wusste Bescheid; sie wusste nicht, woher, aber er wusste es. Wenn sie sich jetzt davonstahl, erriet er wahrscheinlich, wohin sie ging. Ihr war es egal. Sollte er sie ruhig verpetzen. Es sah ihm zwar nicht ähnlich, so etwas zu tun, aber wie die Dinge standen, war es durchaus möglich.

Auf der Wiese über den Klippen hörte sie das Angelus-Läuten in Kilauran. Manchmal hörte man es, manchmal nicht. Sie hörte es auch noch, während sie sich am Strand auszog. Es verlor sich erst, als sie ins Meer rannte und hinauswatete. Das war immer der schönste Moment – wenn sie langsam durch die Wellen schritt, die Kälte am Körper hochstieg und auf der Haut prickelte und sie den Sog der Unterströmung an den Füßen spürte. Sie breitete die Arme aus und schwamm, bis sie nicht mehr stehen konnte, dann ließ sie sich mit der Flut treiben.

Der Strand war in beiden Richtungen leer gewesen, als sie

ins Wasser gegangen war. Als sie jetzt zurückschwamm, bewegte sich dort etwas, und ohne es deutlich zu erkennen, wusste sie, dass es der Hund der O'Reillys war, der seinen eigenen Schatten auf dem Sand jagte. Das machte er oft; während sie ihn beobachtete, blieb er kurz stehen und starrte in ihre Richtung, bevor er sein Spiel fortsetzte.

Sie drehte sich auf den Rücken und ließ sich treiben. Wenn sie ausriss, würde sie die Abkürzung nehmen, von der Paddy Lindon immer geredet hatte. »Geh auf der steilen Seite den Wald hoch«, hatte er immer gesagt. »Wenn du lange genug gehst, stößt du auf die Straße.«

Sie schwamm zurück ans Ufer, und als das Wasser seicht wurde, watete sie durch die letzten Wellen. Der Hund schnüffelte am Kiesstrand herum, und sie wusste, er hatte ein Kleidungsstück stibitzt, und was immer auch fehlte, würde inzwischen unter den Kieseln oder im Tang begraben liegen. Während sie sich anzog, stellte sie fest, dass ihr Sommerunterhemd verschwunden war, doch als sie im zerfledderten Saum aus Seetang und im Kies suchte, konnte sie es nicht finden.

Der namenlose Hund, hilflos in seiner Schmach, kuschte ganz erbärmlich, als er auf dem Weg die Klippe hinauf beschimpft wurde, bis er genug bestraft war. Dann schmiegte er seinen zerzausten, unordentlichen Kopf an Lucys Beine, damit sie ihn streichelte und tätschelte und umarmte. »Und jetzt zurück«, befahl sie und sah, nunmehr wieder streng, wie er überlegte, ob er sich ihrem Befehl widersetzen sollte, und sich dann eines Besseren besann.

In ihrem Zimmer ersetzte sie das verloren gegangene Unterhemd durch eines aus den bereits eingepackten Kleidern. Er nehme nie einen anderen Weg, hatte Paddy Lindon gesagt, wenn er zu den Prozessionen in Dungarvan oder sonntags zum Hurling ging. Wenn er Glück hatte, fuhr ein Wagen auf der Straße vorbei, und er konnte ihn anhalten.

»Der ist nur für dich«, sagte ihr Papa.

Er war noch einmal zu Domville's gefahren, um ihn zu besorgen. Der Koffer war, im Gegensatz zu den anderen, blau und kleiner, denn sie war schließlich auch klein. Echtes Leder, obwohl er blau sei, sagte er, und zeigte ihr die ins Schloss passenden Schlüssel. »Die dürfen wir nicht verlieren. Soll ich einen aufbewahren?«

Sie konnte nicht lächeln und wollte nicht weinen. Alle ihre Sachen, sagte er, alle ihre kostbaren Sachen würden hineinpassen, die Feuersteine und der Stock, der aussah wie ein Dolch.

»Irgendwann lassen wir L. G. auf den Deckel gravieren.«

»Danke, Papa«, sagte sie.

»Jetzt geh und pack deine Sachen ein.«

Doch der blaue Koffer auf der Bank unterm Fenster in ihrem Zimmer blieb leer, der Deckel geschlossen, und der Schlüssel für das Schloss hing weiter festgebunden am Griff.

»Verstehe«, sagte Bridget, als man ihr erklärte, dass es eine Weile dauern könnte, bevor man sich zumindest einige der zurückgelassenen Sachen nachschicken lasse. Henry und sie sollten von Zeit zu Zeit durch die Zimmer gehen, da in einem leeren Haus manchmal etwas passieren könne. Lucy hörte alles mit.

Die Laken zum Abdecken der Möbel lagen in der Eingangshalle bereit. Oben auf dem ersten Treppenabsatz war ein Haufen für den Wohltätigkeitsbasar, mit Kleidern, die sie nicht mitnehmen wollten. Auch von Lucy waren einige dabei, als sei inzwischen alles beschlossene Sache.

»Nicht doch, Liebes.« Ihre Mama stand in der Tür, aber Lucy sah nicht auf, sie presste ihr Gesicht fest in das Kissen. Dann kam ihre Mama herein und nahm sie in die Arme. Als sie ihr die Tränen abwischte, roch Lucy wieder den Duft auf dem Taschentuch, es war immer der gleiche. Alles würde gut werden, sagte ihre Mama. Sie versprach es ihr fest.

»Wir müssen uns von Mr. Aylward verabschieden«, sagte ihr Papa später, als er sie im Apfelgarten fand.

Sie schüttelte den Kopf, aber er nahm sie bei der Hand, und sie gingen durch die Felder und am Strand entlang nach Kilauran. Der Hund der O'Reillys stand oben auf der Klippe und beobachtete sie, aber er war klug genug, ihnen nicht zu folgen, weil ihr Papa dabei war.

»Könnte ich nicht bei Henry und Bridget bleiben?«, fragte sie.

»Aber nein, das geht nicht«, entgegnete er.

Die Fischer legten ihre Netze aus. Sie grüßten, und ihr Papa grüßte zurück. Er sagte etwas übers Wetter, und einer erwiderte, dieser Tage könne man wirklich nichts daran aussetzen. Lucy suchte den Fischer mit der Fingersprache, aber er war nicht da. Sie fragte ihren Papa nach ihm, und er sagte, der Mann sei vielleicht noch mit dem Boot auf dem Meer.

»Bei Henry und Bridget würde es mir gut gehen«, sagte sie.

»Aber nein, Liebes, wirklich nicht.«

Sie ergriff seine Hand und drehte den Kopf zur Seite, damit er nicht merkte, wie sie ihre Tränen zu unterdrücken versuchte. Als sie zur Schule gelangten, hob er sie hoch und ließ sie durch das Fenster hineinsehen. Alles war ordentlich, weil Ferien waren, alles stand so, wie Mr. Aylward es haben wollte, die vier leeren Tische, die darunter geschobenen Bänke, die aufgehängten Karten. *Bajonette wurden erstmals in Bayonne hergestellt. Apfelwein ist der Saft von Äpfeln.* Die Tafel war sauber, das Staubtuch lag zusammengefaltet neben der Kreideschachtel. Die glänzenden Karten – Flüsse und Berge, die Grafschaften von England und Irland – lagen aufgerollt im Regal.

»Wir brauchen ein bisschen Zeit«, sagte ihr Papa in Mr. Aylwards Haus, den Kopf in ihre Richtung neigend, und sie wusste, er meinte nicht alle drei Gaults, als er »wir« sagte.

»Tja nun, natürlich«, sagte Mr. Aylward. »Selbstverständlich.«

»Es bricht mir das Herz«, sagte ihr Papa. »Um ganz ehrlich zu sein.«

Aber was sonst hätte er tun sollen, fragte er Mr. Aylward, als er die Schatten dort unten gesehen habe, wohl wissend, dass irgendwo Benzin stand und, wer immer dort war, die Hunde vergiftet hatte. Er sei nervös gewesen, als er im Dunkeln schoss, sagte er. Kein Wunder, dass er keinen Soldaten abgegeben hatte.

»Jeder Mann mit Familie hätte genauso gehandelt«, sagte Mr. Aylward.

Schon einmal sei ein Schäferhund von Lahardane auf vergiftetes Land geraten, hatte Henry erzählt; nicht, dass dieser Hund gestorben wäre, aber trotzdem. Henry wollte immer, dass alles in Ordnung war, und machte sich selbst etwas vor.

»Vergiss die Gedichte nicht«, sagte Mr. Aylward. »Sie tut sich leicht beim Gedichtelernen, Captain.«

»Sie ist ein braves kleines Mädchen.«

Mr. Aylward küsste sie zum Abschied. Ihr Papa trank das Glas leer, das man ihm gereicht hatte. Er gab Mr. Aylward die Hand, und Mr. Aylward bedauerte, dass es so weit kommen musste. Dann gingen sie weg.

»Warum hatten sie Benzin dabei?«, fragte sie.

»Eines Tages werde ich dir alles erklären.«

Sie gingen an den Fischern vorbei, die jetzt die ausgelegten Netze flickten. An dieser Stelle hatten die Frauen gestanden und aufs Meer gestarrt, als die *Mary Nell* nicht zurückgekehrt war. Die Frauen hatten dagestanden, als sie zur Schule ging und auch als sie von der Schule zurückkam, die schwarzen Umhängetücher fest um den Kopf geschlungen, man sah kaum ihre Gesichter. Der Sturm, der die *Mary Nell* zum Kentern gebracht hatte, war inzwischen längst vorbei, und es schien sogar die Sonne. »Gib ihnen deinen Segen«, hatten sie mit Mr. Aylward gebetet, »damit sie alle Gefahren der Tiefe sicher überstehen.« Doch noch am selben Tag hörte man die Totenklagen der Frauen. Keiner der Fischer kehrte zurück, und keiner wurde gerettet, denn das Rettungsschiff aus Ballycotton wurde von den Sturmböen zurückgeschlagen. Keiner der Ertrunkenen wurde mit den zerschmetterten Planken und zerfetzten Segeltuchresten, mit den Splittern von Mast und Baum an Land gespült. »Dieses Meer hat noch nie einen Mann zurückgegeben«, sagte Henry. »Weder in unserer Zeit noch jemals zuvor.« Bei jedem Schiffbruch schwammen die Haie schnell von weit draußen herein.

Als Lucy mit ihrem Vater an den Fischern vorbeiging, meinte sie, es wieder zu hören, das Wehklagen und kummervolle Schluchzen, das über die Halbtüren der Häuser trug, ein schwaches Echo einer schrecklichen Zeit, das in einer ebenso schrecklichen Zeit zurückkehrte. Die Fröhlichkeit, die hin und wieder auf Lahardane einkehrte, war nicht echt und hielt nur an, solange niemand vergaß, sich etwas vorzumachen.

»Ich will nicht weg von Lahardane«, sagte sie am Strand.

»Das möchte keiner von uns, Lady.«

Er bückte sich und hob sie hoch, wie früher, als sie klein war. Er hielt sie in den Armen und ließ sie über die ruhige See blicken, um den Mann zu suchen, der mit den Fingern redete, aber weder sie noch er sah ein Fischerboot. Er setzte sie wieder ab und schrieb mit einem Kieselstein *Lucy Gault* in den Sand. »Ein wirklich schöner Name.«

Sie erklommen die Klippe an der Stelle, wo es am einfachsten war, hinauf zu dem Feld neben dem Rübenacker der O'Reillys, auf dem im letzten Jahr Gerste gestanden hatte. Wenn Mr. O'Reilly Unkraut jätete, winkte er ihr immer zu.

»Warum müssen wir gehen?«, rief sie weinend.

»Weil sie uns hier nicht wollen«, sagte ihr Papa.

Heloise schrieb an ihre Bank in England, um ihre Pläne zu erkären und um Rat wegen ihrer Aktien einzuholen, die alle in verschiedenen Unternehmensbereichen der Rio Verde Railway Company angelegt waren. Ihre Familie pflegte zwar schon seit Generationen Verbindungen mit der berühmten Eisenbahngesellschaft, aber unter den gegebenen Umständen – schließlich sollte ihr Erbe eine Zeit lang eine größere Rolle im Leben ihrer Familie spielen – schien ihr eine unverbindliche Anfrage durchaus angebracht, und die Antwort der Bank bestätigte, dass sie klug gehandelt hatte. Die Rio Verde Railway, seit fast achtzig Jahren beständig florierend, zeigte erste Anzeichen einer womöglich beginnenden wirtschaftlichen Ermüdung: Man empfahl Heloise, zu überlegen, alle oder zumindest den größten Teil der Aktien abzustoßen, die ihrer Familie lange Zeit gute Dienste erwiesen hatten.

Der Captain wiederum suchte in Enniseala Bestätigung

für diesen Rat beziehungsweise anderweitige Empfehlungen bei Aloysius Sullivan, seinem Rechtsanwalt und langjährigen Freund, der in finanziellen und juristischen Fragen gleichermaßen gut bewandert war. Der Anwalt teilte die Auffassung der Bank: Die Rio Verde Railway verfügte über genügend Handlungsspielraum und angesammelte Vermögenswerte, von denen sie zehren konnte, und würde deshalb bestimmt nicht über Nacht zusammenbrechen, aber auch er empfahl ein etwas breiter gefächertes Portefeuille.

»Es gibt keinen Grund, vor unserer Abfahrt darüber nachzudenken«, berichtete Captain Gault, als er nach Lahardane zurückkehrte. Auch in diesem Punkt hatte der Rechtsanwalt die Auffassung der Bank geteilt und bestätigt, dass nicht sofort eine Entscheidung getroffen werden müsse.

Dann redeten sie über ihr Leben in England und die vielen praktischen Einzelheiten, um die sie sich kümmern mussten, wenn sich die erste Aufregung gelegt hatte. Wie anders unser Leben bald sein wird!, dachte jeder bei sich, aber keiner sagte es.

Die Fischkörbe aus Stroh hingen aufgereiht in der langen Spülküche neben dem Kühlraum. Sie waren flach, und es passte nicht viel hinein, deshalb nahm Lucy zwei weg, aber nur jeweils einen an verschiedenen Tagen. Aus dem Kasten in der Speisekammer nahm sie Brot, erst einen Kanten weißes, dann Schwarz- und Graubrot, nur so viel, dass niemand es merkte. Sie wickelte es in Packpapier, das in den Schubladen der Anrichte aufbewahrt wurde. Sie füllte einen Korb und dann den zweiten mit den Päckchen, mit Äpfeln und Lauchzwiebeln und Lebensmitteln, die sie im Esszimmer von ihrem Teller verschwinden ließ, wenn keiner hinsah. Die Körbe bewahrte sie im Hof in einem Schuppen auf, den nie jemand betrat, sie standen versteckt hinter einer kaputten Schubkarre.

Im Kleiderhaufen auf dem Treppenabsatz suchte sie nach einem Rock und Pullover und verschnürte beides in einem alten schwarzen Mantel ihrer Mutter zu einem Bündel: Nachts würde es kalt werden. Auf dem Treppenabsatz war kein Laut zu hören, nur das Rascheln, das sie selbst verursachte, und als sie die Sachen zu ihrem Versteck brachte, begegnete ihr weder jemand auf der Hintertreppe noch im Hundegang.

Am Nachmittag vor der Abreise ging Captain Gault seine Papiere durch, denn er hatte das Gefühl, das sei angemessen. Aber die Tätigkeit langweilte ihn, und so ließ er alles liegen und nahm stattdessen das Gewehr auseinander, mit dem er in der Nacht geschossen hatte. Gründlich putzte er die einzelnen Teile, als rechne er mit dem künftigen Gebrauch der Waffe, obwohl er nicht vorhatte, sie mitzunehmen.

»Es wird sich schon alles finden«, murmelte er mehrmals vor sich hin und vertraute seinen tröstlichen Worten. Sie würden weggehen und ankommen, und eines Tages wären sie wieder von ihren Möbeln umgeben: Die Zeit und die Umstände würden ihr Leben regeln wie bei so vielen anderen im Exil lebenden Menschen.

Der Captain kehrte wieder zu seinen Papieren zurück und ordnete sie so gewissenhaft, wie er konnte.

Heloise sicherte die Lederriemen an den fertig gepackten Schrankkoffern, dann befestigte sie die handgeschriebenen Etiketten. Während sie Kampferkugeln in Schubladen und

Schränken, in Ärmeln und Taschen verteilte, fragte sie sich, ob sie all die Sachen, die zurückgelassen werden mussten, jemals wiedersehen würde.

Jetzt kam die besinnliche Tageszeit. Im Haus herrschte Ruhe, unabhängig von den vorangegangen Aufregungen und allem, was diesen Tag von anderen unterschied. Kein Pfannengeklapper störte die Stunden vor dem Abend, keine Musik auf dem Grammophon im Salon, kein Stimmengeplapper. Henry trug die gepackten Schrankkoffer und Koffer nach unten, ohne den Kummer zu zeigen, den er dabei verspürte. Auf dem Küchentisch breitete Bridget die Hemdkragen auf der Bügeldecke aus, die der Captain auf der Reise brauchen würde. In den Tiefen des Küchenherds begannen die Eisenstücke für das Bügeleisen gerade zu glühen.

Als Lucy an der offenen Küchentür vorbeiging, blickte Bridget nicht auf. Henry war nicht im Hof. Nur im Obstgarten stoben die Saatkrähen laut aus den Apfelzweigen, als sie von ihrer Gestalt aufgeschreckt wurden.

Sie ging den steilen Weg, wie Paddy Lindon ihr geraten hatte, und mied den leichteren Pfad durch das Tal, um Henry nicht zu begegnen, falls er dort sein sollte. Sie wusste nicht, wie lange es bis nach Dungarvan dauern würde; Paddy Lindon hatte sich nie genauer dazu geäußert. Sie wusste auch nicht, wo sie Kitty Teresas Haus in Dungarvan suchen sollte, aber wer immer sie mitnahm, würde ihr helfen. Kitty Teresa würde natürlich sagen, sie müsse sie zurückbringen, aber das machte nichts, weil dann nämlich alles anders wäre: Dessen war sich Lucy sicher, seit sie beschlossen hatte, von zu Hause auszureißen. Sobald sie entdeckten, dass sie nicht da war, sobald ihnen bewusst wurde, was geschehen war, wäre alles anders. »Mir bricht es auch das Herz«, hatte ihre Mama gesagt. »Und deinem Papa auch. Ihm ganz besonders.« Wenn Kitty Teresa sie zurückbrachte, würden sie sagen, sie hätten immer gewusst, dass sie nicht weggehen können.

Sie kam an einem mit Moos bewachsenen Stein vorbei, der ihr von einem früheren Spaziergang in Erinnerung war, dann an einem umgestürzten Baum, der ihr fremd war; an der Bruchstelle waren spitze Zacken, an denen man sich im Dunkeln leicht wehtun konnte. Noch war es nicht dunkel, nur etwas düster, wie immer im höher gelegenen Wald. Aber in ungefähr einer Stunde würde die Dunkelheit hereinbrechen, und bis dahin musste sie an der Straße sein, auch wenn dann vermutlich kein Wagen mehr vor dem nächsten Morgen vorbeikam. Sie beeilte sich, und fast im selben Moment stolperte sie und fiel nach vorn, da ihr Fuß in einem Loch hängen geblieben war. Als sie ihn bewegen wollte, spürte sie einen starken Schmerz im Knöchel. Sie konnte nicht aufstehen.

»Lucy!«, rief Captain Gault im Hof. »Lucy!«

Er erhielt keine Antwort und rief Henry durch den Kuhstall zu: »Wenn du Lucy siehst, sag ihr, ich verabschiede mich von dem Fischer, den wir neulich verpasst haben. Wo die Allee auf die Straße trifft, hinten am Strand. Sag ihr, ich könnte ein bisschen Gesellschaft brauchen.«

Vor dem Haus rief er noch einmal ihren Namen, dann machte er sich allein auf den Weg.

»Vorhin war sie noch da«, sagte Bridget. »Ich hab sie gesehen.«

Es war nicht ungewöhnlich, Lucy war oft nicht da. Als Heloise Bridget auf der Treppe traf, fragte sie arglos nach ihrer Tochter. Vielleicht, erwiderte Bridget, sei sie beim Hund der O'Reillys, um sich von ihm zu verabschieden.

»Sie sind mir eine Stütze gewesen, Bridget«, sagte Heloise in diesem ruhigen, ungestörten Augenblick, bevor sie zu den Koffern im Schlafzimmer zurückkehrte. »In all den Jahren sind Sie mir eine große Stütze gewesen.«

»Wenn Sie doch bloß nicht fortgehen würden, Ma'am. Wenn doch nur alles anders wäre.«

»Ich weiß. Das wünschte ich auch.«

Auf der Allee überlegte der Captain, unter welchen Umständen er wohl wieder in ihrem Schatten wandeln würde, unter dem langen Gewölbe aus Ästen, das den Großteil des Lichts schluckte. Zu beiden Seiten spross verkümmertes Gras, ein bescheidener Sommerwuchs, hier und da gelb gefleckt von Löwenzahn, und der Schatten liebende Fingerhut welkte. Am Pförtnerhaus, wo das Leben weitergehen würde, wenn das Haupthaus verlassen war, blieb er einen Augenblick stehen. An diesem Abend, an dem ein Kapitel zu Ende ging, bezweifelte er, dass er seine Familie jemals wieder nach Lahardane zurückbringen würde. Die Ahnung kam aus dem Nichts und war eine unerfreuliche Wiederholung dessen, was er in den letzten Tagen insgeheim verdrängt hatte.

Auf dem hellen Lehmweg hinter dem Tor, wo das Beeren tragende Geißblatt jetzt nicht mehr duftete und in den Hecken die Septemberfuchsien blühten, wandte er sich nach links. Sie würden nicht lange von Heloises Erbschaft leben müssen. Er sah sich undeutlich im Büro einer Reedereivertretung sitzen, obwohl er gar nicht wusste, welche Voraussetzungen dort gefragt waren. Es war nicht so wichtig; ihm war jede anständige Arbeit recht. Von Zeit zu Zeit würden sie auf einen Besuch zurückkehren, um zu sehen, wie alles lief, und um die Verbindung aufrecht zu erhalten. »Es ist ja nicht für immer«, hatte Heloise gestern Abend gesagt und dann von der Zeit gesprochen, wenn die Fenster wieder geöffnet, die Staublaken entfernt, Feuer angezündet und Blumenbeete gejätet würden. Und er hatte gesagt, nein, natürlich nicht für immer.

In Kilauran unterhielt er sich mit dem taubstummen Fischer, wie er es in der Kindheit gelernt hatte: Gesten mit den Fingern, Worte mit den Lippen. Sie verabschiedeten sich. »Nicht für lange«, ließ er als stummes Versprechen zurück und fühlte auch darin eine große Lüge. Er stand eine Weile auf den Felsen, wo Grasnelken in Büscheln wuchsen. Im gesprenkelten Glanz auf dem Meer spiegelte sich das letzte schwache Rot des Sonnenuntergangs. Die Wellen plätscherten sanft und hatten kaum Schaumkronen. Sonst war keine Bewegung auf dem Wasser.

War es richtig gewesen, Heloise und Lucy zu verschweigen, dass er immer stärker die Endgültigkeit dieser Abreise empfunden hatte? Hätte er noch einmal zu jener Familie in Enniseala gehen und etwas länger bitten sollen? Hätte er mehr anbieten sollen, um die von ihm begangene Tat womit auch immer wieder gutzumachen, auch wenn er damit akzeptierte, dass er am Verbrechen jener Nacht schuld war und nicht die drei jungen Männer, die auf sein Grundstück eingedrungen waren? Er wusste es nicht, als er die Felsen zum Strand hinunterkletterte und über den Kies zum Sand schlurfte. Er wusste es auch nicht, als er weiterging und gelegentlich stehen blieb, um über das verlassene Meer zu blicken. Vielleicht musste er sich an diesem letzten Abend vorwerfen, dass er zu sorglos seine Vergangenheit verraten hatte und dann, mit leichtfertigem Trost, seine Tochter und seine

Frau. Ihm standen die Umgebung und die Menschen am nächsten, es war seine Liebe zu dem verbliebenen Land, zu Haus und Garten, zu Meer und Küste, die seine unartikulierten Gefühle und Vorahnungen nährten. Aber wenn er in sich hineinhorchte, fand er keinen Anhaltspunkt, nur Verwirrung und Widerspruch.

Er wandte sich den Klippen zu und ging wieder über den knirschenden Kies. Sein Haus, das vorübergehend hinter den Bäumen verschwunden war, tauchte wieder auf, in einem der oberen Fenster ging Licht an. Sein Fuß verfing sich an etwas zwischen den Steinen, und er bückte sich und hob es auf.

»Lucy!«, rief Heloise, und Henry sagte, sie sei vielleicht ihrem Vater hinterhergegangen. Er hatte sie zwar nicht gesehen, um die Botschaft des Captains weiterzugeben, aber widerspenstig, wie sie derzeit war, hatte sie sich vielleicht irgendwo im Hof versteckt und alles mitgehört. Seit drei Tagen hatte sie weder mit ihm noch mit Bridget ein Wort gewechselt. Angesichts der Lage überraschte es nicht, dass sie nicht zum Tee erschienen war.

Heloise hörte, wie er Lucys Namen in die Schuppen im Hof rief. »Lucy!«, rief sie selbst im Apfelgarten und auf der Wiese, wo die Kühe standen und an der man auf dem Rückweg von den O'Reillys vorbeikam. Sie ging durch das Tor in der weißen Einfriedung, die die Felder von der Wendestelle vor dem Haus trennte, und überquerte den Kies zum Hortensienrasen.

Sie hatte den Rasen als Erste so genannt, genau wie sie auch herausgefunden hatte, dass die Felder und Wiesen um Lahardane früher *Lange Weide, Kleehügel, John Joe's* und *Flusswiese* hießen. Sie hatte sich immer gewünscht, dass man die

Namen wieder benutzte, aber niemand war auf ihren Vorschlag eingegangen. Die Hortensien blühten in voller Pracht, und sie hingen schwer über dem Halbrund, das sie entlang der grauen Steinmauer bildeten, ihr Blau im düsteren Zwielicht noch immer unverkennbar. Für Heloise waren die Hortensien immer das Schönste auf Lahardane gewesen.

»Lucy!«, rief sie durch die Bäume. Sie blieb stehen und horchte in die Stille. Sie ging tiefer in den Wald und stieß zwanzig Minuten später auf den Weg, der hinunter zum Bach und den Trittsteinen führte. »Lucy!«, schrie sie. »Lucy!«

Zurück im Haus, rief sie erneut nach ihrem Kind, öffnete Türen von unbenutzten Zimmern, stieg auf den Dachboden. Dann ging sie wieder nach unten, stand in der offenen Haustür und hörte kurz darauf ihren Mann zurückkehren. Sie wusste, er war allein, denn da waren keine Stimmen. Sie hörte, wie das Tor, durch das sie kurz zuvor gekommen war, quietschend auf- und zuging und der Riegel einschnappte.

»Ist Lucy bei dir?«, fragte sie mit erregter Stimme.

Seine Schritte auf dem Kies hielten inne. Er war kaum mehr als ein Schatten.

»Lucy?«, sagte sie.

»Ist Lucy denn nicht da?«

Er blieb reglos stehen. In seiner Hand hielt er etwas Weißes, es wurde von einem Lichtstrahl aus der offenen Haustür erhellt.

2

Heilige Mutter Gottes!«, flüsterte Bridget, ihr Gesicht kreidebleich.

»Das kann man wohl sagen.« Henry nickte langsam. Sie seien unten am Strand, fuhr er fort. Der Captain sei durch die Felder heraufgekommen und dann seien beide zum Strand zurückgegangen.

»Er hat ihre Kleider gefunden. Es war Ebbe, und er kam gerade von Kilauran herüber. Mehr hat er nicht gesagt.«

Das könne nicht sein, flüsterte Bridget. Was er da sagte, sei unmöglich. »Heilige Mutter, niemals!«

»Die Flut reißt alles mit sich. Bis auf das, was sich in den Steinen verfängt. Er hatte ein Kleidungsstück in der Hand.« Henry schwieg kurz. »Vor einiger Zeit habe ich mich gefragt, ob sie wohl allein baden geht. Wenn ich sie dabei gesehen hätte, dann hätte ich es gesagt.«

»War sie vielleicht bei den Felsen? In letzter Zeit war sie so bedrückt. Vielleicht war sie bei der Stelle, wo sie die Krabben holt?«

Henry sagte nichts, und dann schüttelte Bridget den Kopf. Aus welchem Grund sollte ein Kind am Strand seine Kleider ausziehen, wenn es nicht im Meer baden wollte, zumal es das letzte Bad war, bevor sie weggingen?

»Ich hab es auch vermutet«, sagte sie. »Ihr Haar war ein paar Mal ziemlich feucht.«

»Ich geh zum Strand und bring ihnen eine Lampe.«

Als Bridget allein war, betete sie. Ihre gefalteten Hände fühlten sich kalt an. Sie betete laut und unterdrückte die Tränen. Ein paar Minuten später folgte sie ihrem Mann durch den Hof und den Apfelgarten auf die Weide und hinunter zum Strand.

Sie starrten durch die Dunkelheit auf das verlassene Meer. Sie sagten nichts, sondern standen dicht beieinander, als fürchteten sie das Alleinsein. Die Wellen schwappten leise, das Wasser stieg langsam mit der kommenden Flut.

»Oh, Ma'am, Ma'am!« Bridgets Stimme klang schrill, ihre Schritte hallten laut auf den Steinen, bevor sie den Sand erreichte. Vor einiger Zeit habe sie einen Verdacht gehabt, sagte sie weinend, die Worte überstürzten sich, und im flackernden Licht von Henrys Lampe wirkten ihre Gesichtszüge seltsam fremd.

Der Captain und seine Frau wandten sich verwirrt vom Meer ab. Gab es irgendeine Hoffnung in diesem Durcheinander, ein Fünkchen Hoffnung, wo eben noch alles ausweglos schien? In ihrer Verunsicherung zählte für beide in diesem Augenblick nur das.

»Nicht, dass sie jemals ein Wort gesagt hätte, Ma'am. Henry und ich hatten nur den Verdacht. Wir hätten es Ihnen sagen sollen, Sir.«

»Was sagen sollen, Bridget?« Im Tonfall des Captains lag müde Höflichkeit und Geduld, während er auf irgendeine Belanglosigkeit wartete: Seine Hoffnung hatte sich bereits wieder in nichts aufgelöst.

»Mir ist nur aufgefallen, dass ihr Haar ein bisschen nass war, als sie nach Hause kam.«

»Vom Baden?«

»Wenn wir uns sicher gewesen wären, hätten wir es Ihnen gesagt.«

Ein Schweigen trat ein, dann sagte Captain Gault:

»Es ist nicht Ihre Schuld, Bridget. Das wird niemand denken.«

»Sie hatte ihr Vergissmeinnicht-Kleid an, Sir.«

»Es war nicht ihr Kleid.«

Ihr Sommerunterhemd, sagte Heloise, und schweigend gingen sie erneut zu der Stelle, wo man es gefunden hatte.

»Wir haben sie belogen«, sagte der Captain, bevor sie die Stelle erreichten.

Heloise verstand nicht, was er meinte. Dann fielen ihr die Beteuerungen und die halbherzigen Versprechen ein und dass sie gewusst hatte, wie unwahrscheinlich es war, die Versprechen einhalten zu können. Lucy hatte sich durch Ungehorsam zur Wehr gesetzt, aber zuerst hatten sie und ihr Mann kleine Lügen und Unwahrheiten ins Spiel gebracht.

»Sie wusste doch, dass ich jederzeit mit ihr zum Baden gehen würde«, sagte der Captain.

Das Stück Treibholz, an dem das Hemd hängen geblieben war, lag noch da, die fahle glatte Oberfläche war im Dunkel gerade noch sichtbar. Henry leuchtete mit der Lampe und suchte nach einem weiteren Gegenstand, fand aber nichts.

Es war fast, als hätte der Trugschluss, zu dem sich der Captain, seine Frau und die Dienstboten verleiten ließen, eine Eigendynamik entwickelt, die sich aus den Umständen und Ereignissen nährte und deshalb weder angezweifelt noch widerlegt wurde. Man hatte das Haus durchsucht, die Schuppen im Hof, den Garten und den Obstgarten. Und obwohl nichts darauf hinwies, dass das vermisste Kind so spät im Wald sein könnte, hatte man auch dort nach ihr gerufen; man war bei den O'Reillys in der Küche gewesen. Blieb nur noch das Meer. Ihm seinen Anspruch streitig zu machen schien nicht nur den Tatsachen zu spotten, sondern auch falsche Hoffnungen zu nähren.

»Kommen Sie mit nach Kilauran, Henry? Wir fahren mit dem Boot hinaus.«

»Natürlich, Sir.«

»Lassen Sie die Lampe bei den Frauen.«

Die beiden Männer machten sich auf den Weg. Stunden später, auf den Felsspitzen, die den langen Sand- und Kiesstrand durchbrachen, fanden die von ihnen zurückgelassenen Frauen eine Sandale zwischen den Krabbenbecken.

Die Fischer aus Kilauran erfuhren von dem Unglück, als sie im Morgengrauen von ihrer Ausfahrt zurückgerudert kamen. Sie berichteten, dass sie die ganze Nacht nichts von ihren Booten aus gesehen hätten, doch der Aberglaube, der vor langer Zeit die Fischergespräche bereichert hatte, lebte hinter vorgehaltener Hand wieder auf. Die Haie, die sich am Unglück nährten, ließen nur Treibgut der Zerstörung zurück, und selbst davon nicht viel: Auch die Fischer beklagten den Tod eines Kindes.

Wie die Felsoberflächen entlang der Küste von den Wellen ausgehöhlt wurden und Napfschnecken sich ansiedelten, die verdeckten, was darunter lag, so ließ die Zeit den bloßen Anschein zur Wahrheit werden. Die vergehenden Tage wurden zu Wochen und rührten nicht an der Oberfläche, die auf nichts als einer bloßen Vermutung beruhte. Das schöne Sommerwetter hielt an, ohne den geringsten Hinweis, dass man den falschen Dingen Glauben schenkte. Die eine zwischen den Felsen gefundene Sandale wurde ein nasses Symbol des Todes; und wie die Totenklagen am Anleger von Kilauran seit jeher vom Meer herbeigeführtes Unglück bezeugten, war es auf Lahardane das Schweigen.

Captain Gault verbrachte die Nächte nicht mehr an einem Fenster im Obergeschoss, sondern stand allein auf den Klippen, starrte auf die dunkle, ruhige See hinaus und verfluchte sich und seine Vorfahren, die aufgrund ihres Wohlstands an diesem Ort ein Haus gebaut hatten. Manchmal nahm der namenlose Hund der O'Reillys seinen Mut zusammen und stellte sich neben ihn, den Kopf eingezogen, als spürte er eine Schwermut und zeigte sein inniges Mitgefühl. Der Captain schickte ihn nicht weg.

Am Meer und im Haus barg jede Erinnerung Bedauern, war jeder Gedanke trostlos. Es war keine Zeit geblieben, um die Initialen in den blauen Koffer eingravieren zu lassen, aber wie konnte es an Zeit gefehlt haben, wo sie sich jetzt so endlos dehnte und die Tage mit ihren langen, langsamen Nächten das Gewicht eines Jahrhunderts trugen?

»Oh, mein Liebling!«, murmelte Captain Gault, als er wieder einen neuen Tag anbrechen sah. »Oh, mein Liebling, vergib mir.«

Heloise litt andere Qualen. Die glücklichen Jahre ihrer Ehe kamen ihr nun, da sie der Vergangenheit entrissen und durch ihr Leiden verzerrt waren, wie der pure Egoismus vor. Sämtliche Zimmer des Hauses, das sie als Braut betreten hatte, bargen Erinnerungen an Dinge, die sie gierig für sich beansprucht hatte – die Grammophonmusik, zu der sie in Everards zärtlich um sie gelegten Armen tanzte, das träge Ticken der Salonuhr, wenn sie am Feuer lasen, nachdem sie das Sofa mit der hohen Lehne herangezogen hatten, das Knistern der Holzscheite im Kamin. Er war aus dem Krieg zurückgekehrt, enttäuscht, aber wenigstens gerettet. Ihr Kind wuchs nach der Geburt gesund heran. Lahardane bot ihnen ein Auskommen und einen gewissen Lebensstil. Und doch, hätte Everard eine andere Frau geheiratet, dann wäre das unversöhnliche Ende dieser Kette von Ereignissen vermeidbar gewesen; das war ihr immer gegenwärtig.

»Nein, nein«, widersprach er jetzt und gab anderen Dingen die Schuld. »Wenn sie noch einmal kommen, erschieße ich sie.«

Wieder sahen beide das gleiche Bild vor sich: Die Schäferhunde lagen vergiftet im Hof, die Kadaver kalt auf dem Kopfstein. Und wieder harkte Henry die mit Blut verfärbten Kieselsteine glatt.

»Mehr konnten wir nicht erklären«, flüsterte Heloise, aber ihre Schuld wurde nicht weniger: Ihrem Kind hatte sie nicht genug erklärt.

»Ich frage mich, ob sie jetzt wirklich gehen«, grübelte Bridget, als die Vorbereitungen für die Abreise nicht wieder aufgenommen wurden. »Wahrscheinlich kümmert es sie nicht, was aus ihnen wird.«

»Ist nicht alles schon geregelt?«

»Was geregelt war, ist jetzt anders.«

»Heißt das, Kitty Teresa wird zurückgeholt? Und Hannah auch?«

»Ich sage nicht, was ich nicht weiß. Nur dass ich nicht überrascht wäre, wenn es so kommen würde.«

Bridget war immer überzeugt gewesen, dass der Captain und seine Frau aus Liebe zum Haus wieder zurückkehren würden, sobald das Land sich beruhigt hatte und eine Regelung für die zugefügte Verletzung gefunden war. Ihre hoffnungsfrohen Gedanken wurden durch die Tatsache bestärkt, dass die Kühe nicht verkauft werden sollten.

»Ich glaube, sie gehen«, sagte Henry. »Ich glaube, jetzt wollen sie erst recht fort.«

Die erforderlichen Formalitäten wurden abgeschlossen, soweit die Umstände es erlaubten. Captain Gault gab eine betont sachliche Erklärung ab, dennoch war der Urkundsbeamte, der nach Lahardane kam, um sie niederzuschreiben, gerührt und mitfühlend.

»Warum sollten wir noch länger warten?«, fragte Heloise, als der Mann gegangen war. »Wenn es stimmt, was die Fischer aus Kilauran glauben, ist nichts mehr von ihr übrig. Wenn sie sich irren, erwartet mich hier ein Grauen, von dem ich nichts wissen will. Wenn ich anders bin als alle Mütter der Welt und nicht am Kiesstrand und bei den Tümpeln umherschleichen und ewig nach einem Stück Schleife suchen will, dann bin ich eben anders. Wenn ich unnatürlich und schwach bin und von einer unbegreiflichen Angst erfüllt, dann bin ich eben unnatürlich. Aber ich kann nur sagen, dass ich es in meiner grenzenlosen Reue nicht ertragen könnte, den Blick zu senken, um die fleischlosen Knochen meines Kindes zu sehen und alles zu wissen.«

Die gemeinsame Trauer verband den Captain und seine Frau, aber sie trennte sie auch. Wenn einer redete, hörte der andere kaum zu. Jeder lehnte nutzloses Mitleid ab. Jetzt half ihnen keine böse Vorahnung, keine Stimme im Traum, kein vages Gefühl. Heloise packte die letzten Sachen.

In der trostlosen Zeit, die vergangen war, hatte sie ihre Bank in einem Telegramm gebeten, die Rio-Verde-Aktienzertifikate an die Bank ihres Mannes in Enniseala zu senden. Sie sagte es ihm, als er sich gerade auf den Weg machen wollte, um die notwendig gewordenen letzten Regelungen mit Aloysius Sullivan zu treffen.

»Aber wieso um alles in der Welt lässt du die Papiere jetzt schicken?« Er starrte sie verständnislos an. »Den ganzen Weg hier herüber, kurz vor unserer Abreise?«

Heloise antwortete nicht. Stattdessen schrieb sie eine Notiz, in der sie ihn bevollmächtigte, die Zertifikate für sie in Empfang zu nehmen.

»Ich möchte es so«, sagte sie schließlich.

Die seltsame Laune seiner Frau beschäftigte Captain Gault, während er tat, was sie von ihm verlangte. War es möglich, dass die schlimmen Ereignisse des Sommers und die große Verzweiflung Spuren hinterlassen hatten, die ebenso schrecklich waren wie die Ereignisse selbst? Wertvolle Dokumente waren unnötigerweise der Post anvertraut worden und würden demnächst erneut den Risiken einer Reise ausgesetzt. Die Übertragung der Aktien hätte auch ohne das Versenden irgendwelcher Dokumente veranlasst werden können; Heloises Anweisung hätte genügt. Das hatte in dem Brief gestanden, in dem die Bank ihre Bedenken in Bezug auf die Eisenbahngesellschaft angedeutet hatte.

In Enniseala war er versucht, den dicken Umschlag wieder zurückzugeben und darum zu bitten, ihn sicher dorthin zurückzusenden, wo er hergekommen war. Er war versucht zu sagen, es liege ein Irrtum vor, was angesichts der Umstände sicher verständlich sei. Doch er tat es nicht und kehrte nicht mit einer banalen Ausrede nach Lahardane zurück. Stattdessen übergab er, was er abgeholt hatte und richtete auch die Grüße von Aloysius Sullivan aus. Der Inhalt des Umschlags wurde genau geprüft, die Grüße des Anwalts mit einem Nicken abgetan, als seien sie völlig nebensächlich, obwohl Heloise den Anwalt immer sehr gemocht hatte.

Am Abend hätten sie gemeinsam spazieren gehen können, im Haus, im Obstgarten und Garten, durch die Felder. Aber Captain Gault schlug keinen Spaziergang vor und ging auch nicht allein wie sonst. Es zog ihn zwar noch immer zu den Apfelbäumen, zu den Bienenstöcken und Kühen, die stets sein ganzer Stolz waren, aber seine Frau war wichtiger. Es wäre ein letzter grausamer Schicksalsschlag, wenn seine Befürchtung zuträfe.

Er trank allein, düster und still, und versuchte nicht darüber nachzudenken, ob dieses Unglück eine Strafe war. Denn hatte sich nicht letztendlich das Volk erhoben, und war das nicht der Beginn der Hölle, die sich in diesem kleinen Winkel ausbreitete? Er konnte es nicht wissen, denn die Wahrheit war weder in einem Trugschluss noch in Verdammungstheorien zu finden. Es war Zufall und nicht Zorn, der das Schicksal der Gaults in diesem Sommer bestimmt hatte.

Im Zug nach Dublin war Heloise schweigsam. Sie hasste die Felder und Hügel, durch die sie fuhren, den Wald und die Haine und die stillen Ruinen ebenso sehr wie die Meeresküste, die sie hinter sich ließen. Sie wollte nur eines: für immer fort von der Landschaft, in der sie einst glücklich war, fort von den freundlich lächelnden Gesichtern und sanft sprechenden Stimmen. Eine gemietete Villa in einem Vorort in Sussex war nicht weit genug entfernt; sie wusste es seit Tagen, hatte es aber nie gesagt. Jetzt tat sie es.

Der Captain hörte ihr zu. Er konnte sich durchaus vorstellen und verstehen, dass die Frau, die er vor dreizehn Jahren nach Lahardane geholt hatte, jetzt, da sie es verließ, möglichst weit weg, immer weiterfahren wollte, bis ein anderer Zug sie an irgendeinem Ort absetzte, wo Fremde keinen Anlass zu Kommentaren und neugierigen Fragen gaben. Eine Zukunft im angenehmen, wohligen England, die sie sich einst vorgestellt hatten, war inzwischen unvorstellbar.

»Wir haben aber die Adresse von Sussex hinterlassen«, sagte er, denn er musste etwas sagen. Aber ihn interessierte Sussex mit seinen Vororten oder Ferienhäusern ebenso wenig wie die Ruhe Englands. Ihn interessierte seine Frau, deren Gesicht dünn und bleich geworden war, der ausdruckslose Blick ihrer Augen, wenn sie auf die Landschaft starrte, ihre Stimme ohne das gewohnte Timbre, ihre gefalteten Hände, die aussahen wie die einer Statue. Zugleich empfand er jedoch auch Erleichterung. Sie hatte also nicht in Verwirrung gehandelt, als sie das Telegramm an ihre Bank geschickt hatte, sondern nur mit dem Vorsatz, die Vergangenheit noch entschiedener abzuschließen. Die Dokumente, die er für sie abgeholt hatte, befanden sich in ihrem Gepäck, und wo immer ihre Reise enden mochte, würden sie ihren Lebensunterhalt davon bestreiten.

»Irgendwo«, sagte sie. »Ganz egal, wo.«

In Dublin, am Bahnhof King's Bridge, schickte Captain Gault ein Telegramm, in dem er den Mietvertrag für das Haus in England kündigte. Als er das erledigt hatte, standen sie da, eine Insel mit Gepäck. »Wir sind uns einig«, sagte er, denn obwohl ihn Heloises Zerbrechlichkeit nach wie vor beunruhigte, teilten sie doch die Grundstimmung, die sich in der Art ihrer Abreise spiegelte, und den Wunsch, sich selbst zu verlieren und von Erinnerungen zu befreien. All das sagte er ihr, denn er wollte sie trösten.

Heloise erwiderte nichts darauf, aber als sie durch die Stadt zum Hafen fuhren, sagte sie:

»Ist es nicht seltsam, dass uns das Weggehen nicht im Geringsten traurig macht? Und noch vor kurzem schien uns die Vorstellung unerträglich.«

»Ja, schon seltsam.«

Auf diese Weise verließen Captain Gault und seine Frau am Donnerstag, den zweiundzwanzigsten September 1921 ihr Haus und unwissentlich ihr Kind. In England zogen Stadt und Land unbemerkt an ihnen vorbei. Kirchtürme und Dorfhäuser, die letzten Wicken in kleinen Hintergärten, sich rankende Stangenbohnen auf sorgfältig gespannten Drähten, Geranien in ihrer letzten Blüte – alles war austauschbar. Auch Frankreich wurde nur als ein weiteres Land wahrgenommen, obwohl sie dort einige Nächte verbrachten. *Wir sind weitergefahren,* schrieb Captain Gault dem Anwalt in Enniseala – einer von drei Sätzen auf einem Bogen Hotelbriefpapier.

3

Bridget polierte die Möbel und deckte sie mit alten, ausgemusterten Bettlaken ab. Sie putzte die Fenster, ehe sie mit Brettern vernagelt wurden. Sie schrubbte die Stufen der teppichlosen Hintertreppe und die Fliesen im Hundegang. Dann packte sie die Federbetten und Decken weg.

Am Morgen, als es nichts mehr zu tun gab, außer in der Küche und Spülküche, wo noch Tageslicht durch die Fenster fiel, ging Henry mit einer Lampe durch die verdunkelten Zimmer im oberen Stockwerk. Die Luft dort roch schon abgestanden. Am Abend wollten sie das Haus abschließen.

Die beiden waren melancholisch. An den wenigen Tagen, die seit der Abreise der Gaults verstrichen waren, hatten sie damit gerechnet, dass einer der Fischer mit der Nachricht käme, etwas hätte sich in den Netzen oder an einem Ruder verfangen. Aber es war niemand gekommen. Und wenn, hätten die Gaults es überhaupt wissen wollen?, fragte Bridget, und Henry, der keine Antwort wusste, hatte den Kopf geschüttelt.

In der Eingangshalle nahm er die Glaskugel von der Lampe und löschte den Docht. In der Milchkammer spülte er die Kannen aus, die er zuvor von der Molkerei mitgebracht hatte. »Ich muss eine Mauer reparieren«, rief er

Bridget zu, als sie in der Hintertür erschien, und von weitem sah er, wie sie nickte. Er fragte sich, was er wohl empfinden würde, wenn er zurückkam und zum letzten Mal am Küchentisch saß. Sie wollte ein Stück Speck kochen.

Die Schäferhunde sausten in den Hof, als Henry pfiff, und Bridget sah, wie sie sich hinter ihm drängelten. »Das Wetter bleibt schön«, rief sie ihm zu.

»Ja, das glaub ich auch«, erwiderte er.

Bridget hatte nicht das Gefühl, dass ihre Gebete umsonst gewesen waren. Ihr genügte, gebetet zu haben, es war Gottes Wille, dass er sie nicht erhört hatte. Sie würden sich mit den Gegebenheiten abfinden und sie akzeptieren, anders ging es nicht. Von Zeit zu Zeit würde die alte Hannah sie im Pförtnerhaus besuchen, und eines Tages vielleicht sogar Kitty Teresa, obwohl sie ein gutes Stück weit entfernt wohnte. Aber wahrscheinlich wollte Kitty Teresa gar nicht kommen. Nach dem Gezeter, das sie aufgeführt hatte, weil sie gehen musste, wäre es ihr möglicherweise zu viel.

Am meisten wird mir die große alte Küche fehlen, dachte Bridget, als sie wieder ins Haus ging. Sie würde weiterhin zum Hof herunterkommen und die Hühner füttern, solange es welche gab, und sich außerhalb neue Aufgaben suchen. Früher, als ihre Mutter sie mit in die Küche nahm, hatte sie im Hof gespielt, und wenn es regnete, setzte sie sich ans Feuer im Mehlschuppen, blies den Torf mit dem Schwungrad an und beobachtete die Funken.

An der Spüle schrubbte sie eine Pfanne, deren abgeplatzter Emailbelag ihr seit Jahren vertraut war. Sie spülte die Pfanne aus und trocknete sie ab, stellte sie an ihren Platz zurück und fragte sich, ob sie sie eines Tages wieder benutzen würde, und in einem plötzlichen Anflug von Optimismus glaubte sie daran, war überzeugt, dass die Zeit Wunden heilte und die Gaults zurückkehrten. Sie brachte das Speckstück auf dem Küchenherd zum Kochen.

Henry erinnerte sich nicht an den schwarzen Mantel, als er ihn sah. Vor Jahren hatte er ihn oft angezogen gesehen, aber jetzt erkannte er ihn nicht. Lange kann er noch nicht da liegen, dachte er bei sich. Als er das letzte Mal hier oben war, um Steine für ein Loch in der Mauer um die Schafsweide der O'Reillys zu suchen, hatte in dieser Ecke nur hochgeschossenes Unkraut gestanden. Er betrachtete den Mantel, drang jedoch nicht weiter in das verfallene Haus vor und befahl den Schäferhunden wegzubleiben. Langsam zündete er sich eine Zigarette an.

Die Steine, auf die er es abgesehen hatte, waren aus der Wand gefallen und lagen, wie beim letzten Mal, zwischen den Brennnesseln. Er erinnerte sich, wie Paddy Lindon am Tisch gesessen hatte, von dem jetzt nur noch die Beine und ein einziges Brett übrig waren. Die Brennnesseln rundherum waren niedergetrampelt, ein Pfad führte in die Ecke, wo der Mantel lag. Zwei Fischkörbe aus Stroh standen dort, und auf braunen Apfelbutzen saßen Fliegen.

Er versuchte das Ganze zu verstehen, und als ihn eine Ahnung beschlich, mochte er nicht näher herangehen. Einer der Schäferhunde jaulte, und er befahl ihm, still zu sein. Eigentlich wollte er den Mantel nicht hochheben und nachsehen, aber am Ende tat er es doch.

Im Hof bellte einer der Schäferhunde, und Bridget wusste, dass Henry wieder da war. Dieser Hund bellte immer nur einmal, wenn er in den Hof zurückkam, eine Angewohnheit, die Henry ihm abzugewöhnen versuchte. Sie schob den Topf mit den Kartoffeln auf die heißeste Herdstelle und goss kochendes Wasser über den klein geschnittenen Kohl. Sie verteilte das Besteck auf dem Tisch, und dann hörte sie Henrys Schritte im Flur. Als sie sich am Herd umdrehte, stand er in der Tür. In den Armen hielt er ein Bündel.

»Was ist das?«, fragte sie, aber er gab ihr keine Antwort und trat nur in die Küche.

Henry war den ganzen Weg durch den Wald geeilt, darum bemüht, möglichst nicht über das nachzudenken, was noch immer keinen rechten Sinn ergab. Die Reglosigkeit des Bündels in seinen Armen konnte doch nur die Reglosigkeit von etwas Totem sein, oder nicht? Immer wieder legte er es ab, um nachzusehen, und er streckte sogar die Hand aus und schloss die Augen, die ihn anstarrten, denn wie sollte nach so langer Zeit an jenem nasskalten Ort noch Leben darin sein?

In der Küche kroch der Geruch von kochendem Speck durch seine verwirrten Gedanken, so wie die Realität die Bruchstücke eines Traums durchdringt. Die Uhr tickte heiter auf der Anrichte, ein Topfdeckel klapperte vom entweichenden Dampf.

»Heilige Mutter Gottes!«, rief Bridget. »Oh, heilige Mutter Gottes!«

Die Lippen des Kindes waren mit Brombeersaft verschmiert. Sie sah krank aus mit ihren eingefallenen Wangen, den dunklen Ringen unter den Augen, das Haar zerzaust wie bei einem Kesselflickerkind. Sie war in einen alten Mantel ihrer Mutter gewickelt. Er war schmutzig.

Schließlich ergriff Henry das Wort. Er erzählte, er sei wegen der Steine zu Paddy Lindons Häuschen gegangen. Wie so oft war sein Gesicht ausdruckslos, selbst wenn er sprach. »In einem Schinken spielt sich mehr ab«, hatte Bridgets Vater einmal über Henrys Gesicht gesagt.

»Gütige Mutter!«, flüsterte Bridget und bekreuzigte sich. »Gütige Mutter, erbarme dich!«

Henry tapste langsam zu einem Stuhl. Das Kind war ausgehungert und so schwach, dass es eigentlich kaum am Leben sein konnte: Wie zuvor bei Henry schwirrten diese Gedanken unausgesprochen in Bridgets Kopf herum und lösten die gleiche Verwirrung aus. Wie konnte sie dem Meer entkommen sein? Wie konnte sie überhaupt hier sein? Bridget musste sich setzen, sie hatte weiche Knie. Sie versuchte die Tage zu zählen, aber sie brachte sie unentwegt durcheinander. Eine Ewigkeit schien seit jenem Abend am Strand vergangen zu sein, eine Ewigkeit, seit die Gaults abgereist waren.

»Sie hat Essen aus dem Haus mitgenommen«, sagte Henry. »Wahrscheinlich hat sie von Zuckerbroten gelebt. Und Gott sei Dank, dass es dort Wasser gibt.«

»Sie war doch wohl nicht im Wald, Henry?«

Bridget brachte jeden Morgen ihren Rosenkranz vom Pförtnerhaus mit in die Küche und legte ihn aufs Regal über dem Herd. Sie stützte sich jetzt am Tisch ab, tastete danach und legte ihn zwischen die Finger, nicht um die Perlen zu zählen, sondern um Trost in der Berührung zu finden.

»Sie ist weggelaufen«, sagte Henry.

»Ach Kind, Kind …«

»Sie ist selber erschrocken über das, was sie getan hat.«

»Wie kannst du bloß so was machen, Lucy?«

Ihre Stimme kam ihr albern vor, und als sie sich selbst hörte, empfand sie Gewissensbisse wegen ihrer Dummheit.

War es nicht ihre Schuld, weil sie das Baden verschwiegen hatte? Hatte das Kind nicht ständig im Tal und oben im Wald gespielt – warum hatte sie die Eltern nicht darauf hingewiesen? Warum hatte sie nicht gesagt, dass alles, was die Fischer glaubten, nichts als Hirngespinste waren?

»Was ist bloß in dich gefahren, Lucy?«

Der eine Knöchel sehe übel aus, sagte Henry. Im Hof habe sie auf eigenen Füßen gehen wollen, aber er habe sie nicht abgesetzt. Woher sollte man wissen, seit wann der Knöchel verletzt war? Vielleicht war er gesplittert, man konnte es nicht erkennen. Er sagte, er wolle Dr. Carney holen gehen.

»Vielleicht sollte ich sie erst nach oben tragen.«

Erst wenn das schmutzige Kind oben im Bett lag, würde sie mehr aus ihm herausbekommen, das wusste Bridget. Vorher würde er nichts von sich geben, erst dann würde er erzählen, wie er sie gefunden und was sie, wenn überhaupt, zu ihm gesagt hatte. Im Moment war das Kind so stumm, als würde es nie wieder den Mund aufmachen.

»Warte, ich will ein paar Bettflaschen füllen.«

Bridget legte den Rosenkranz auf das Kaminsims zurück und zog den Kessel, der schon gekocht hatte, wieder über die heiße Feuerglut. Das Wasser dampfte und blubberte fast augenblicklich. Und der Captain, seine Frau und Henry hatten den Strand abgesucht und im Kies gestochert: Verdammte Dummköpfe waren sie allesamt, sie eingeschlossen, hatten die Sache nur noch verschlimmert. Wie im Scheinwerferlicht sah Bridget die drei verzerrt vor sich.

»Hast du Hunger, Lucy? Knurrt dir der Magen?«

Lucy schüttelte den Kopf. Henry hatte sich ebenfalls gesetzt, sein brauner Hut saß schief in der Stirn, als wäre er auf dem Weg durch den Wald verrutscht und Henry hätte vergessen, ihn wieder zurechtzurücken, nachdem er seine Last auf dem Stuhl abgesetzt hatte.

»Der Herr möge ihr beistehen«, flüsterte Bridget und spürte warme Tränen über ihre Wangen laufen, ehe ihr noch recht bewusst wurde, dass sie weinte, ehe ihr klar wurde, dass hier Dummheit keine Rolle spielte. »Gott sei Dank«, flüsterte sie, und plötzlich lagen ihre Arme um Lucys dünne Schultern. »Gott sei Dank.«

»Jetzt ist alles in Ordnung, Lucy«, sagte Henry.

Bridget füllte zwei Bettflaschen mit heißem Wasser. Die Augen des Kindes wirkten irgendwie erschöpft. Als säße dort ein stumpfer, rasender Schmerz.

»Bist du krank, Lucy? Tut dein Bein weh?«

Ihr Blick schien die Frage zu verneinen, aber sie gab noch immer keine Antwort, sagte nichts, bewegte sich nicht. Henry stand auf und nahm den widerstandslosen Körper erneut in die Arme. Oben legte er sie, im Schein zweier von Bridget entzündeter Lampen, auf das Bett, von dem man erst vor einer Woche die Laken und Decken weggenommen hatte.

»Du wartest, bis du persönlich mit Dr. Carney reden kannst«, wies Bridget ihn an. »Bring ihn schnell her. Nimm den Zweisitzer, geh nicht zu Fuß. Ich schaff das jetzt schon.«

Sie wühlte im Bettzeug, das sie gefaltet in den Schrank im Flur gepackt hatte, und fand ein Nachthemd.

»Und dann wird gebadet«, sagte sie, als sie das Bett gemacht hatte, so gut es ging, ohne die schlaffe Gestalt zu stören, die darin lag. Aber das Bad würde warten müssen, bis der Doktor da war, und so ließ sie heißes Wasser in eine Schüssel laufen und trug sie ins Zimmer. Draußen hörte sie Geklapper und nahm an, dass Henry eine Leiter aufgestellt hatte und die Bretter vor Lucys Zimmerfenster abnehmen wollte, bevor er Dr. Carney holte. Eigentlich sollte er mehr Verstand haben und sich nicht mit solchen Kleinigkeiten aufhalten. Ihr Ärger war fast eine Erleichterung.

»Soll ich dir ein Ei kochen, wenn du gewaschen bist? Ein Ei im Glas?«

Wieder schüttelte Lucy den Kopf. Wahrscheinlich war der Knöchel gebrochen, so wie er aussah, eher schwarz als blau und angeschwollen wie eine große Kugel. Das ganze Bein war nicht zu gebrauchen und lag da wie leblos.

»Wir messen deine Temperatur«, sagte Bridget. Irgendwo war ein Thermometer, aber ihr fiel nicht ein, wo, und sie überlegte, ob es vielleicht gar nicht mehr im Haus war. Dann mussten sie es eben Dr. Carney überlassen. »Wir machen dich schön sauber für ihn.«

Das Kind starrte vor Schmutz, ihre Füße, die Hände, das Haar verfilzt, Kratzer an den Armen und im Gesicht. Ihre Rippen standen vor, der Bauch darunter war eingefallen. Ein gekochtes Ei im Glas, zusammen mit Toast zerdrückt, das hatte sie immer gern gemocht. »Vielleicht kommt der Appetit wieder, wenn Dr. Carney da war.«

Das Wasser in der Schüssel wurde sofort grau. Bridget goss es im Bad weg und füllte die Schüssel erneut. Was hatte Henry mit Zuckerbrot gemeint? Das kleine Haus war eingefallen. War das Kind die ganze Zeit dort gewesen? Hatte sie sich aus kindlichem Trotz dort versteckt, weil sie nicht fortziehen wollte? War das der ganze Grund für die schreckliche Aufregung und den großen Kummer, wie er schlimmer nicht sein konnte? Sie hätte Henry sagen sollen, dass er ein Telegramm an die hinterlassene Adresse schicken sollte. Aber dann hätte er am Pförtnerhaus halten und Papier holen müssen, was eine weitere Verzögerung bedeutet hätte, und deshalb hoffte sie, dass er nicht von selbst auf die Idee kam.

»Mama und Papa sind weggefahren«, sagte Bridget. »Aber jetzt kommen sie bald wieder.«

Sie legte eine Bettflasche in die Mitte, um die kalten Laken zu wärmen, und die zweite ans Fußende. Dann löste sie den Haken am Fenster und zog das obere Fenster etwas herunter. Henry hatte mehrere Bretter abgerissen, aber einige waren noch festgenagelt.

»Dr. Carney kommt gleich«, sagte sie, denn etwas anderes fiel ihr nicht ein.

»Ja, sie ist oben.« In der Eingangshalle nickte Henry in Richtung des Schlafzimmers, an dessen Fenster er die Bretter abgerissen hatte. »Wir wissen auch nicht mehr als das, was sie Ihnen erzählen wird.«

»Nicht mehr? Und das, nachdem sie von den Toten auferstanden ist!«

Mit dem Fuß hätte sie keinen Meter laufen dürfen, sagte Henry. Der Weg zur Ruine, wo er sie gefunden hatte, sei ohnehin schon zu viel gewesen. Wobei er sie nie gefunden hätte, wenn er nicht das Loch in der Mauer hätte reparieren wollen, wo die Schafe immer durchkamen.

»Und wie war das mit den Zuckerbroten?«

In einem Stück Zeitungspapier hätten kleine Butterklümpchen gelegen und übrig gebliebene Zuckerkörner. Sie musste Äpfel gepflückt haben, unreife, aber sie hatte sie gegessen, denn die Butzen hätten noch dort gelegen. Sie habe sich gut durchgeschlagen, sagte Henry.

»Ist das Kind nicht ganz richtig im Kopf, Henry?«

»Aber natürlich.«

»War ihr klar, was sie anrichtet, als sie ausgerissen ist?«

»Vermutlich schon.«

»Wir müssen Mr. Sullivan verständigen. Und ein Telegramm nach England schicken.«

»Daran habe ich auch schon gedacht«

Der Doktor diagnostizierte einen gebrochenen Knochen, der genauer untersucht werden musste, Risse an den umliegenden Bändern, innere Blutungen, hohes Fieber und Unterernährung. Er empfahl Kraftbrühe oder heiße Milch und fürs Erste nicht mehr als eine dünne Scheibe Toastbrot. Henry fuhr mit ihm nach Kilauran zurück, um das notwendige Telegramm zu senden. Bridget toastete eine Scheibe Brot auf dem Herdrost in der Küche.

Diese Nacht würden sie hier im Haus schlafen müssen. Zu diesem Schluss kam Henry auf dem Rückweg nach Lahardane, und Bridget hatte den gleichen Gedanken, als sie das Tablett nach oben brachte. In Anbetracht der Lage konnten sie das Kind nicht allein lassen, zumal man einen weiteren Brandanschlag auf das Haus nicht ausschließen konnte. Solange keine Regelungen getroffen werden konnten und der Captain und Mrs. Gault nicht zurück waren, mussten sie bei Lucy bleiben.

»Was hast du in dem Telegramm geschrieben?«, wollte Bridget wissen, als Henry zurückkam.

Lucy lebend im Wald gefunden – diese Nachricht war nach England geschickt worden.

4

Sie blieben in Basel und rechneten aus, welchen Lebensstil sie von Heloises Erbe bestreiten konnten. Anfangs fragten sie sich beunruhigt, ob Heloise ihr Vermögen höher eingeschätzt hatte, als es tatsächlich war, aber es war genug Geld vorhanden. Der einzige Besitz des Captains – das Haus mit dem Land, das sie zurückgelassen hatten – würde unangetastet bleiben, solange nicht ein unvorhergesehenes Ereignis Gegenteiliges verlangte. Eine Stellung in einem Schiffsmaklerbüro oder dergleichen war im Ausland nicht leicht zu finden; zum Glück waren sie nicht darauf angewiesen.

Während sie all dies besprachen, stellte der Captain fest, dass sie inzwischen die Zukunft unterschiedlich sahen und sie sich, trotz der vielen gemeinsamen Erfahrungen, weitaus weniger einig waren, als er zuvor gesagt hatte. In der kurzen Zeit seit ihrer Abreise war ihm klar geworden, dass es ein Irrtum war zu glauben, er würde nie wieder nach Lahardane zurückkehren wollen. Aber er merkte auch, dass Heloises gegensätzliche Gefühle mit jeder zurückgelegten Meile stärker wurden. Sie sehnte sich nach einem Leben im Exil, da hinein setzte sie ihren Glauben und ihre Hoffnung. Er beabsichtigte nicht, es ihr auszureden; seine Aufgabe bestand darin, sich um sie zu kümmern. Sie war noch immer ein Schatten der Frau, die sie vor nicht langer Zeit gewesen war.

Sie brachen auf, nachdem sie ihre finanziellen Angelegenheiten in Basel erledigt hatten. In Richtung Süden, nach Lugano, fuhren sie und verbrachten dort ein paar friedliche Tage am See. An einem wolkenlosen Herbstnachmittag überquerten sie die Grenze nach Italien und fuhren dann langsam weiter.

5

In einer Ruine?«, sagte Aloysius Sullivan. »Einer *Ruine*?«

Bridget erklärte ihm alles. Sie erzählte ihm von den mitgenommenen Lebensmitteln in den Fischkörben und den unreifen Äpfeln. Mr. Sullivan schloss kurz die Augen.

»Sie war wütend über die ganze Sache. Sie dachte, wenn sie ausreißt, schenkt man ihr vielleicht mehr Beachtung.« Und Bridget erzählte, was sie noch vermutete und die wenigen Fakten, die sie erfahren hatte – von den spitzen Ästen, die im Dunkel des Waldes ein Hindernis waren, von der zusätzlichen Last des Mantels, den sie mitgenommen hatte, um sich in der Nacht zu wärmen, von den heruntergefallenen Ästen, über die sie gestolpert war. »Die Kratzer in ihrem Gesicht haben geblutet. Sie hat es gespürt und Angst bekommen. Das arme Ding hat sich weitergeschleppt mit allem, was sie dabei hatte, bis sie zufällig auf das kleine Haus von Paddy Lindon gestoßen und dort untergeschlüpft ist. Am nächsten Tag wollte sie wieder hierher zurück, aber der Fuß war so geschwollen, dass sie nur ein paar Schritte gehen konnte. Sie hatte Angst, als sie draußen Beeren suchte. Und sie hatte noch mehr Angst, als das Essen knapp wurde. Jemand wird schon kommen, dachte sie immer. Und als niemand kam, dachte sie, sie muss sterben.«

Aloysius Sullivan blieb ungerührt. »Dann hat sie das Kleidungsstück am Strand also hingelegt, um Sie in die Irre zu führen? Ein Akt der Tücke, der vorsätzlichen Täuschung.«

»Aber nein, Mr. Sullivan, ganz bestimmt nicht.«

»Was dann? Der Gefälligkeit?«

Bridget wusste nicht – und sollte nie erfahren –, welche Rolle der Hund gespielt hatte, und sie dachte, das auf dem Kiesstrand gefundene Unterhemd sei versehentlich liegen geblieben.

»Wir haben uns irreführen lassen, weil uns nie in den Sinn gekommen wäre, dass sie ausreißt. Weder mir noch Henry noch dem Captain oder der Herrin.«

»Das kann ich mir gut vorstellen«, gab der Anwalt trocken zurück.

Sie waren im Salon, die Möbel noch immer abgedeckt. Zwei Lampen brannten. Die meisten Fenster im Haus waren nach wie vor mit Brettern vernagelt.

»Wir dachten, es ist etwas passiert, so wie es aussah und nach allem, was gefunden wurde …«

»Schon gut, Bridget, ich verstehe.«

»Wie hätten wir darauf kommen sollen, dass sie nach Dungarvan will, und auch noch im Dunkeln, dass sie durch den Wald geht, um zur Straße zu kommen, die so weit weg ist? Das hätte keinen Sinn ergeben, und sie selbst begreift es jetzt auch nicht mehr.«

»Ich bin froh, sagen zu können, dass mir das Denken und Handeln von Kindern nicht sehr vertraut ist, obwohl ich zugebe, dass ich bei meiner täglichen Arbeit oft mit dem beschränkten Verstand von Erwachsenen konfrontiert werde. Wo ist das Kind jetzt?«

»Im Hof. Bei Henry.«

»Und ihr Zustand?«

»Sie ist immer noch still.« Bridget hob ein Laken von einem der Sessel. »Nehmen Sie Platz, Sir.«

Aloysius Sullivan war ein großer schwerer Mann und nahm das Angebot gern an. Seine Waden taten ihm weh, obwohl er mit dem Wagen nach Lahardane gekommen war. Er hatte das vage Gefühl, dass der Schmerz vom Gewicht der Verantwortung rührte, den diese neuen Umstände ihm ungerechterweise auferlegten. Seit er Everard Gaults wenige Zeilen aus Frankreich erhalten hatte, verspürte er eine gewisse Nervosität im Körper, die sich in Form eines Ausschlags unter dem Kragen äußerte und sich nun als Schmerz in den Waden bemerkbar machte. Als er vor einer Woche erfahren hatte, dass man sich im Hinblick auf das Schicksal des Kindes getäuscht hatte, war bei ihm eine alte Neuralgie wieder aufgeflammt, die ihn jahrelang in Ruhe gelassen hatte.

»Meine Mutter sagte immer, in jedem Kind steckt ein kleiner Teufel.«

»Aber nein, Sir, nicht doch. Sie war außer sich nach allem, was sie hier erlebt hat. Wie wir alle, Sir. In diesem Haus hat sich niemand mehr wohl gefühlt, nachdem die Männer gekommen waren und uns im Schlaf umbringen wollten. Wenn jemand Schuld hat, dann müssen wir sie dort suchen.«

Der Anwalt seufzte. Er verstehe sie ja, sagte er, aber dennoch könne er nicht vergessen, was Everard Gault ihm erzählt habe: Wie er und seine Frau immer wieder zum Strand gegangen seien, wie sie Tag und Nacht Höllenqualen gelitten hätten und jetzt anscheinend ziellos umherreisten. Und währenddessen hatte sich ihr eigenwilliges Kind von Zuckerbroten ernährt.

»Setzen Sie sich zu mir, Bridget«, sagte er.

Doch Bridget mochte sich nicht setzen. In diesem Raum hatte sie noch nie gesessen, und selbst in Anbetracht der Ereignisse konnte sie es nicht. Es habe ihr das Herz zerrissen, sagte sie, als Henry mit dem Kind in den Armen hereinkam. Was geschehen war, sei schrecklich, das Kind habe etwas Schlimmes angerichtet: Keine Sekunde wolle sie das bestreiten. Aber sie habe noch nie ein bedauernswerteres Geschöpf gesehen, als Henry sie hereingetragen hatte, sie stand an der Schwelle des Todes.

»Schicken wir noch ein Telegramm, Sir, falls das erste verloren gegangen ist?«

»Es ist nicht verloren gegangen, Bridget.«

Bridget erfuhr von dem Brief aus Frankreich. Es stand ihr nicht zu, die Stirn zu runzeln, aber sie tat es unwillkürlich; und als wüsste er, dass sie diese Nachricht erst verdauen musste, schwieg Mr. Sullivan einen Moment lang. Als er fortfuhr, erklärte er, dass in dem Brief die auf Lahardane zurückgelassenen Möbel und andere Sachen angesprochen wurden. Er habe immer angenommen, dass irgendwann ein Möbelwagen kommen und sie abholen würde. In dem Brief jedoch hieß es, dass alles, was man zurückgelassen hatte, bleiben sollte, wo es war.

»Ihr Telegramm ist bei der Adresse angekommen, an die Sie es geschickt haben. Das Telegramm, in dem Captain Gault das Haus gekündigt hat, kam ebenfalls dort an. Ich habe mich erkundigt. Früher oder später werden wir natürlich erfahren, wo der Captain und seine Frau sich aufhalten. Es ist bedauerlich, dass wir zur Zeit im Dunkeln tappen.«

Mr. Sullivan bekräftigte die unangenehme Lage, indem er den Kopf mit den geölten Haaren langsam hin und her bewegte, der Blick seiner schiefergrauen Augen war verdrießlich. Schließlich seufzte er, atmete dabei tief ein und wieder aus.

»Ich nehme an, sie haben vor ihrer Abreise nichts über

einen möglichen Sinneswandel gesagt? Über ihre Pläne und Absichten?«

In Bridgets Gesicht flackerte Panik auf, gegen die sie ebenso machtlos war wie wenige Minuten zuvor gegen das Stirnrunzeln. War etwas angedeutet worden? Hatte sie in der ganzen Aufregung nicht richtig zugehört? Sie überlegte noch einen Augenblick, dann schüttelte sie den Kopf.

»Nur die Adresse haben sie hinterlassen, Sir.«

Mr. Sullivans rundliche Hände lagen leicht auf der blauen Nadelstreifenhose, die über den Knien spannte. »Gibt es hier Papiere, die wir durchsehen könnten, Bridget? Die uns gegebenenfalls weiterhelfen könnten?«

Bridget nahm weitere Staublaken von den Möbeln. Aber weder im Schreibtisch noch in den Schubladen der Anrichte im Esszimmer fand sich etwas, das ihnen bei ihrem Problem hilfreich gewesen wäre. Und auch in den Schubladen der Frisierkommode wurden sie, nachdem sie mit den Lampen nach oben gegangen waren, nicht fündig.

»Hier sind nur Quittungen«, stellte Bridget fest, als sie die Fächer eines Eckschranks auf dem Treppenflur im ersten Stock durchsuchte, während Mr. Sullivan die Lampe hielt. An einer anderen Stelle entdeckten sie zwischen verschiedenen Briefen eine Ansichtskarte vom Bruder des Captains, mit einer Regimentsadresse in Indien und vor fast drei Jahren datiert. Etwas jüngeren Datums waren die wenigen, in einem nörgelnden, vorwurfsvollen Ton abgefassten Briefe, die von Heloise Gaults Tante in Wiltshire stammten.

»Die Regelungen, die der Captain in Bezug auf das Haus und Ihre Stellung hinterlassen hat, bleiben nach wie vor gültig«, sagte Mr. Sullivan. »Daran ändern auch die jüngsten Ereignisse nichts.«

Für künftige Kosten sei gesorgt, Notfälle eingeschlossen.

Die Gaults hätten sorgfältig geplant, auch wenn ihre Abreise trostloser verlaufen sei als unter normalen Umständen. Seine Hoffnung, gab der Anwalt zu, sei das Haus gewesen, irgendein Hinweis auf die Veränderung, die sich nun in ihren Plänen niedergeschlagen hatte.

»Ich habe mich umgehört«, sagte er, als sie in den Salon zurückgingen. »Ich habe jeden gefragt, der mir eingefallen ist. Ich dachte, die Nachricht hätte vielleicht die Cousins auf Mount Bellew erreicht, aber es scheint, dass auch sie Irland schon vor einiger Zeit verlassen haben. Wissen Sie, ob sie in Kontakt standen?«

Bridget wusste es nicht. Früher ja, erinnerte sie sich, aber der Name war nicht mehr gefallen, seit sie nach England gezogen waren. Man fand auch keine Briefe von ihnen, als die Schubladen unten noch einmal durchsucht wurden; nur in einem Fotoalbum entdeckten sie ein Bild der Cousins von Mount Bellew, bei einem Picknick auf Lahardane vor zehn Jahren.

»Wenn ich mich recht entsinne, ist einer der Jungen bei Passchendaele gefallen«, sagte der Anwalt. »Er war im gleichen Regiment wie der Captain.«

»Das wusste ich nicht.«

»Sie sind durcheinander, Bridget. Meine Nachricht war ein Schock für Sie. Aber wir werden Kontakt aufnehmen, keine Frage. Wir kennen das Regiment in Indien, für den Fall, dass der Captain sich mit seinem Bruder in Verbindung setzt, und falls es verlegt worden ist, würde man jede Mitteilung von mir weitergeben. Auf diese Art von Dingen ist die Armee stolz.«

»Es geht ja nur um das Kind, Sir.«

»Dr. Carney wird mir den Bericht schicken, Bridget. Das haben wir besprochen.« Mr. Sullivan machte eine Pause.

»Wäre es zu viel verlangt, wenn ich Sie darum bitte, die Dinge im Moment so zu belassen? Vorübergehend, Bridget?«

»So zu belassen?«

»Nur vorübergehend.«

»Heißt das, Henry und ich sollen in den Zimmern oben wohnen bleiben? Meinen Sie das damit, Sir?«

»Damit meine ich, so wie die Dinge stehen und da sie jetzt wieder hier ist, wäre es vielleicht besser, sie im Haus wohnen zu lassen. Alles in allem würde ich sagen, das wäre besser, als sie nach oben ins Pförtnerhaus zu bringen.«

Ohne genauer festzulegen, wie lange das von ihm angesprochene ›vorübergehend‹ dauern würde, ging Mr. Sullivan davon aus, dass es für das Kind, das den ganzen Ärger ausgelöst hatte, schlimmer sei, aus dem Haus ausziehen und ständig an den vernagelten Fenstern und verschlossenen Türen vorbeigehen zu müssen, als in der vertrauten Umgebung zu bleiben. Dabei setzte er voraus, dass die Männer, die damals in der Nacht gekommen waren, inzwischen das Interesse an ihrem Vorhaben verloren hatten. Er hob diesen Punkt hervor, damit Bridget und Henry sich nicht unnötig sorgten.

»Henry sagt, die werden uns in Ruhe lassen, nachdem sie die Herrschaften vertrieben haben. Das genügt ihnen, sagt Henry.«

Mr. Sullivan stimmte zu, enthielt sich aber eines Kommentars. Henry hatte also etwas gehört, folgerte er, und wenn nicht, so konnte man zumindest seinem Gespür trauen. Die Folgen, die der nächtliche Vorfall nach sich gezogen hatte, waren, ungeachtet des verletzten jungen Mannes, tatsächlich Rache genug.

»Das Pförtnerhaus ist schnell verschlossen. Wir ziehen hier ein, bis sie zurückkommen.«

»Und wie sieht unsere Freundin diesen besonderen Fall?«

»Welche Freundin denn, Mr. Sullivan?«

»Das Kind. Wie steht sie zur Rückkehr ihrer Eltern? Will sie diesmal brav mit ihnen gehen?«

»Vielleicht wollen sie gar nicht mehr weg, wenn sie erst einmal wieder hier sind? Das wäre doch möglich, so wie sie sich aufgeregt hat.«

»Ich möchte es hoffen, Bridget.«

»Stimmt es denn, dass die Unruhen ein Ende haben?«

»Auch in dieser Hinsicht können wir hoffen. Zumindest hoffen können wir.« Mr. Sullivan erhob sich. »Ich möchte das Kind sehen.«

»Sie werden sehen, sie ist ganz sanftmütig.«

Mr. Sullivan seufzte und verkniff sich die Bemerkung, dass er Sanftmut unter den gegebenen Umständen auch für angebracht hielt.

»Und noch etwas sollten Sie vielleicht wissen. Während sie im Wald lag, ist der Knochen so zusammengewachsen, dass sie hinken wird.«

»Ich weiß, Bridget. Dr. Carney kam vorbei und hat es mir erzählt.«

Er erhob sich im Sprechen und ging durch das dunkle Haus zum Hof. Das Kind, über das sie gesprochen hatten, saß auf der Stufe eines Nebengebäudes, das im Lauf der Jahre zu Henrys Werkstatt geworden war. Auf der anderen Hofseite, unter dem Birnbaum an der Mauer, lagen zwei junge Schäferhunde ausgestreckt in der Sonne. Sie hoben die Köpfe, als der Anwalt erschien, und ihr Nackenfell sträubte sich. Einer knurrte, aber keiner der beiden stand auf. Sie machten es sich wieder bequem, die Nasen flach auf dem Kopfstein.

Durch die offene Tür von Henrys Werkstatt sah Mr. Sullivan eine Bank mit Schraubstöcken und darüber reihenweise Zimmermannswerkzeug: Hämmer, Meißel, Hobel, Holzhammer, Schabhobel, Zangen, Wasserwagen, Schraubenzieher und Schraubenschlüssel. Zwei Teekisten waren voll gestopft mit kurzen Holzstücken unterschiedlicher Länge und Breite. Sägen und Drahtrollen, ein oft benutztes Schnurknäuel und eine Sichel hingen an Haken.

Henry saß neben dem Kind auf der Stufe und malte ein Holzflugzeug weiß an. Es balancierte auf einem Marmeladentopf und war etwa einen Fuß lang, mit Doppeldeckerflügeln, aber noch ohne Propeller. Streichhölzer verbanden die Tragflächen, deren Ansatzpunkte und Winkel einem ausgerissenen Zeitungsfoto nachempfunden waren, das ebenfalls auf der Stufe lag.

»Lucy«, sagte Mr. Sullivan.

Sie reagierte nicht. Henry schwieg ebenfalls. Der Pinsel – zu groß und zu unhandlich für den Zweck – bemalte das raue Holz weiter mit dem, was der Anwalt für Kalkfarbe hielt.

»Tja nun, Lucy«, sagte er.

»Ein schöner Tag, Mr. Sullivan«, bemerkte Henry, als sie wieder nicht antwortete.

»Ja, Henry. Wirklich schön. Nun, Lucy, ich möchte dir ein paar Fragen stellen.«

Hatte sie ihre Eltern jemals über Reisen sprechen hören, die sie gern unternehmen wollten? Oder über Städte, die sie gern besichtigen würden? Hatten sie ein bestimmtes Land erwähnt?

Das Kind schüttelte stumm den Kopf, bei jeder Frage etwas heftiger als zuvor, ihr helles Haar wirbelte durch die Luft. Die Gesichtszüge, auf die Mr. Sullivan hinabblickte, glichen fast denen ihrer Mutter, die Augen, die Nase, die ausgeprägten Lippenkonturen. Eines Tages wäre sie ebenfalls schön; er fragte sich, ob das dann eine Entschädigung für die schlimme Zeit sein könnte, die sie jetzt erlebte.

»Erzählst du es Bridget oder Henry, wenn dir irgendetwas einfällt, Lucy? Würdest du das für mich tun?«

In seiner Stimme lag ein flehender Unterton, der, wie er wusste, nichts mit der eben geäußerten Aufforderung zu tun hatte, sondern eine Bitte an das Kind war zu lächeln, wie er es von früher in Erinnerung hatte. »Ach, Lucy, Lucy«, murmelte er, als er wieder in den Salon zurückging.

Der Teetisch war für ihn gedeckt, die Lampen brannten noch immer. Er trank zwei Tassen und bestrich ein Brötchen mit Honig. Seine Gedanken quälten ihn. Seit er im Haus war, kam ihm der eigentliche Ablauf des Unglücks, das ihn hierher geführt hatte, weitaus seltsamer vor als die Nachricht, dass das Kind noch lebte. Hätte nicht ein glücklicher Zufall dafür sorgen können, dass Everard Gault an einem Kleidungsstück, das kaum sichtbar am Strand lag, vorbeiging? Welche Laune des Schicksals war im Spiel gewesen, als niemand daran dachte, dass ein verzweifeltes Kind bei einem freundlichen Dienstmädchen Zuflucht suchen könnte?

Er fand keine Antworten. Aloysius Sullivan stand auf und wischte sich mit der Serviette, die man ihm mit dem Tee gebracht hatte, einen Butterklecks von den Lippen. Er schüttelte die Krümel von den Knien und zog seine Weste zurecht. In der Eingangshalle rief er Bridget, und als sie kam, gingen sie gemeinsam zu seinem Wagen.

»Sie holen sie doch zurück, nicht wahr?«

Der Motor wurde angekurbelt und erwachte sprotzend zum Leben. Ja, er werde sie zurückholen, versprach Mr. Sullivan so zuversichtlich, wie er konnte. Er werde nichts unversucht lassen. Alles würde gut werden.

Bridget sah zu, wie der Wagen auf der Allee verschwand,

während der Auspuffqualm noch etwas länger in der Luft lag. Sie betete für den Erfolg des Anwalts, und in der Küche betete sie wieder, nur diesen einen Gefallen erflehte sie, denn nichts anderes zählte.

»Morgen ist die Farbe trocken«, sagte Henry. »Wir lassen es draußen, ja?«

»Er mag mich nicht.«

»Ach was, natürlich mag er dich. Alle mögen dich, warum auch nicht?«

Er stützte das Flugzeug an einer Stufe ab und benutzte dazu vom Bauen übrig gebliebene Holzstücke. Die Farbe dürfe erst am nächsten Morgen angefasst werden, sagte er. Und dann noch einmal: »Natürlich mag er dich.«

Aloysius Sullivan zog erneut Erkundigungen in ganz Enniseala und Kilauran ein. Er schrieb den ihm bekannten Freunden Captain Gaults und den englischen Freunden seiner Frau, zu denen sie anscheinend Kontakt hatte. Er ermittelte den Wohnort der Gaults von Mount Bellew in England und von entfernten Verwandten der Familie in der Grafschaft Roscommon. Aber seine Bemühungen wurden nicht mit dem Hinweis auf einen möglichen Aufenthaltsort der Gaults belohnt, sondern trafen nur auf Überraschung und Sorge, dass eine Nachfrage überhaupt notwendig war. Der Brief, den er von Everard Gault erhalten hatte, war in der französischen Stadt Belfort abgeschickt worden, über dem kurzen Inhalt stand die Adresse des Hôtel du Parc, Boulevard Louis XI. Vom Inhaber des Hotels erhielt Aloysius Sullivan nach einiger Verzögerung die Information, dass die fraglichen Gäste nur eine Nacht in *Chambre Trois* verbracht hatten. Mit welchem Ziel sie Belfort verlassen hatte, sei nicht bekannt.

Der Direktor von Heloise Gaults Bank in Warminster, Wiltshire, weigerte sich zunächst, Einzelheiten bezüglich gewisser ihm erteilter Anweisungen herauszugeben, erklärte aber schließlich, Mrs. Gault habe ihm aus der Schweiz geschrieben und ihr Konto gekündigt. Das Guthaben sei auf eine Bank in Basel überwiesen worden und er habe Grund anzunehmen, dass sie ihre Anteile an der Rio Verde Railway ebenfalls dort abgestoßen habe. Da diese Spur an diesem Punkt endete, schrieb Mr. Sullivan an eine Privatdetektei: Messrs. Timms and Wheldon, High Holborn, London.

Es ist möglich, dass sich meine Klienten in jener Stadt niedergelassen haben oder dass sich dort ein Hinweis auf ihren gegenwärtigen Verbleib finden lässt. Bitte nennen Sie mir die ungefähre Höhe Ihres Honorars, für den Fall, dass ich Ihre Dienste in dieser Angelegenheit in Anspruch nehme.

Schließlich wurde ein gewisser Mr. Blenkin von Timms and Wheldon in die Schweiz entsandt. Er blieb vier Tage in Basel und ermittelte nichts weiter als die Bestätigung des Aktienverkaufs. Neue Investitionen seien nicht getätigt worden; der Aufenthalt der Zielpersonen in der Stadt, in einem kleinen Hotel im Schützengraben, sei kurz gewesen, ihr derzeitiger Verbleib unbekannt. Einer eigenen Eingebung folgend, reiste Mr. Blenkin nach Deutschland und verbrachte eine fruchtlose Woche in Hannover und anderen Städten, anschließend stellte er Nachforschungen in Österreich, Luxemburg und in der Provence an. Dann, nach einer telegrafischen Bitte um weitere Anweisungen und einer daraufhin stattfindenden Beratung zwischen Messrs. Timms and Wheldon und Mr. Sullivan, wurde Mr. Blenkin nach High Holborn zurückgerufen.

6

In der Stadt Montemarmoreo, in der Via Cittadella, hatten sie über den Räumlichkeiten eines Schusters Quartier bezogen. »Was wollen wir heute machen?«, fragte der Captain, obwohl er die Antwort schon wusste. Ein bisschen spazieren gehen, schlug Heloise vor, und dann wanderten sie in den Hügeln, wo schwarze Sauerkirschen in der Nähe von Marmorbrüchen wuchsen, die inzwischen stillgelegt waren. Sie unterhielten sich mit vielen Pausen – nie über Lahardane oder Irland, sondern über Heloises Kindheit, Erinnerungen an ihren Vater und an ihre Mutter, bevor sie Witwe wurde, über Orte und Menschen aus jener beschützten Zeit. Der Captain ermutigte sie durch geduldige Fragen und geduldiges Zuhören; Heloise war gesprächig, denn solche Erinnerungen vertrieben die quälende Melancholie. Ihre Schönheit und Everard Gaults aufrechte Haltung, sein soldatischer Schritt, fielen in Montemarmoreo auf, sie waren ein Paar, das am Anfang geheimnisvoll wirkte und irgendwann nicht mehr.

Vielleicht würden sie eines Tages in Italien noch ein Kind bekommen, das ihnen so lange versagt geblieben war: Diese Hoffnung hegte der Captain für seine Frau, und seine Frau hegte sie für ihn. Aber sie hüteten sich vor Erwartungen, schraken davor ebenso zurück wie vor dem, was nicht zur

Sprache kommen durfte. Inzwischen verstanden sie es meisterhaft, bereits begonnene Sätze zu ändern, sie unbeendet oder in einem Lächeln aufgehen zu lassen. Sie überließen sich dem fremden Ort, in dem sie als Invaliden des Schicksals angekommen waren, seinen steinigen Hügeln und engen Gassen, einer Sprache, die sie lernten, wie Kinder es tun, der Schlichtheit ihrer Wohnung. Auf diese Weise vertändelten sie die Stunden, Tag für Tag, bis der Moment kam, um die erste Flasche Amarone zu öffnen. In Montemarmoreo störte sich niemand an ihnen.

7

Ihr Schreiben, erfuhr Aloysius Sullivan aus dem südlichsten Teil Bengalens, *hat mich tief bewegt, und ich bedaure, Ihnen nicht weiterhelfen zu können. Everard und ich haben in den vergangenen Jahren nur selten korrespondiert. Das letzte Mal besuchte ich Lahardane etwa ein Jahr nach der Geburt seiner Tochter, nachdem mir mein Bruder das freudige Ereignis in einem Brief mitgeteilt hatte. Meiner bescheidenen Meinung nach ist Irland schon immer seinem Ruf gerecht geworden, ein von Verzweiflung geschlagenes Land zu sein. Dass man meinen Bruder und andere gezwungen hat, ihre Heimat zu verlassen wie einst die Wildgänse, ist die traurigste Nachricht, die ich seit langem erhalten habe. Sollte ich von Everard hören, werde ich ihn selbstverständlich von der neuen Entwicklung unterrichten. Allerdings halte ich es für wahrscheinlicher, dass Sie oder die auf Lahardane Verbliebenen eher etwas hören als ich.*

Die Anwaltskanzlei Goodbody and Tallis, Warminster, Wiltshire, bat Mr. Sullivan um eine nähere Erläuterung seines Briefes vom Vierzehnten des Monats, adressiert an ihre inzwischen kranke Klientin, die Tante der oben genannten Heloise Gault. Mr. Sullivan antwortete und stellte die Situation dar, in der sich zwei Dienstboten und ein Kind befanden, und erklärte, wie es dazu gekommen war. In dem Antwortschreiben, das er erhielt, drückte eine gewisse Miss

Chambré, eine Freundin der inzwischen kranken Dame, ihr Entsetzen und ihren Abscheu für das Geschehene aus. Man habe seit längerem keine Post von Heloise Gault erhalten, schrieb Miss Chambré, und man dürfe ihre Arbeitgeberin keinesfalls von den jüngsten Vorfällen unterrichten, denn sie habe ein schwaches Herz, das, wenn sie von der entsetzlichen Rücksichtslosigkeit des Kindes hörte, der Belastung womöglich nicht standhalten würde.

Da meiner Arbeitgeberin nie die Freundlichkeit zuteil wurde, das Kind kennen zu lernen, fuhr Miss Chambré fort, *und sie zudem lange Zeit von ihrer Nichte vernachlässigt worden ist – jahrelang erhielt sie lediglich eine Karte zu Weihnachten –, finde ich es doppelt gerechtfertigt, einer kranken Frau diese überaus schockierende Nachricht vorzuenthalten. Ich schlage vor, das Kind in eine Besserungsanstalt zu stecken, bis die Eltern von ihren Reisen zurückkehren. Wobei nach allem, was Sie mitgeteilt haben, auch die Eltern nicht ganz unschuldig sind an dieser bedauerlichen Situation.*

Auf Lahardane hatte man die verbliebenen Bretter von den Fenstern genommen, um die Dunkelheit aus den Räumen zu verbannen und wieder Luft ins Haus zu lassen. Mr. Sullivan trank wiederholt Tee im Salon und brachte wiederholt keine Neuigkeiten mit. Doch erst als jener Herbst und ein Großteil des darauf folgenden Winters vorüber war, eine Zeit, in welcher der Waffenstillstand ständig bedroht schien, schlug er vor, die Zukunft auf Lahardane genauer zu überdenken.

»Rein rechtlich gesehen«, hob er eines Nachmittags unvermittelt an, »steht es mir nicht zu, über die nächsten Schritte zu entscheiden, Bridget. Meine Rolle sollte enden, sobald Sie das Haus abgeschlossen hatten. ›Die Felder und das Vieh dürften den Unterhalt sichern‹, sagte Captain Gault, als er mich ein oder zwei Tage vor der Abreise zum letzten Mal besuchte. Selbst in seinem großen Kummer hat er nicht vergessen, dass Sie gut versorgt sein sollten. Aber das Geld, das er bei mir hinterlegte, um die letzten Kosten für das Haus zu decken, musste ich aufgrund der veränderten Umstände mittlerweile anderweitig verwenden, und es ist aufgebraucht. Rein rechtlich gesehen ist damit also das Ende erreicht, Bridget. Als ein Freund Ihres Arbeitgebers – und ich nehme an, auch als der Ihre – werde ich Ihnen in Zukunft gern zur Seite stehen. Ich will den Unterhalt des Kindes aus meinen eigenen Mitteln bestreiten. Bei seiner Rückkehr wird Captain Gault die Schuld begleichen, keine Frage.«

»Wie schön, dass Sie an uns denken, Sir.«

»Kommen Sie und Henry zurecht, Bridget?«

»Aber ja, natürlich.«

Mr. Sullivan gab Bridget die Hand, was er noch nie getan hatte und auch nie wieder tat. Er werde sie nicht im Stich lassen, versprach er. Er werde das Haus weiterhin besuchen, bis es sich an einem großen Freudentag erübrigte. Er sei vollkommen sicher, sagte er energisch, dass dieser Tag komme.

Bei all dem verschwieg Mr. Sullivan seine eigene Frustration: Da er keine Fremdsprachen beherrschte, mussten seine Nachforschungen im Ausland über offizielle Stellen in Dublin geleitet werden, aber die wirre politische Lage vor und nach dem unbefriedigenden Vertrag erschwerten die Kommunikation enorm. Die Übertragung von Befugnissen, Aufträgen und Verantwortung ging nur äußerst schleppend voran, und in der Zwischenzeit herrschte Chaos. Zweimal hatte Mr. Sullivan Kopien seiner Briefe an Stellen weitergeleitet, die sich im Nachhinein als nicht besetzt erwiesen, und deshalb keine Antwort erhalten. Und viel später, als er einsah, dass man eine kleine familiäre Krise angesichts der größeren eines im Aufruhr befindlichen Landes für unwichtig befand, gab er sich ebenso viel Schuld wie den Umständen, deren Opfer er war; denn der Ernst, den er in seinen Gesuchen hatte übermitteln wollen, war offenbar nicht durchgedrungen. Ebenso wenig traute er den Versicherungen, die er schließlich erhielt, und las darin nur leere Versprechen, die ihn beruhigen sollten. Eines Tages würde vielleicht eine verdrehte, längst veraltete und lieblos zusammengeschusterte Version seiner Bitten weitergegeben werden, und der große Kummer einer Familie zu einer Kleinigkeit reduziert. Er stellte sich vor, wie dieses Dokument von ausländischen Beamten, die Besseres zu tun hatten, ärgerlich oder verwirrt abgelegt wurde.

Er wollte nicht aufgeben, aber seine Hilflosigkeit, das wusste er, würde seinen Stand als Anwalt schwächen. Seine Schamgefühle, die er deshalb empfand, banden ihn noch enger an Lahardane, ähnlich wie damals die Schuldgefühle Bridget und Henry enger an Lahardane banden, als sie Lucy des Badens im Meer verdächtigt, aber nichts gesagt hatten.

»Wir müssen hoffen«, drängte er an diesem Nachmittag erneut, obwohl er selbst keine Hoffnung mehr hegte. Er verabschiedete sich von Bridget und ging unter einem regenverhangenen Himmel zu seinem Wagen.

In der Küche, wo als Erstes immer der Herd angezündet wurde, waren Decke und Wände weiß, die Holzmöbel grün. Ein schwerer Kieferntisch, so oft geschrubbt, dass die Maserung Rillen aufwies, hatte Schubladen mit Messinggriffen. Zwischen den Fernstern stand eine grüne Anrichte mit Tellern, Untertellern und Tassen. Zu beiden Seiten der Tür waren Schränke in die Wand eingelassen.

Lucy saß am Tischende und sah zu, wie das Eigelb aus Henrys Spiegelei floss. Das Gelbe mochte sie auch, aber nicht das Weiße, außer wenn es zerdrückt war. Sie beobachtete, wie Henry Salz auf das Eigelb streute und es dann auf sein geröstetes Brot schmierte.

»Henry fühlt sich einsam«, sagte Bridget. »Fahr doch mit ihm, Herzchen.«

Jeden Morgen, bei schönem Wetter, sagte Bridget, Henry fühle sich einsam, wenn er die Milchkannen allein zur Molkerei bringen müsse. Lucy wusste, es war nur ein Vorwand, damit sie ihn begleitete, da es in den Ferien nicht viel für sie zu tun gab. »Na, Lucy! Komm rein, komm nur«, hatte Mr. Aylward an dem Morgen gerufen, als sie wieder in die Schule kam, und sie hatte schon gedacht, er würde sie in die Arme schließen, aber so etwas machte Mr. Aylward nicht. »Sie gewöhnen sich schon daran«, versprach er ihr, wenn die Hand voll anderer Kinder nicht mit ihr spielen wollte, wenn sie ihr schiefe Blicke zuwarfen und sie anstarrten oder sich gegenseitig anstubsten, aber nicht kicherten, weil das, was sie getan hatte, zu schlimm war, um darüber zu kichern. Nur der namenlose Hund, der auch eines Tages ausgerissen war, blieb ihr Freund am Strand.

»Ja«, sagte sie und sah zu, wie Henry den letzten Rest Eigelb mit Brot aufwischte. »Ja. Ich fahre mit.«

Inzwischen war es Anfang April. Der Morgen war sonnig, Wolkenfetzen trieben am Himmel – sie jagen die Sonne, sagte Henry. »Heute regnet es nicht«, meinte er. »Ganz bestimmt nicht.« Dort oben sei der Himmel, hatte ihre Mama immer gesagt, über den Wolken, über dem Blau. Man müsse sich sein eigenes Bild vom Himmel machen, hatte sie gesagt, müsse ihn sich so vorstellen, wie man ihn haben will.

Die großen Holzreifen am Wagen klapperten auf der Allee, das Pferd lief im Passgang, die Zügel hingen schlaff in Henrys Hand. Als die Äste sich über ihren Köpfen berührten, verschwanden Sonne und Himmel. Licht schien durch die Blätter der Kastanienbäume, und dann kam das Pförtnerhaus in Sicht. Die weit geöffneten, von Gestrüpp überwucherten Torflügel am Ende der Allee ließen sich inzwischen nicht mehr bewegen, weil sie schon zu lange in einer Stellung verharrten. Auf dem staubigen Lehmweg, der nach rechts abbog, war es wieder wärmer.

Früher hatte sie auf dieser Fahrt immer geredet und Henry gebeten, ihr etwas über Paddy Lindon zu erzählen, wie er einmal im Jahr, an Fronleichnam, in Kilauran auftauchte, eine wilde Gestalt mit Pilzen in einem roten Taschentuch. Der Vorgänger von Pater Morrissey hatte die Gläubigen von der Kanzel aus gemahnt und ihnen Vorschriften gemacht: Um der Ruhe in Kilauran willen solle niemand Paddy Lindons Pilze kaufen, denn wenn Paddy Lindon sie verkaufte, betrank er sich und wurde noch wilder. »Wie ein Hahn hat er dann gekräht«, sagte Henry, »den Anleger rauf und runter.«

Henry stammte aus Kilauran, aus einer siebenköpfigen Fischerfamilie, aber nachdem er Bridget geheiratet hatte, ging er nicht mehr fischen. »Ich bin nie im Meer geschwommen«, hatte er Lucy oft auf dem Weg zur Molkerei erzählt und war aus Gründen, die nur er kannte, stolz darauf. Und Lucy hatte ihm früher Geschichten erzählt, die ihre Mutter ihr aus Grimms Märchenbuch vorgelesen hatte; oder die Geschichten von Kitty Teresa.

»Was würden wir bloß ohne Milch machen?«, sagte

Henry, um ein Gespräch in Gang zu bringen, als sie nach dem Vorfall zum ersten Mal wieder gemeinsam zur Molkerei fuhren. »Sie gibt uns Kraft und Nahrung.«

Etwas Besseres fiel ihm nicht ein. Die Stimmung zwischen ihnen eignete sich nicht für die üblichen Erinnerungen aus seiner Kindheit – an den Novembersturm in Kilauran, als die Strohdächer von den Häusern flogen, an den Sommer mit den Pferderennen am Strand, an Paddy Lindon, wenn er seine Pilze verkauft hatte.

»Du hast es ja nicht böse gemeint, Mädchen«, versuchte er es erneut, als das Schweigen zwischen ihnen ungebrochen blieb. »Das wissen wir doch alle.«

»Doch, ich hab es böse gemeint.«

Lucy nahm die Zügel, weil er sie ihr reichte, sie spürte den rauen Strick an Handfläche und Fingern, er fühlte sich ganz anders an als die Zügel am Zweisitzer.

»Kommen sie irgendwann zurück, Henry?«

»Aber natürlich, warum denn nicht?«

Wieder breitete sich Schweigen aus. Es dauerte an, als der Pferdewagen auf die Hauptstraße bog, und den ganzen Weg bis in den Hof der Molkerei, wo Henry rückwärts an die Ladeplattform fuhr. Er hob die Kannen herunter und rauchte eine Zigarette, während er sich mit dem Aufseher unterhielt, dann stieg er wieder auf den Wagen. Er nahm die Zügel selbst, denn manchmal war es nicht leicht, sich einen Weg durch die anderen Wagen zu bahnen. Am Tor lud er zwei leere Kannen auf.

»Sie kommen nie mehr zurück«, sagte Lucy.

»Sobald sie wissen, dass du hier bist, kommen sie. Das kann ich dir versprechen.«

»Wie sollen sie's denn erfahren, Henry?«

»Irgendwann kommt ein Brief von ihnen, und dann

schreibt Bridget zurück. Oder Mr. Sullivan erreicht sie. In ganz Cork gibt es keinen klügeren Mann als Aloysius Sullivan. Das hört man überall, immer wieder. Wollen wir auf eine Limonade anhalten?«

Sie mussten ohnehin halten, um in Mrs. McBrides Laden an der Straße die Lebensmittel zu besorgen, die Bridget auf einem Stück Papier aufgelistet hatte. Aber Henry tat so, als sei ihm die Idee mit der Limonade eben erst gekommen.

»Gut«, sagte sie.

Mrs. McBride würde sich bemühen, sie nicht anzustarren. Wie alle anderen auch. Mr. Aylward hatte sie zuerst angestarrt. Nur einmal, aber sie hatte es gesehen. Sie starrten sie an wegen der Sache, die sie getan hatte; sie starrten auf ihr hinkendes Bein. Auf dem Schulhof wollte Edie Hosford immer noch nicht in ihre Nähe kommen.

»Hast du einen Keks für die kleine Dame?«, sagte Henry im Laden, und plötzlich ragte Mrs. McBrides riesiges Gesicht vor ihr auf. Es sah aus wie der Keil, mit dem Henry die Holzscheite spaltete, oben breit und unten spitz. »Ein gefüllter Keks, oder?«, sagte Mrs. McBride, und ihre Zähne ragten ebenfalls vor. »Wäre ein gefüllter Keks genehm?«

Sie sagte ja, obwohl sie nicht verstand, was »genehm« bedeutete. Vielleicht war der Brief schon da, wenn sie zurückkamen. Bridget würde draußen auf sie warten, ihnen damit zuwinken, und wenn sie näher kamen, würde sie ihnen die Neuigkeit erzählen und dabei aufgeregt lachen. Sie wäre rot im Gesicht und würde gleichzeitig lachen und weinen.

»Haben wir nicht herrliches Wetter, Henry?«, sagte Mrs. McBride und goss ihm ein Starkbier ein, bevor sie sich um den Keks kümmerte. »Zumindest für April ist es schön.«

»Ja, allerdings.«

»Gott sei Dank.«

Bridget würde sagen, sie brauche Hilfe, um das Zimmer für sie vorzubereiten. Sie würden Blumen hineinstellen und die Fenster öffnen. Sie würden Bettflaschen unter die Decken legen. »Wir holen die Kutsche raus«, würde Henry sagen und sie dann waschen, damit auch sie bereitstehen würde. Sie wären böse auf sie, aber das machte nichts. Sie könnten so lange böse auf sie sein, wie sie wollten, es würde ihr nichts ausmachen.

»Ich weiß noch, dass du gefüllte Kekse am liebsten magst«, sagte Mrs. McBride. Sie kam hinter der Theke hervor, wo die mit Glasdeckeln verschlossenen Keksdosen am Rand der Theke aufgereiht standen. Sie nahm den Deckel von einer Dose, und Lucy nahm sich einen Keks heraus.

Als sie zum ersten Mal mit Henry zur Molkerei gefahren war, hatte er sie auf die Theke gehoben, und sie saß mit ihrer Limonade da und sah zu, wie das Bier beim Einschenken schäumte. Damals war sie sechs.

»Gib mir einen Zehnerpack«, sagte Henry, worauf Mrs. McBride erwiderte, sie habe nur zwei Fünferpacks, und Henry sagte, dann eben zwei Fünferpacks. Er rauchte immer Woodbines. Die einzigen anderen Zigaretten, die er jemals probiert hatte, waren Kerry Blue. Das hatte er Lucy einmal erzählt und ihr die Kerry-Blue-Packung mit dem Hund vorne drauf gezeigt. Ihr Papa rauchte Sweet Afton.

»Wie geht's der Frau?«

»Danke, ganz gut.«

»Hast du die Liste?«

Er holte Bridgets Einkaufsliste, reichte sie über die Theke, und Mrs. McBride suchte die Sachen zusammen. Mrs. McBride mochte sie nicht mehr, obwohl sie ihr den Keks geschenkt hatte. Mrs. McBride war wie alle anderen, nur Henry und Bridget waren eine Ausnahme.

»Erdbeermarmelade hab ich nicht, Henry. Nur Himbeer.«

»Ist das in Ordnung, Lucy? Wollen wir Himbeer nehmen?«

Sie nickte, über ihr Glas gebeugt, und wollte nicht sprechen, weil Mrs. McBride da war. Mr. Sullivan mochte sie auch nicht.

»Keiller's macht gute Marmeladen«, sagte Mrs. McBride.

»Die besten«, stimmte Henry zu, obwohl Lucy noch nie gesehen hatte, dass er Marmelade aß. Er schmierte jede Menge Butter aufs Brot, und manchmal streute er Salz darüber. Er sagte oft, er habe für Süßes nichts übrig.

»Die Reneklodenmarmelade ist gut«, sagte Mrs. McBride, und dann redete sie über die Sandwiches, die sie für die Soldaten machte, wenn sie abends manchmal vorbeischauten. Sie kamen aus der Kasene in Enniseala und gingen bei Old Fort Crossroads tanzen. Unterwegs bekämen sie Hunger, sagte sie. »Mike macht die Sandwiches viel zu dick«, sagte sie. Mike war ihr Mann. »Dick wie zwei Türschwellen macht er sie. Die kriegt kein Soldat zwischen die Zähne.«

Lucy hörte nicht mehr zu, sie las die Werbung: für Ryan's Towel Soap, Corned Beef, Whiskey und Guinness-Bier. Einmal hatte sie ihren Papa gefragt, was Guinness sei, als sie den Namen las, und er hatte gesagt, es sei das Zeug, das Henry trinkt. Sie hatten eine Flasche Whiskey zurückgelassen, aus der nur ganz wenig fehlte. Power's stand auf dem Etikett.

»Danke«, sagte sie, als sie wieder auf dem Wagen saßen. Henry zündete sich eine Zigarette an. Die grauen Papiertüten mit den Einkäufen standen zu ihren Füßen. Weit vor ihnen brachten zwei andere Wagen ebenfalls ihre leeren Milchkannen zurück.

»Na mach schon«, trieb Henry das Pferd an und schüttelte die Zügel. Er schob seinen Hut ein wenig zurück und ließ sich die Sonne auf die Stirn scheinen. Seine ersten Sommersprossen waren schon zu sehen.

8

Sie sah zu, wie der Schmetterling verschwand und wieder auftauchte, wie der Zauberer triumphierend die verschrumpelten Finger spreizte, wie sich das Rosa und Gold der Schmetterlingsflügel langsam zusammenfaltete. Die Miene des Zauberers veränderte sich nie. Da war immer sein spitzes Lächeln, der starre Blick, die wächsernen Wangen. Nur die Arme bewegten sich.

Auf der Treppe hörte sie Everards Schritte und dann seinen Schlüssel im Schloss. Er hatte eingekauft. Beim Bahnhof sei er auch gewesen, sagte er.

»Du bist so lieb zu mir!«, murmelte Heloise. Seit Monaten las er ihr, während sie im Bett lag, aus englischen Büchern vor, die er bei einem Buchhändler zwei Straßen weiter gefunden hatte. Er kochte für sie und wusch ihre Nachthemden, bürstete ihr das Haar und brachte ihr die Schminksachen. Immer wieder hörte er ihren Erinnerungen aus der Kindheit zu. Von den Samstagsmärkten brachte er Tassen, Untertassen und Teller mit, außerdem Porzellanfiguren, damit sie sich in der Wohnung heimischer fühlten. Die vorhandenen Sachen hatte er eingelagert.

Sie beobachtete, wie er das Uhrwerk des Zauberers aufzog. Er hatte ihn gekauft, um sie abzulenken, wenn sie sich ausruhte, bis sie eines frühen Morgens ihr Baby verlor und der herbeigeholte Arzt mühsam nach Worten rang, als er von den früheren Fehlgeburten erfuhr. Mitfühlend, aber bestimmt sagte er, sie dürften keinen weiteren Versuch unternehmen.

»Wenn du gern möchtest«, sagte sie, als die Spieluhr still war. »Ja, natürlich wäre es schön.«

Aus Angst, ihre derzeitige Trägheit könnte zum Dauerzustand werden, hatte der Captain vorgeschlagen, die großen italienischen Städte zu besichtigen. »Nur hin und wieder«, hatte er ihr zugeredet, »damit wir mal eine Woche woanders sind.« Er hatte einen Reiseführer gekauft und ihr daraus vorgelesen, hatte ihre Aufmerksamkeit auf Fotos von Gebäuden und Skulpturen, von Fresken und Mosaiken gelenkt.

»Natürlich«, erwiderte Heloise jetzt auf sein weiteres Drängen. »Eine kleine Abwechslung wäre schön.«

Doch Montemarmoreo war ihr Abwechslung genug: Das hätte sie ebenso gut sagen können. Ihr kleines *appartamento* über der Schusterwerkstatt, ihre stetig zunehmenden Habseligkeiten, die Spaziergänge, die sie bald wieder aufnehmen würden: In all dem lag ein gewisser Friede. Dass *cucchiaio* Löffel hieß, *seggiola* Stuhl und *finestra* Fenster, dass der Portier der Credito Italiano gegenüber jeden Morgen die Türen aufschloss, um die wartenden Angestellten in die Bank zu lassen; dass die Frau im Fiori e Frutta inzwischen etwas länger mit ihr plauderte, dass sie zum Glockenläuten der Kirche Santa Cecilia erwachte, der Heiligen, deren Tapferkeit in ihrem Martyrium den Menschen dieser Stadt seit Jahrhunderten Mut gemacht hatte: All das bedeutete Friede, soweit das überhaupt möglich war.

Die bleichen Hände des Zauberers hoben sich erneut, der Schmetterling erschien, wurde verbannt und kehrte wieder zurück. Die Einzelheiten der am Bahnhof abgeschriebenen Fahrpläne – günstige Züge, ausgewählte Städte – wurden genau studiert.

»Wollen wir den Wein heute Abend ein bisschen früher öffnen?«, fragte Heloise dann.

9

Mr. Sullivan kam weiterhin zu Besuch, wie er es versprochen hatte. Und Kanonikus Crosbie kam von Enniseala nach Lahardane, um sich davon zu überzeugen, dass Lucy im protestantischen Glauben erzogen wurde. Wenn Bridget und Henry sonntags zur Messe fuhren, nahmen sie Lucy mit nach Kilauran, wo sie eine halbe Stunde wartete, bis der Gottesdienst in der grün gestrichenen Wellblechhütte begann, in der sich die kleine Gemeinde der Church of Ireland zum Gebet versammelte. Obwohl Kanonikus Crosbie wusste, dass sie den Sonntagsgottesdienst besuchte, da er von seinem Vikar gehalten wurde, hatte er das Gefühl, sich persönlich darum kümmern zu müssen, wie die Dinge auf Lahardane standen.

»Und betest du auch immer, Lucy?«, fragte der freundliche alte Mann mit seinem unschuldigen Lächeln und weißen Haar, und zwinkerte ihr über das Teegeschirr hinweg zu, das Bridget auf dem Esszimmertisch bereitgestellt hatte. »Kannst du mir das Vaterunser aufsagen, Lucy?«

»Vater unser, der du bist im Himmel«, begann Lucy und betete bis zum Ende.

»Na, sehr schön.« Bevor er aufbrach, schenkte Kanonikus Crosbie ihr ein Buch mit dem Titel »Die Mädchen von St. Monika«, wobei er insgeheim dachte, dass man sie unter anderen Umständen längst auf ein Internat geschickt hätte. Der Geistliche zweifelte nicht daran, dass dies im Sinne ihrer Eltern gewesen wäre, doch als er das Thema später bei Aloysius Sullivan ansprach, wurde ihm erklärt, für dergleichen fehle das Geld. Bis zur etwaigen Rückkehr ihrer Eltern würde Lucy Gault weiterhin in Mr. Aylwards kleinem Klassenzimmer unterrichtet werden.

Mittlerweile war die Atempause, die dem Aufstand in Irland gefolgt war, einem Bürgerkrieg gewichen. Der neue irische Freistaat wurde von blutigen Auseinandersetzungen zerrissen und mit ihm Städte, Dörfer und Familien. Die schreckliche Schönheit eines erfüllten Schicksals zog eine schreckliche Verbitterung nach sich, die noch lange nach dem Ende des Konflikts im Mai 1923 in den Erinnerungen spukte. Gegen Ende des gleichen Monats erhielt Mr. Sullivan einen Brief von Miss Chambré, in dem stand, dass Heloise Gaults Tante – man hatte sie über die Abreise ihrer Nichte aus Irland informiert, als sich ihr Gesundheitszustand gebessert hatte – den Wunsch verspüre, sich auszusöhnen. Als sie dann erfuhr, dass man Heloises derzeitigen Aufenthaltsort nicht kenne, habe sie Miss Chambré vertrauensvoll angewiesen, in mehreren englischen Zeitungen Annoncen aufzugeben. Dass dies ohne Erfolg geblieben sei, habe große Enttäuschung ausgelöst. *Ich persönlich hatte nichts anderes erwartet,* schrieb Miss Chambré, *aber um des Seelenfriedens einer alten Dame willen empfinde ich es als meine Pflicht, Sie zu bitten, mich zu benachrichtigen, sobald Sie Neuigkeiten von Heloise Gault erhalten. Von dem ungehörigen Benehmen des Kindes habe ich meine Arbeitgeberin selbstverständlich noch immer nicht unterrichtet.*

Mr. Sullivan seufzte über diese Zeilen. Er hätte darauf hinweisen können – tat es aber nicht –, dass die Folgen von

Lucy Gaults ungehörigem Benehmen Strafe genug waren, eine Tatsache, die er in den Gesprächen mit Bridget und während seiner eigenen fortdauernden Beobachtungen immer wieder bestätigt fand. Ihm war auch klar, dass die Verunsicherung, die den Haushalt auf Lahardane erfüllte, ebenso unergiebig war wie die Unruhe, die sich in ihm breit machte, wenn er zu lange über das Geschehen nachgrübelte. Der Anwalt, der bis auf eine Haushälterin allein lebte, behielt seinen tiefen Kummer die meiste Zeit für sich und erwähnte nur manchmal beiläufig etwas seinem Assistenten gegenüber, ohne dass es ihn sehr erleichterte .

Ganz ähnlich erging es Bridget, die nachts oft aufwachte, schlaflos dalag und darauf wartete, dass Henry die Augen öffnete, um ihn zu bitten, ihr noch einmal den Moment zu schildern, als er das Bündel zwischen Unkraut und Geröll entdeckt hatte. Der Hund, mit dem Lucy sich angefreundet hatte, war eines Tages davongelaufen und nicht mehr gesehen worden: Für Bridget und Henry schien sein Verschwinden zu allem zu passen, was sonst geschehen war, auch wenn sie diesen Gedanken mit der Zeit als Hirngespinst verwarfen.

Während auf Lahardane heillose Verwirrung herrschte, fand die Geschichte, wie das Unglück über das Haus auf dem Land gekommen war, mit der Zeit seinen Platz unter den Geschichten über die politischen Unruhen, die man sich in der Umgebung erzählte – in Kilauran, Clashmore und Ringville, auf den Straßen von Enniseala. Das tragische Ereignis, das ein Kind selbst heraufbeschworen hatte und das seitdem sein Leben bestimmte, war ein gutes Gesprächsthema und hatte für Fremde den Stoff zu einer Legende. Besucher, die an die Strände dieser stillen Küste kamen, hörten zu und staunten. Handlungsreisende, die über die

Theken von Geschäften Bestellungen für ihre Waren entgegennahmen, erzählten die Geschichte in weit entfernten Städten. Und die Gespräche in Pubs, an Teetafeln und Kartentischen wurden durch Berichte über das Unglück auf Lahardane belebt.

Wie oft bei Geschichten von Reisenden wurde das Erzählte durch Übertreibungen ausgeschmückt. Wo die Wirklichkeit Lücken aufwies, wurden geliehene Fakten eingestreut, die an Gewicht gewannen, je öfter man sie erzählte. Angeregt durch die Ereignisse auf Lahardane, wurden Erinnerungen an andere Häuser und ihre Familiengeschichten wach: Wenn die Gaults ein so hartes Schicksal ereilt hatte, mussten sie irgendwann einen Dienstboten an den Galgen gebracht, sich nicht an das Gesetz gehalten oder zu hochnäsig Privilegien für sich beansprucht haben. In solchermaßen inspirierten Gesprächen wurde ausgelassen, was den Erzählfluss gestört hätte. Die nackte Realität des Geschehenen wurde eingefärbt, angereichert und insgesamt besser gemacht. Die Reise, auf die sich die gepeinigten Eltern begeben hatten, wurde eine Pilgerfahrt und war die Suche nach Absolution von Sünden, die je nach Erzählung variierten.

»Der große alte Duke von York«, sangen die Kinder bei der Weihnachtsfeier in Mr. Aylwards Schulzimmer, »der hatte zehntausend Mann …«

Luftballons schmückten Alphabetbilder und Tafel, Stechpalmzweige zierten Landkarten und Porträts von Königen und Königinnen, die Mr. Aylward gehörten. Es gab Tee für die Kinder, die alle fünfzehn auf Bänken rings um die vier zusammengeschobenen Tische saßen – Brote, Rosinenkuchen und mit Liebesperlen bestreute Kekse. Der Raum war abgedunkelt. Ausgeliehene Vorhänge hingen vor den beiden Fenstern, und Mr. Aylward warf mit den Fingern Schattenfiguren auf ein weißes Laken – ein Kaninchen, einen Vogel, das kantige Profil eines alten Mannes.

Anschließend ging Lucy am Strand entlang nach Hause, allein in der wachsenden Dunkelheit, neben ihr das wilde, winterliche Meer. Wie immer, wenn sie am Strand war, hoffte sie, dass der Hund vielleicht zurückkam, dass er, wie früher, bellend die Klippen herunterjagte. Doch nichts bewegte sich, bis auf das, was der Wind vor sich her fegte, und man hörte nur das nicht enden wollende Heulen des Windes und das Brechen der Wellen. »Bleib bloß weg von mir«, hatte Edie Hosford wieder gesagt und wollte sich nicht von ihr berühren lassen, als sie in der Schule Goldene Brücke spielten.

Zwei

I

An einem Februarmorgen erinnerte sich ein Gepäckträger beim Fegen des Bahnsteigs in Enniseala an den Abend, als ihm jemand aus einem Fenster im Obergeschoss in die Schulter geschossen hatte. Er fühlte sich in jene Zeit zurückversetzt, weil er wieder davon geträumt hatte – davon, wie er den Leuten seine Wunde zeigte und sie auf die dunkle Stelle hinwies, wo das Blut durch den Pullover gesickert war, und wie er erzählte, dass ihm die Kugel zwar das Fleisch zerfetzt hatte, aber nicht stecken geblieben war. Im Traum hatte er den Arm wieder in einer Schlinge getragen und anerkennende Blicke von älteren Männern auf sich gezogen, die ihn aufforderten, sich einer der Gruppen anzuschließen, die Kopf-oder-Wappen spielten – genau so, wie es ihm auch im wirklichen Leben widerfahren war. Sie hatten ihn als Aufständischen gewürdigt, obwohl er nie einer revolutionären Organisation angehört hatte. »Wirklich schrecklich, was dir passiert ist!«, hatte eine alte Bettlerin aus dem Eingang von Phelans Bar und Lebensmittelgeschäft gerufen. »Dass ein Mann einfach auf dich schießt!« Die gleiche Bemerkung hörte er auf der Straße von einem katholischen Laienbruder, seinem früheren Lehrer, der ihn immer in den Nacken gekniffen hatte, wenn er sich verrechnete oder wenn er die vielen Grafschaften der Provinzen Ulster und Connacht verwechselte. Man forderte ihn auf, in Phelans Bar zu kommen, um seine Verwundung zu zeigen, und die Männer sagten, er habe Glück, dass er noch am Leben sei. In seinem Traum waren die Männer, die Bettlerin und der Laienbruder ebenfalls in der Bar und tranken auf sein Wohl.

Als der Gepäckträger, am Tag nachdem er dies zum ersten Mal geträumt hatte, den Müll am Bahnhof zusammenfegte, fiel es ihm schwer, den Traum und das ihn auslösende Ereignis voneinander zu trennen. Als es ihm nicht gelang, den Wahrheitsgehalt seiner Erinnerungen allein zu überprüfen, verspürte er plötzlich eine gewisse Einsamkeit. Seine Gefährten jener Nacht waren inzwischen ausgewandert, einer schon vor längerer Zeit, der andere erst vor kurzem. Sein Vater, der sich strikt geweigert hatte, die für die Verletzung angebotene Entschädigung oder auch nur eine Entschuldigung anzunehmen, war vor einem Monat gestorben. Solange sein Vater lebte, war er stolz darauf gewesen, zumal jener Mann, ein ehemaliger Offizier der britischen Armee, kurz darauf mit seiner englischen Frau fortgezogen war – offenbar für immer. Dass die beiden ihr Kind irrtümlicherweise für tot hielten, geschah ihnen nur recht: Diese Ansicht hatte sein Vater oft vertreten, aber als er es im Traum tat, betrübte es den Gepäckträger mehr, als es in Wirklichkeit je der Fall war.

Der Februartag war kalt. »Im Wartesaal muss Kohle nachgelegt werden«, rief jemand, und während der Gepäckträger Abfalleimer und Besen im Bahnhofsschuppen abstellte, während er den Feuerrost im Wartesaal rüttelte und großzügig Kohlen nachlegte, ließ ihn sein Unbehagen nicht los. In seinem Traum wehten die Vorhänge aus dem Fenster und loderten in der Dunkelheit. Und da war der reglose Leichnam eines Kindes.

Der Tag verging. Andere Tage kamen und gingen, und wer den Gepäckträger kannte, stellte fest, dass er stiller geworden war, weniger offen für ein unverbindliches Gespräch mit Reisenden auf dem Bahnsteig und oft geistesabwesend. Immer wieder wurde er nachts von dem gleichen, im Schlaf so lebendigen Traum heimgesucht. Erwachte er dann, verspürte er jedes Mal den Drang, das Alter des von seinen Eltern getrennten Kindes auszurechnen, und als er Erkundigungen einzog, erfuhr er, dass die Familie noch immer nicht vereint war. Im Traum war er es, der das Gift für die Hunde auslegte; war er es, der die Scheiben einschlug und das Benzin vergoss, bevor er verletzt wurde; er zündete das einzige Streichholz an. Als er eines Nachmittags die Feldsteine weiß anmalte, welche die Zierbeete auf dem Bahnsteig umrandeten, sah er die lodernden Vorhänge so klar wie im Traum.

Noch vor Ablauf des Jahres kündigte der Gepäckträger und erlernte das Handwerk eines Anstreichers. Hinterher überlegte er, was ihn zu dieser Veränderung bewogen hatte und wusste es zunächst nicht. Dann kam ihm die Idee, dass er sich vielleicht vorgestellt hatte, der Arbeitstag eines Anstreichers sei ausgefüllter und beim Abschleifen von Türen und Leisten, beim Spachteln und Farbmischen bliebe ihm weniger Zeit zum Grübeln. Das war bedauerlicherweise ein Irrtum.

Während er mit der Lötlampe arbeitete, alte Farbe abkratzte und neue auftrug, fiel es ihm noch schwerer als in seiner Zeit als Gepäckträger, die Realität zu fassen. Nachdem der Schuss gefallen war, hatten ihm seine Freunde geholfen. Sie hatten die Fahrräder aus dem Versteck geholt und ihn gestützt, als er seines nicht schieben konnte. Die noch vollen Benzinkanister hatten sie bei der überstürzten

Flucht zurückgelassen. Dies alles sagte er sich immer wieder und wusste, es entsprach der Wahrheit, aber trotzdem blieb ein Widerspruch. Und obwohl er in seinen weißen Malersachen einen ebenso vertrauenerweckenden Anblick wie zuvor in der Eisenbahneruniform bot und man ihn für seine ruhige Art respektierte, erzählte er niemandem von der quälenden Unruhe, unter der er litt, weder seiner Mutter noch seinem Arbeitgeber, noch jemandem, der stehen blieb und sich mit ihm unterhielt, wenn er seiner Arbeit nachging. Er lebte in diesem heimlichen Zwiespalt und sagte sich, dass in jener Nacht, die ihn nicht mehr losließ, letztendlich nur drei Hunde vergiftet worden seien, mehr nicht. Aber dann sah er wieder die Leiche eines Kindes, immer wieder.

2

Als Lucy mit Mr. Aylwards Schule fertig war und mehr Zeit als je zuvor hatte, begann sie die Bücher aus den Bücherschränken im Salon zu lesen. Alle waren alt, sie kannte die Rücken, solange sie zurückdenken konnte. Doch sobald sie ein Buch aufschlug, wurde sie in eine neue Welt gezogen, in andere Jahrhunderte und an andere Orte, in Liebesgeschichten und komplizierte Beziehungen, in das Leben von so unterschiedlichen Menschen wie David Copperfields Rosa Dartle und Thomas Hardys Giles Winterborne, in trostlosen Londoner Nebel oder die Sonne Madagaskars. Und als sie fast alles gelesen hatte, was im Salon stand, machte sie sich an die Bücherschränke auf dem Treppenflur im ersten Stock und im unbenutzten Frühstückszimmer.

Im Haus erinnerte man sich kaum noch an die Bretter, mit denen die Fenster kurze Zeit vernagelt waren, und die von den Möbeln genommenen Laken dienten seit langem anderen Zwecken. Nach Lucys Schulabschluss blieben Bridget und Henry weiterhin ihre einzigen Gefährten und erwiesen ihr dieselbe Freundschaft wie früher, als sie noch klein war. Wenn sie über die Weiden wanderte und Mr. O'Reilly zufällig in der Nähe arbeitete, winkte er ihr zu wie immer.

Auch die Aufmerksamkeit, mit der Mr. Sullivan und Kanonikus Crosbie das Wohlergehen Lucys verfolgt hatten, hörte mit dem Ende ihrer Kindheit nicht auf. Sie kamen weiterhin zu Besuch und brachten ihr noch immer Geburtstags- und Weihnachtsgeschenke. Im Gegenzug durften sie sich einen der Weihnachtsputer aussuchen, die Henry mästete.

»Manchmal frage ich mich nur«, gestand Kanonikus Crosbie, »ob es gut ist, wenn ein junges Mädchen so viel allein ist, so weit weg von allem.«

Immer wenn der Geistliche sich diese Frage stellte, erhielt er die gleiche Antwort: So ist es nun mal, sagte Bridget.

»Spricht sie manchmal darüber, was sie mit ihrem Leben anfangen will?«, beharrte Kanonikus Crosbie. »Zeigt sie irgendwelche Vorlieben?«

»Vorlieben, Kanonikus?«

»Für den einen oder anderen Beruf? Dass sie, na ja, dass sie in die Welt hinauswill?«

»Hier ist sie zu Hause, Sir. Am Strand gibt es keine Muschel, die ihr nicht ans Herz gewachsen ist. So ist sie nun mal, Kanonikus. Schon immer gewesen.«

»Aber das geht doch nicht! Ein Mädchen sollte seine Gefühle nicht an Muscheln verschwenden. Muscheln ersetzen schließlich keine Freunde.«

»Aber sie hat Henry. Und mich.«

»Oh, natürlich. Keine Frage. Sie sind ein Segen, der nicht unbemerkt bleibt, Bridget. Sie geben ihr viel.«

»Ich will ja nicht sagen, dass der jetzige Zustand normal ist, Sir. Damit will ich nur sagen, dass Henry und ich unser Bestes tun.«

»Das weiß ich doch. Natürlich, keine Frage. Sie haben wahre Wunder gewirkt. Niemand würde das bestreiten«, sagte Kanonikus Crosbie mit Nachdruck, dann schwieg er einen Moment lang. »Aber was mich interessieren würde, Bridget, glaubt sie immer noch, dass sie zurückkommen?«

»Sie hat nie aufgehört, daran zu glauben. Sie wartet darauf.«

»Ich kannte ihren Vater schon, als er so alt war wie sie«, fuhr der alte Geistliche nach einer Pause fort. Sein unbeschwerter Tonfall war verschwunden, er klang jetzt niedergeschlagen, als wüsste er, dass sie noch so lange reden könnten, ohne einen Schritt voranzukommen. »›Everard Gault hat eine echte Schönheit geheiratet‹, sagte meine Frau, die Mrs. Gault vor mir gesehen hatte. ›Das ist eine Entschädigung‹, sagte sie, denn Everard Gault hatte seine Familie verloren, das wussten wir alle. Seitdem hatte sie eine Schwäche für Heloise Gault. Das heißt, für beide, um genau zu sein. Und ich natürlich auch.«

»Henry und ich …«

»Ich weiß, Bridget, ich weiß. Aber manchmal sitzen wir abends im Pfarrhaus, und dann denken wir an ein junges Mädchen, das allein ist – oder, nicht ganz allein, aber eben doch ein bisschen. Und dann hoffen wir, Bridget, wir hoffen.«

»Sie kümmert sich um die Bienen.«

»Bienen?«

»Der Captain hatte früher Bienenstöcke im Obstgarten. Wir haben auf den Honig verzichtet, als er fort war. Henry interessiert sich nicht für Bienen, aber sie hat wieder damit angefangen.«

Kanonikus Crosbie nickte. Nun ja, immerhin etwas, sagte er. Bienen waren schließlich besser als nichts.

Inzwischen ging man davon aus, dass Captain Gault und seiner Frau etwas zugestoßen war: dass sie überraschend ihr Geld verloren hatten, eine missliche Lage, von der in jener Zeit viele betroffen waren. Oder dass sie einem Unglück zum Opfer gefallen waren. Die eine oder andere tragische Zeitungsnotiz wurde schnell zu einem weiteren Bruchstück ihrer Geschichte, deren Reiz wuchs, je öfter sie erzählt wurde. Wenn jemand fort war, wurden über ihn angestellte Vermutungen schnell zur Wahrheit, dachte Mr. Sullivan oft bei sich, dabei hatte er selbst Vermutungen angestellt, das ließ sich kaum vermeiden. »Es ist die Tragödie Irlands«, ließ er mehrmals verlauten, »dass wir aus dem einen oder anderen Grund oftmals gezwungen sind, aus unserer teuren Heimat zu flüchten. Unsere besiegten Patrioten sind fort, unsere mächtigen Grafen, unsere Auswanderer während der großen Hungersnot und jetzt die Armen, die nach Arbeit suchen. Das Exil ist ein Teil von uns.«

Er persönlich glaubte allerdings nicht, dass Captain Gault und seiner Frau noch ein Unglück, ob natürlicher oder sonstiger Art, widerfahren war. Verbannte gewöhnten sich an den Zustand des Exils und entwickelten oft eine Größe, die sie vorher nicht besessen hatten. Diese Beobachtung hatte er schon mehrmals bei Menschen gemacht, die nach Enniseala zurückgekehrt waren und dann unruhig feststellten, dass ihnen die Stadt zu klein war, und sich nirgendwo zugehörig fühlten, und doch wirkten sie weiser als früher. Und wer konnte es Everard Gault und seiner Frau verübeln, wenn sie in ihrer Trauer von vorn anfangen wollten, dort, wo alles anders war? Im Rückblick bedauerte er, dass er einen unfähigen Privatdetektiv mit der Suche in einer Schweizer Stadt beauftragt hatte, besonders wenn er bedachte, dass er das Honorar des Mannes jetzt besser anlegen könnte. Es ärgerte ihn auch, dass diese gewisse Chambré ihre Suchanzeigen in englischen Zeitungen aufgegeben hatte, entgegen seiner Versicherung, dass gerade England von dem gesuchten Paar als Wohnort verworfen worden war. Aufgrund seines beruflichen Ordnungssinns verstimmte ihn das Durcheinander, zu dem er selbst beigetragen hatte, indem er seine Überzeugungen für sich behielt: Mit dem Lahardane von heute ließ es sich angenehmer leben als mit der Erinnerung an seine Behauptung, dass alles wieder gut werde.

Lucy wiederum machte sich nicht viel Gedanken über Fragen des Exils, sondern akzeptierte mit der Zeit das Geschehene, so wie sie auch ihr Hinken akzeptierte oder das Gesicht, das ihr im Spiegel entgegensah. Hätte Kanonikus Crosbie mit ihr darüber gesprochen, ob sie in die Welt gehen wolle, dann hätte sie ihm entgegnet, dass für sie die Art und Richtung ihres Lebens längst festgelegt waren. Sie werde warten, hätte sie ihm gesagt, und ihnen weiter die Treue halten. In jedem Zimmer wurde Staub gewischt; jeder Stuhl, jeder Tisch, jedes Zierstück blieb wie früher. Was sie anzubieten hatte, waren sommerliche Blumensträuße in den Vasen, waren ihre Bienen, ihre Schritte auf der Treppe und in den Fluren oder wenn sie durch die Räume ging, über den gepflasterten Hof und den Kies. Sie fühlte sich nicht einsam; manchmal wusste sie kaum noch, was Einsamkeit war. »Ich bin doch glücklich«, hätte sie dem Geistlichen versichert, wenn er sie gefragt hätte. »Mehr als glücklich, verstehen Sie?«

An ihrem einundzwanzigsten Geburtstag erhielt sie erneut Geschenke von ihm, seiner Frau und von Mr. Sullivan. Hinterher lag sie in der warmen Abendsonne im Apfelgarten und las wieder einen der Romane, die frühere Generationen zurückgelassen hatten. Für Lucy Gault war ein Besuch in Jane Austens Netherfield genug von der Welt.

3

Die Eindrücke von Bellinis *Sacra Conversazione* konnten die Bilder eines englischen Dezembernachmittags und der langsam eintretenden englischen Dämmerung nicht ganz auslöschen. Aus den Details der Bildkomposition – Marmorsäulen und Bäume in Blätterpracht, blaue, grüne und scharlachrote Gewänder – schälten sich Teetassen auf einem Rosenholztisch, beschlagene Fensterscheiben und ein Kamin, in dem Kohlen glühten. Die Erinnerungen, die Heloise vor einer Stunde in der Phantasie ihres Mannes geweckt hatte, klangen noch immer nach.

Er hatte die Frau, die während jener Teestunde erfuhr, dass sie Witwe war, nie kennen gelernt, aber jetzt sah er sie flüchtig vor sich, wie einen Schatten zwischen den Heiligen, die sich um die Jungfrau, ihr Kind und den ernsten Musiker scharten. Die Gestalten bildeten eine Gruppe, und doch wirkte jede für sich betrachtet allein. Weniger kompliziert verhielt es sich mit dem Telegramm, das auf dem Rosenholztisch lag. In der Eingangshalle schlug die Standuhr. »Gefallen in Ladysmith«, sagte Heloises Mutter.

Die Kirche war kühl in der Mittagshitze, und der Geruch nach Politur wehte von dort herüber, wo der Küster arbeitete. Das Weihwasserbecken war fast leer; draußen auf den Stufen bettelte ein Krüppel. »Nein, bitte lass mich«, bat Heloise, suchte in ihrer Handtasche und ließ dann die gefundene Münze in die ausgestreckte Hand fallen.

Sie schlenderten durch ein sonnenloses Gässchen, mochten noch nicht in die Glut des Nachmittags treten. Captain Gault rechnete nach. Damals musste sie sechzehn gewesen sein.

»Warum bist du so lieb zu mir, Everard? Warum hörst du mir so aufmerksam zu?«

»Weil ich dich liebe, nehme ich an.«

»Wenn ich doch nur mehr Kraft hätte.«

Er sagte ihr nicht, dass sie früher genügend Kraft bewiesen hatte, tröstete sie aber auch nicht, dass sie irgendwann wiederkäme. Das konnte er nicht beurteilen. Immer wenn die Erinnerungen an ihre ferne Kindheit zum Leben erwachten, wusste er nichts aus dieser Zeit beizusteuern und griff dann auf sein Soldatenleben zurück, wiederholte noch ausführlicher, was er schon erzählt hatte, und beschrieb die Männer, die er eine Zeit lang in die Schlacht geführt hatte.

Auf der Riva bestellten sie Kaffee. Noch bevor der Kellner ihn brachte, hörte er von der als Vormund eingesetzten Tante, bei der Heloise als Waise ihre späte Kindheit verbracht hatte, und von ihrem Haushalt, der später zum Zufluchtsort für sie geworden war. »Sie waren noch halbe Kinder«, sagte er jetzt und nannte die Namen der Männer unter seiner Obhut. »Noch heute sehe ich ihre Gesichter vor mir.«

Er sah zu, wie ihre schlanken Finger einen und dann einen zweiten Zuckerwürfel in den Kaffee tauchten. Er freute sich darüber, so sehr, dass er sich nach dem Grund fragte. Es war echt, sagte er sich; vielleicht freute man sich über solche Banalitäten, wenn dadurch ein künstlich aufrecht erhaltenes Gespräch unterbrochen wurde. Er hatte nach Lahardane geschrieben. Hatte sich nach dem Wohlergehen der Dienstboten erkundigt, die jetzt seine Verwalter waren, nach den Kühen und dem Haus gefragt. Er hatte schon mehrmals geschrieben, aber immer einen Rückzieher gemacht, wenn der Moment kam, einen Brief abzuschicken. Er würde eine Antwort erhalten, die er verstohlen in Empfang nehmen würde; es wäre der Beginn einer heimlichen Korrespondenz, und das Vertrauen, das in seiner Ehe immer vorhanden war, wäre gebrochen. Er versteckte die Briefe, auf deren Umschlägen schon Marken klebten. Mit diesem kleinen Betrug konnte er gerade noch leben.

»Wie schön es hier ist!«, sagte sie.

An einem Landesteg in der Nähe legten Gondeln an und fuhren wieder ab. Weiter draußen auf dem Kanal glitt ein Dampschiff langsam vom Meer herein. Ein Hund bellte an Deck eines Lastkahns.

Als es kühler wurde, gingen sie auf den Zattere spazieren. Sie nahmen ein Schiff zur Giudecca. Am Abend stand die *Annunciazione* in der Kirche San Giobbe auf dem Programm. Hinterher gab es Walzermusik im Café Florian.

In dieser Nacht, in der Pensione Bucintoro, lag Heloise wach neben ihrem schlafenden Mann. Welch ein ausgefüllter Tag!, überlegte sie, als sie die heiligen Bilder wieder vor sich sah und an ihre Gespräche dachte. Heute Nacht fühlte sie sich nicht leer, und sie beschloss, angeregt durch die euphorische Stimmung des Tages, am nächsten Morgen den Mut aufzubringen und zu gestehen, dass es nicht genügte zu sagen, er sei ein großzügiger, liebevoller Ehemann, der aufmerksam ihren Kindheitserinnerungen zuhörte. »Wir tun so, als wären wir tot«, hatte er einmal sanft protestiert, und sie hatte ihm nicht erklären können, woran es lag, dass sie immer nur vergessen wollte. Aber morgen würde sie es besser machen. Sie hörte sich schon um Verzeihung bitten und dann über alles sprechen, worüber sie sonst nie sprechen wollte; bevor sie die Augen schloss, gingen ihr die Sätze leicht über die Lippen. Als sie jedoch einschlief und nach wenigen Minuten wieder wach wurde, hörte sie sich sagen, dass sie diese Unterhaltung nicht führen könnte, und sie wusste, dass sie Recht hatte.

4

Henry zündete sich eine Woodbine an und warf das Streichholz auf die Erde. Vom Torbogen aus, der den Eingang zum Hof bildete, begutachtete er den Wagen, der eben gekommen war – die Räder, den Notsitz, die grüne Polsterung, das kleine Maskottchen über dem Kühler, die eckige Haube, das Kennzeichen, IF 19. Das Leinwandverdeck war heruntergeklappt.

Er hatte gehört, wie der Wagen sich näherte und die Kieselsteine unter den Rädern knirschten. Erst hatte er gedacht, es sei Kanonikus Crosbie oder der Anwalt habe schließlich genug Neuigkeiten, um einen Abstecher nach Lahardane zu machen. Doch die Stimme, die sich entschuldigend gemeldet hatte, gehörte keinem der beiden. Lucy war aus dem Haus gekommen, wie immer, wenn ein Auto vorfuhr. »Wer sind Sie?«, sagte sie jetzt, und der Fahrer wiederholte seine Entschuldigung, dann schaltete er den Motor aus, damit sie ihn besser verstehen konnte.

Es war ein junger Mann, der keine Jacke trug, und als er ausstieg, sah Henry, dass seine Flanellhose von einer grün, braun und violett gestreiften Kordel gehalten wurde, die fest zugezogen und verknotet war. Henry hatte ihn noch nie zuvor gesehen.

»Ich wusste nicht, dass hier ein Haus steht.«

»Wer sind Sie?«, fragte Lucy erneut, und er sagte einen Namen, den Henry nicht kannte. Lucy schüttelte leicht den Kopf, ein Zeichen, dass sie ihn ebenfalls nicht kannte.

Henry lehnte an der Torbogenmauer, die Zigarettenpackung noch immer in der Hand, und erinnerte sich an die Zeit, als außer einem Anwalt und einem Geistlichen noch andere Besucher nach Lahardane kamen – die Morells und die Leute aus Ringville, Leute aus Enniseala und Cappoquin und selbst aus so weiter Entfernung wie Clonmel. Es gab Sommergesellschaften, Picknickkörbe wurden über die Felder zum Strand getragen, und Kinder spielten zwischen den Obstbäumen und im Garten. Lady Roche kam mit Colonel Roche aus Monatray und die drei Ashe-Schwestern und die alte Mrs. Cronin mit ihrer flatterhaften, nicht mehr ganz jungen Tochter, die den Captain einmal zur Begrüßung geküsst hatte. Seit dem Winter 1920 hatte Henry keinen von ihnen mehr gesehen und fragte sich jetzt, wie es ihnen wohl ging. War der junge Mann womöglich eines der inzwischen erwachsen gewordenen Kinder, obwohl er angeblich nichts von dem Haus am Ende der Allee wusste?

»Sie will ihm Tee anbieten«, sagte Bridget wenig später in der Werkstatt, wo Henry seine Tischlerarbeiten machte, und bat ihn, den Klapptisch auf dem Hortensienrasen aufzustellen. Ihre Wangen waren leicht gerötet, und auch das kannte er von früher – es war Aufregung, die durch das ausgelöst wurde, was Bridget »Gesellschaft« nannte.

Er bürstete Schmutz und Spinnweben von den Tischlatten, dann wischte er sie mit einem Lappen ab. Auf dem Rasen putzte er zwei der weißen Eisenstühle, die in Abständen die Wölbung der Mauer unterbrachen, über die sich die dunkelblauen Hortensienblüten ergossen. Der Rost auf dem Eisen musste entfernt, die Stühle selbst neu gestrichen werden. Er würde die Arbeit bald in Angriff nehmen, beschloss Henry, und wusste, er würde es nicht tun.

»Es sah nicht wie ein Zufahrtsweg aus«, sagte Ralph. »Das Pförtnerhaus war geschlossen.«

Er habe die verblichene grüne Eingangspforte, die von Nesseln und welkendem Wiesenkerbel verdeckt war, nicht gesehen. Er sei unter einem Baldachin aus Blättern gefahren, und plötzlich habe das Haus dagestanden.

»Das ist Lahardane«, sagte Mrs. Ryall. »Und das Mädchen ist Lucy Gault.«

Das Mädchen, das aus dem Haus gekommen war, hatte ihren Namen nicht genannt. Eine Frau hatte ein Tuch über den Tisch gelegt und schweigend Tassen und Untertassen, Milchtopf und Teekanne, dunkles Brot, Butter und eine Honigwabe aufgedeckt. Ihr großes Holztablett war von einem erhöhten Rand umgeben gewesen und hatte weiße Porzellangriffe. Nachdem der Tee eingeschenkt war, kam die Frau noch einmal, um nachzusehen, ob alles in Ordnung war, und kehrte dann erneut mit Rosinenbrot zurück.

»Sind Sie mit dem IF 19 zurechtgekommen?«, erkundigte sich Mr. Ryall, und Ralph sagte, der Wagen, den man ihm für den Nachmittag geliehen habe, sei problemlos gelaufen. »Das war wirklich nett von Ihnen«, wiederholte er, obwohl er sich schon zuvor dankbar gezeigt hatte.

»Sie brauchen Erholung von den Jungen.«

Mr. Ryall hatte per Anzeige jemanden gesucht, der seine beiden Söhne in den Sommermonaten unterrichten sollte, da sie laut ihren Zeugnissen in allen Fächern zurücklagen. Und so war Ralph, der noch keine festen Pläne für die Zukunft hatte und nichts mit diesem Sommer anzufangen wusste, in die Wohnung über den Büroräumen der Bank of

Ireland gezogen. Mr. Ryall war der Agent der Bank in Enniseala.

Er war ein kleiner Mann mit ordentlichem Schnurrbart und in fast jeder Hinsicht das Gegenteil seiner Frau. Mrs. Ryall kümmerte sich nicht um ihre schlanke Linie, war nachsichtig mit sich selbst und anderen Menschen gegenüber unkritisch, und ihre Großzügigkeit spiegelte sich in ihren rundlichen Formen und ihrem Auftreten wider. Dass ihre Jungen träge waren, beunruhigte sie nicht. Für die Sorgen sei ihr Mann zuständig, sagte sie oft und deutete damit vage an, dass er sich gern Sorgen machte.

Es war halb zehn, und in dem üppig möblierten Esszimmer der Ryalls dämmerte es allmählich. Die wilden Schnörkel einer gewaltigen Anrichte wiederholten sich an einer gleichermaßen bombastischen hohen Kommode. Die Esszimmerstühle waren mit dem gleichen rosa Kunstleder bezogen wie Sofa und Sessel. Das Blumenmuster der Tapeten wurde in den Damastvorhängen aufgenommen, die man nicht zuziehen konnte, und vor die Fensterscheiben waren Tüllgardinen gespannt. Die oberen Fensterscheiben wurden tagsüber von Rollos mit blauen Troddeln verdeckt.

Auf dem großen Mahagonitisch war ein spätes Abendbrot aufgedeckt, denn Mrs. Ryall wollte nicht, dass jemand hungern musste, ganz gleich, wie spät es war. Unter einer nicht angezündeten, verstellbaren Öllampe standen salzlose Cracker und Käse, Kuchen und Ingwergebäck. Vor einer Stunde waren die Jungen ins Bett geschickt worden, der Satz in ihren Kakaotassen, die noch auf dem Tisch standen, war inzwischen kalt.

»Vermutlich hat man Ihnen nicht erzählt, was auf Lahardane passiert ist«, sagte Mrs. Ryall.

Blond, mit blauen Augen und kantigen Gesichtzügen,

die auf ihre Art schön waren, hörte Ralph zu, während die Ryalls die Geschichte erzählten: Mr. Ryall sachlich und genau, seine Frau lieferte die emotionalen Untertöne.

»In der Stadt redet man immer noch davon«, fügte Mr. Ryall hinzu, als eine Pause in der Erzählung entstand.

Seine Frau, die gerade einen Cracker bestrich, stimmte ihm zu. »Ich habe gehört, sie soll ziemlich hübsch sein«, sagte sie.

Wenn Lucy Gault lächelte, erschien ein Grübchen, das ihrem Lächeln etwas Verschmitztes gab. Auf ihrem Nasenrücken waren Sommersprossen, ihre Augen waren von einem verwaschenen Azurblau, ihr Haar hell wie Weizen. Mit diesem Bild im Kopf war Ralph im Wagen seines Arbeitgebers zurückgefahren, und es lebte wieder auf, während er dem Fortgang der Geschichte lauschte.

»Man ist an mich herangetreten«, sagte Mr. Ryall, »als Captain Gault und Mrs. Gault nicht ausfindig gemacht werden konnten. Man hoffte, dass er vielleicht Kontakt zu mir halten würde, aber dafür bestand ja kein Grund. Eine wirklich traurige Sache.«

Mr. Ryall senkte die Lampe und nahm die Glaskugel ab, um den Docht anzuzünden. Mrs. Ryall wischte Crackerkrümel von ihrem Busen und stand vom Tisch auf, um die Rollos herunterzuziehen.

»Würden Sie sagen, sie ist hübsch?«, fragte Mrs. Ryall. »Oder vielleicht sogar schön? Würden Sie sagen, Lucy Gault ist schön, Ralph?«

Und Ralph erwiderte, ja, er finde schon.

Lucy Gault war den ganzen Sommer über schön. Sie war schön in ihrem schlichten weißen Kleid und den silbernen, steinlosen Ohrringen, in denen sich das Sonnenlicht in kleinen Pünktchen fing. Sie gehörten bestimmt ihrer Mutter, sagte Mrs. Ryall, wie das Kleid wahrscheinlich auch, alles Hinterlassenschaften einer Abreise, die am Ende überstürzt war.

Jeden Morgen und jeden schläfrigen Nachmittag dachte Ralph unter dem ausladenden Geäst einer Buche im Garten an das Mädchen, das aus dem Haus gekommen war, während es seinen Schülern gelang, sich den Ausführungen ihres Lehrers zu verschließen. Ralph, der vage registrierte, wie Kildare Konjugationen murmelte, und so tat, als würde er nicht bemerken, dass Jack Tiere auf die Innenseite seines Heftumschlags malte, wagte manchmal nicht, etwas zu sagen, damit er nicht durch einen dummen Zufall den ernsten Blick beschrieb, der oft einem Lächeln von Lucy Gault vorausging, und die Art, wie sie mit gefalteten Händen im Schoß dasaß, reglos wie Marmor. In seiner schüchternen Erinnerung schenkte sie Tee ein und sagte, dass sich nicht oft Besucher nach Lahardane verirrten.

»Da ist ein Fluss, der Arar, der durch die Territorien der Äduer und der Sequaner in die Rhone fließt«, wiederholte Ralph langsam im Garten der Bank. »*Est flumen,* Kildare: Da ist ein Fluss. *Quod influit per fines:* der durch die Territorien fließt. Verstehst du, Kildare?«

Die Übersetzung stammte aus Dr. Giles' Lehrerausgabe zu den Klassikern, die Ralph frühmorgens im Bett sorgfältig gelesen hatte.

»*Aeduorum et Sequanorum* ist der Teil mit den Äduern und Sequanern. Hast du das verstanden, Kildare?«

»Ja, hab ich.«

»Gut, mal sehen, ob du das kannst: *incredibili lenitate, ita ut non possit judicari oculis in utram partem fluat.*«

Jack hatte ein gleichschenkliges Dreieck in eine Tarantel

verwandelt. Ralph zeichnete ein neues Dreieck und markierte die Winkel A, B und C. Beide Jungen trugen weiße Sonnenhüte, weil es an diesem Morgen heiß war.

»Nun, Jack«, sagte Ralph.

Jeden Mittwoch schlossen in Enniseala mittags die Geschäfte, und auch Ralph hatte einen halben Tag frei. Mr. Ryall lieh ihm weiterhin sein Auto, weil er befürchtete, der Lehrer, den er für seine Jungen gefunden hatte, könnte sich durch die Beschränkungen des Kleinstadtlebens eingeengt fühlen und sich wie sein Vorgänger im letzten Jahr aus dem Staub machen. Ralph war nach Dungarvan gefahren und dort umhergelaufen, war nach Cappoquin gefahren und dort umhergelaufen, nach Ballycotton und Castlemartyr und Lismore. Am Haus bei den Klippen war er nicht mehr gewesen. Man hatte ihn nicht eingeladen.

»Was wissen wir über AB und AC, Jack?«

»Das sind Buchstaben im Alphabet.«

»Ich spreche von den Linien, die du gezeichnet hast. Den Seiten des Dreiecks.«

Jack stieß mit dem Zeh nach einem Stock, auf dem einer der Spaniels, die den Ryalls gehörten, gekaut hatte. Er kickte ihn vorsichtig weg, sorgte aber dafür, dass er noch in Reichweite blieb.

»Es sind schöne gerade Linien«, sagte er.

»Was ist mit den Winkeln A, B und C, Jack?«

»Es sind schöne …«

»Die Linien sind alle gleich lang. Was sagt uns das über die Winkel, Jack?«

Jack überlegte einen Augenblick, dann noch einen und noch einen.

»Heißt dieses *lenitate* lang?«, fragte Kildare. »Bedeutet das, ein sehr langer Fluss?«

»*Incredibili lenitate,* mit unglaublicher Ruhe.«

»Mein Kopf tut weh«, sagte Jack.

Dympna, das Dienstmädchen, kam mit Ralphs Vormittagstee und Keksen über den Rasen. Sobald die zwei Jungen sie sahen, standen sie auf.

»Das mit den Äduern und Sequanern ist sehr interessant«, bemerkte Kildare höflich, bevor er mit seinem Bruder davonrannte.

Jeden Mittwochabend wurde Ralph gefragt, wo er am Nachmittag gewesen sei, und wenn er die von ihm besuchten Städte nannte, spürte er die Enttäuschung. Die Ryalls hofften offenbar, dass er wieder nach Lahardane fuhr, obwohl man ihn nicht eingeladen hatte. Er spürte, wie Mr. Ryall dachte, ein Wiedersehen mit Lucy Gault könnte dazu beitragen, sich die Dienste des Hauslehrers zu sichern, während die sentimentalere Mrs. Ryall glaubte, dass sich jetzt endlich Gesellschaft für ein einsames Mädchen gefunden hatte. Aber wie um alles in der Welt konnte er nach Lahardane fahren, wie konnte er annehmen, dass eine Freundschaft begonnen hatte? Schließlich war nichts in dieser Richtung angedeutet worden.

An einem Mittwoch jedoch fuhr Ralph wieder zu der Stelle, an der die Allee abzweigte, zum unbewohnten Pförtnerhaus und der mit sommerlichem Gestrüpp überwucherten Eingangspforte. Er verlangsamte das Tempo, bog aber nicht ein, sondern fuhr weiter und fand schließlich einen Weg zum Strand, wo er schwamm und in der Sonne lag. Es erschien niemand am Kiesstrand oder auf dem weichen, umspülten Sand, in dem sich schwach seine Fußabdrücke abzeichneten. Kein flatterndes Weiß störte seine Einsamkeit, keine zierliche Gestalt auf den weit entfernten Felsen, die wie ein ausgestreckter Finger ins Meer vorragten. Bei der

Rückfahrt hielt er wieder an der Allee beim Pförtnerhaus. Er wartete, aber wieder erschien niemand.

An anderen Tagen ging Ralph abends die Hauptstraße in Enniseala entlang und sah sich die Auslagen der Geschäfte an, vertrieb sich die Zeit mit dem Fleisch, das bei MacMenamy's hing, mit den Schaufensterpuppen im Stoffgeschäft Domville's, mit den Lebensmitteln bei O'Hagan's und vor dem Home and Colonial. In der Westbury-Apotheke waren gigantische Glasretorten mit roter und grüner Flüssigkeit ausgestellt, und in P.K. Gatchells Auktionsräumen standen dicht gedrängt Möbel – Betten und Kleiderschränke und Tische, Kommoden, Stühle, Schreibtische und Gemälde. Die Filmankündigungen in den Schaukästen des Lichtspieltheaters wechselten dreimal pro Woche.

In der Bar des Central Hotel las Ralph die *Irish Times* und den *Cork Examiner*. Hinterher ging er am niedrigen Leuchtturm und am Bahnhof vorbei, an den Pensionen für die Sommergäste – dem Pacific, dem Atlantic, Miss Meade's, Sans Souci. Auf der Promenade schlenderte er zwischen Pärchen, die ihre Hunde ausführten, und Nonnen und Priestern und Brüdern der christlichen Schule. Klosterschülerinnen plauderten am gelb-blauen Musikpavillon oder ließen die Beine von der Kaimauer baumeln.

Manchmal ging er auf der Straße nach Cork an der Kaserne vorbei und noch weiter, aufs offene Land hinaus. Dann wieder erforschte er die weniger reizvollen Straßen in der Unterstadt, wo Kinder barfuß herumrannten und in Umschlagetüchern gehüllte Frauen bettelten, wo Männer an den Straßenecken Kopf-oder-Wappen spielten und der Geruch der Armut aus ungezieferverseuchten Behausungen drang. Es gab den Weg am Fluss entlang zur protestantischen Kirche, wo die Schwäne nisteten, die der Stadt ihren

Namen gaben. Eines Abends traf Ralph zwischen Gräbern auf dem Friedhof einen älteren Geistlichen, der ihm die Hand entgegenstreckte.

»Sie unterrichten die Jungen in der Bank«, sagte er. »Ich bin Kanonikus Crosbie.«

Es überraschte Ralph, auf diese Art angesprochen zu werden, aber er verbarg es unter einem Lächeln. Er kannte die Predigten des Kanonikus, da eine seiner Pflichten darin bestand, mit seinen Schützlingen in die Kirche zu gehen, wenn keiner der Eltern am Sonntag den Gottesdienst besuchen wollte, was nur selten vorkam.

»Ich tue mein Bestes, ihnen etwas beizubringen«, sagte er, nachdem er sich dem Geistlichen namentlich vorgestellt hatte.

»Aber ja, ich bin sicher, Sie machen ihre Sache gut, Ralph. Und gehe ich recht in der Annahme, dass Sie aus der Grafschaft Wexford kommen?«

»Ja, stimmt.«

»Vor vielen Jahren war ich Vikar in Gorey. Eine interessante Grafschaft, dieses Wexford.«

»Ja.«

»Stolz auf seine Unterschiede.«

Ralph lächelte wieder, da er nicht wusste, was damit gemeint war.

»Wie ich höre, waren sie auf Lahardane«, sagte Kanonikus Crosbie.

»Es war reiner Zufall. Mr. Ryall leiht mir manchmal freundlicherweise sein Auto.«

»Er ist ein überaus liebenswürdiger Mann. Und verheiratet mit der liebenswürdigsten Frau, die es je gab.« Kanonikus Crosbie machte eine Pause. »Wie ich höre, haben Sie Lucy Gault getroffen.«

»Ja, richtig.«

»Also, wenn das nicht großartig ist, Ralph. Ich war hocherfreut, als ich von Ihrem Besuch hörte. Und Mrs. Crosbie ebenfalls. Wir haben uns beide sehr gefreut.«

Das ständige Augengezwinker des Kanonikus, die freundschaftlich auf Ralphs Schulter gelegte Hand und das begeisterte Kopfnicken führten dazu, dass Ralph erst leicht errötete und dann dunkelrot anlief. Die Worte und der Tonfall des Kanonikus unterstellten etwas, von dem Ralph wünschte, dass es zuträfe, aber das tat es mit Sicherheit nicht.

»Es wäre wunderbar, wenn Lucy in diesem Sommer ein wenig Gesellschaft bekäme.«

»Aber ich bin erst einmal dort gewesen.«

»Und wir würden uns alle freuen zu hören, dass Sie wieder dort gewesen sind! Und auch Lucy – o ja, ich weiß es genau – würde sich freuen.«

»Man hat mich aber nicht eingeladen.«

»Hier bei uns schaut man einfach vorbei und klopft an die Tür, wenn einem der Sinn danach steht, Ralph. Ich gebe zu, in Wexford ist man da etwas förmlicher. Ich nehme an, Sie sind mit dem Dekan von Ferns verwandt?«

»Leider nicht.«

»Tja, so ist es eben. Nein, wir nehmen hier alles von der leichten Seite. Man setzt sogar voraus, dass wir nicht so viel auf Förmlichkeit geben. Was das Miteinander angeht«, fügte der Kanonikus mit unerwartetem Ernst hinzu, »halten wir nichts von reserviertem Verhalten. Ganz und gar nicht.«

»Eigentlich«, setzte Ralph an, »bin ich nicht …«

»Natürlich sind Sie das nicht, mein Junge. Das spüre ich in den Knochen. Und Mrs. Crosbie ebenfalls. Sind Sie schon Mr. Sullivan begegnet?«

»Sullivan?«

»Von Sullivan and Pedlow. Anwälte und Notare.«

Ralph schüttelte den Kopf.

»Mr. Sullivan hat überall nach Captain Gault und seiner Frau gesucht. Und in der Zwischenzeit hat er ein Auge auf alles gehabt. Unter anderem auf Lucy. Neben den vielen beruflichen Verpflichtungen hat er sich in seiner Freizeit um alles gekümmert – jawohl, Ralph, er hat sich um Lucys Wohlergehen und Lebensunterhalt gekümmert, um Reparaturen und die Instandhaltung in dieser Kaserne von einem Haus. Natürlich sind ihm dabei die Hände gebunden, denn es ist kein Geld da. Ein paar Weiden und die Kühe darauf sind seit Generationen das einzige sichtbare Zeichen für den bescheidenen Wohlstand der Gaults. Lahardane hat sich durchgekämpft, und Mr. Sullivan ist es zu verdanken, dass es das immer noch tut. Ich habe Mr. Sullivan gesagt – und ihn sogar auf der Straße angehalten, um es ihm zu sagen –, was für ein guter Mensch er ist. Und seine Antwort lautete, dass er so manches Abendessen auf Lahardane genießen und – zu Zeiten des Captains und davor – so manche Nacht dort verbringen durfte, wenn der Heimweg im Dunkeln zu beschwerlich schien. Er sieht seine Hilfsbereitschaft lediglich als Entschädigung für die früher genossene Gastfreundschaft.«

Ralph nickte. Die Röte war wieder aus seinem Gesicht gewichen. Er hätte das Gespräch gern beendet, wusste aber nicht so recht, wie er es anstellen sollte.

»Auch Mr. Sullivan hat erfahren, dass Sie auf Lahardane gewesen sind. Er hat sich sehr darüber gefreut, Ralph, genau wie Mrs. Crosbie und ich. Wir haben Gott gedankt. Wir haben ihm von Herzen gedankt.«

»Ich habe mich an dem Tag nur verirrt.«

»Verirren Sie sich wieder, Ralph. Ich bitte Sie inständig, sich noch einmal zu verirren. Ich bitte Sie, einem jungen Mädchen, dem der Umgang mit Gleichaltrigen fehlt, ein bisschen Gesellschaft zu leisten. Ich bitte Sie zu tun, was getan werden sollte. Ich bitte Sie von ganzem Herzen. Fahren Sie wieder zu diesem einsamen Haus, Ralph.«

Nach dieser wortgewaltigen Rede reichte Kanonikus Crosbie Ralph die Hand und ging seines Weges.

Schließlich kam ein Brief von Lucy Gault, der in einer seltsam perfekten Handschrift abgefasst war, die Abstriche und Schleifen, Flüssigkeit und Stil wie aus dem Lehrbuch befolgte. Jener Name, den Ralph insgeheim so verehrte, war in den gleichen schrägen Buchstaben geschrieben wie der ganze Brief. Keine Poesie der Welt konnte die Macht dieses Namens einfangen, dessen war sich Ralph sicher. Keine Poesie der Welt konnte auch nur ein Fünkchen seines Glücks wiedergeben, während er seine Schützlinge unter den grünen Ästen der Buche unterrichtete. »So, heute wollen wir nur lesen«, rief er lächelnd an dem Morgen aus, als der Brief kam, und dann las er laut aus dem *Tagebuch eines Taugenichts* vor, während Kildare döste und Jack Wasserspeier malte.

Als der Vormittagstee kam und die Jungen fortgerannt waren, hatte er die Gelegenheit, den Brief aus der Tasche zu ziehen, langsam auseinander zu falten und noch einmal mit genüsslicher Langsamkeit zu lesen, während gesprenkelter Schatten auf weißem Papier und blauer Tinte flirrte. Der Umschlag, den er getrennt aufbewahrte, wurde jetzt ebenfalls genau untersucht. Die inständigen Bitten von Kanonikus Crosbie, die unausgesprochenen Wünsche der Ryalls standen nun nicht mehr im Widerspruch zu der hartnäckigen Schüchternheit, die Ralphs Wesen charakterisierte. Und in diesen ersten Stunden, da alles anders war, machte es ihn schon glücklich, die wenigen kurzen Sätze und den Schriftzug ihres Namens anzustarren.

»Bevor du für immer fortgehst, komm und verabschiede dich. Komm noch einmal zum Tee. Wenn du Lust hast. Lucy Gault.«

Mehr stand nicht da, nur die Adresse und darunter das Datum: *5. August 1936.*

5

An dem Tag, als Lucy Gaults Brief in der Wohnung über der Bank of Ireland ankam, traf in der Kaserne, an der Ralph auf seinen Abendspaziergängen oft vorbeiging, ein neuer Rekrut ein. Der Dienst habende Offizier sah einen hoch gewachsenen, hohlwangigen Mann vor sich, an dem besonders die intensiven dunklen Augen auffielen. Auf den Offizier machte der Mann einen verstörten Eindruck, aber da man ihn als tauglich erklärt, da man ihn auf die übliche Weise befragt und ihn für würdig befunden hatte, die Uniform zu tragen, stempelte er die Papiere ab, auf denen Einzelheiten wie Name, Alter und verpflichtete Dienstzeit festgehalten waren. Der mit Maschine getippte Name sei falsch geschrieben, sagte der neue Rekrut, und der Offizier strich den Fehler mit einem doppelten Strich durch. Dann verbesserte er: *Horahan*.

Hinterher, auf dem Exerzierplatz, stand der Rekrut abseits. Er sah sich um, sah die Hütten, die Latrinen, die hohen Mauern eines Handballfeldes, die unbeschäftigt in einer Ecke stehenden Soldaten. Er hatte sich bei der Armee gemeldet, weil er hoffte, dass militärische Disziplin und das laute Leben in der Gemeinschaft, die Fußmärsche und eine gesunde Müdigkeit seinem Kummer zuträglicher wären als die einsame Tätigkeit eines Anstreichers oder Gepäckträgers am Bahnhof. Seine Mutter, bei der er bis heute gelebt hatte, hatte geweint, als er ihr seine Absicht erklärte. Sie hatte sich abgefunden mit der Veränderung, die während seiner Zeit als Gepäckträger mit ihm vorgegangen war. Er war trotzdem – oder vielleicht gerade deshalb, dachte sie oft – ein guter Sohn, sauber und ordentlich in seinen Gewohnheiten. Sein plötzlicher Entschluss, Soldat zu werden, war für sie der denkbar größte Schock. Sie fürchtete die Gefahren, die das militärische Leben mit sich brachte, und hielt ihren Sohn nicht dafür geeignet.

Auf dem Exerzierplatz erkundigte sich der Rekrut bei den Soldaten, wo die Kapelle sei. Die Gefragten standen da und rauchten entspannt, der obere Knopf an ihren Uniformröcken stand offen. Wie immer, wenn ein neues Gesicht auftauchte, wurde erst einmal ein Streich gespielt, und sie schickten ihn in die falsche Richtung, so dass er sich schließlich an einem in die Erde gegrabenen Loch wiederfand, das zur Hälfte mit Abfall gefüllt war. Fliegen schwirrten darüber, eine schwarzweiße Promenadenmischung scharrte zwischen Dosen und Knochen. Der neue Soldat sah sich um. Er stand am Rand des mit Draht begrenzten Feldlagers und ging den gleichen Weg zurück, den er gekommen war. Er fragte die Soldaten nicht noch einmal, sondern schlug sich allein zu der Kapelle durch, nachdem er von weitem das schwarze Holzkreuz auf dem Dach gesehen hatte.

Sie war leer, die polierten Bänke leuchteten gelb im Sonnenlicht. Der Soldat tauchte die Fingerspitzen in das Weihwasserbecken, machte mit der gleichen Hand das Kreuzzeichen und verneigte sich vor dem Altar. Dann sah er, was er suchte, eine Gipsstatue der Jungfrau Maria, vor der eine einzige Kerze brannte. Er kniete vor ihr nieder und betete, dass er als Lohn für den Dienst an seinem Land seinen Seelenfrieden finden möge, dass seine beharrlichen Träume, die ihn nachts quälten und bedrückten und tagsüber seine Gedanken verfolgten, aufhören mögen. Er bat die Jungfrau, sich für ihn zu verwenden, versprach ihr Gehorsam und bat sie inständig, sein Flehen zu erhören. Doch als er geendet hatte, herrschte Schweigen in der Kapelle, wie später an allen Orten, an denen er betete.

»Wie bitte?«, fragte ihn ein anderer Soldat am gleichen Tag, aber der neue Rekrut bestritt, dass er etwas gesagt hatte, obwohl er es besser wusste.

»Du hast etwas gesagt, Mann.«

»Jucken die Hosen immer so an den Beinen?«

»Du hast was anderes gesagt.«

Das wusste er selbst, aber was er gesagt hatte, war inzwischen unwiederbringlich fort, denn er hatte es vergessen. Es war nicht lange her, da hatte er die Fensterrahmen des großen, aus Backsteinen gebauten Irrenhauses gestrichen und die Insassen näher kennen gelernt. Dass er dorthin gehörte und eines Tages ihr eingeschränktes Leben führen würde, das war seine beständige Angst.

6

Die Hofhunde bellten, als sie das Auto in der Ferne hörten. Sie trotteten von ihrem Platz auf dem warmen Kopfstein unter dem Birnbaum herbei und wurden von Henry, der wusste, dass an diesem Nachmittag ein Besucher kam und wer er war, mit einem Fingerzeig zurückbefohlen. Vom Torbogen aus, der den vorderen Hof vom Haus trennte, beobachtete er, wie die Hunde seiner Geste gehorchten, dann drehte er sich um und lehnte sich an die Mauer, wie kürzlich, als der Wagen sich genähert hatte. Er tastete nach einer Zigarette, wie er es damals ebenfalls getan hatte.

Als ihm Bridget erzählt hatte, dass der junge Mann wieder kommen wollte, hatte Henry nichts gesagt. Seine ausdruckslose Miene blieb ungerührt, aber die ausbleibende Reaktion war für Bridget nichts Ungewöhnliches, da er sich oft jeden Kommentars enthielt, wenn man ihm etwas erzählte. Manchmal spiegelte diese Zurückhaltung seine Gedankengänge wider, und manchmal verbarg sie, was er nicht preisgeben wollte. Als er hörte, dass Ralph wiederkommen wollte, verbarg er seine Gefühle.

Er hob die linke Hand als Antwort auf Ralphs Gruß. Mit der rechten steckte er die Streichhölzer und die Packung Woodpines in die Hosentasche zurück. IF 19 las er, wie beim letzten Mal. Ein großer alter Renault.

Ein paar Sonntage zuvor hatte sich Henry im Anschluss an die Messe nach dem Wagen erkundigt. Er hatte einen Straßenarbeiter gefragt und erfahren, der Wagen gehöre Mr. Ryall, der damit einmal in der Woche von Enniseala nach Dungarvan zur Nebenfiliale der Bank of Ireland fahre. Wie es kam, dass dieser offenbar fremde junge Mann den Wagen fuhr, wusste der Straßenarbeiter nicht. Aus dem, was Bridget bei seinem letzten Besuch mitgehört hatte, schloss sie, dass er Lehrer war, aber Genaueres wusste sie auch nicht.

»Er ist da«, sagte Henry in der Küche und stellte dabei fest, dass sich seine Frau in dem Maße darüber freute, wie er sich nicht freute.

»Er unterrichtet die Ryall-Jungen«, sagte Bridget. »Das hat sie mir heute morgen erzählt. Er wohnt in der Bank.«

»Dann geht er also bald dorthin zurück, wo er hergekommen ist?«

»Deswegen hat sie ihm ja einen Brief geschrieben, sie wollte ihn einladen, bevor er geht.«

»Er hat etwas Leichtfertiges an sich.

»Ach was, er ist ein netter junger Kerl.«

»Da bin ich mir nicht so sicher.«

Bridget war klug genug, die Meinungsverschiedenheit nicht weiter zu schüren. Deshalb sagte sie:

»Sie hat wieder eine Honigwabe zum Tee mitgebracht.«

»Ich werde den Tisch draußen aufstellen.«

Der junge Mann lehnte wartend am Wagen, als Henry mit dem Gartentisch über den Kies ging. Wie beim letzten Mal klappte er ihn auf dem Hortensienrasen aus und zog dieselben zwei weiß gestrichenen Stühle heran. Als er auf dem Weg in den Hof an dem jungen Mann vorbeiging, sagte er:

»Kommen Sie aus England?«

»Ich lebe in der Nähe von Enniscorthy. In England war ich noch nie.«

»Na ja, warum auch?« Henry nickte widerstrebend und anerkennend zugleich, dann wies er mit dem Kopf in Richtung Wagen. »Sie kommen gut damit zurecht?«

»Ich fahre ja nicht schnell.«

»In den Kotflügeln sind ein paar Dellen, aber sonst ist alles in Ordnung. Ist mir beim letzten Mal aufgefallen. Der Wagen ist gut gepflegt.«

»Ja.«

»Es ist schön, wenn Sachen gut gepflegt sind. Ich halte den Zweisitzer auch in Schuss. Vor ein paar Jahren hab ich den Einspänner gestrichen, aber wacklig ist er trotzdem.«

Der Notsitz wurde für ihn aufgeklappt, damit er das grüne Sitzpolster sehen konnte. Dann wurde die Haube entriegelt und zurückgeklappt, damit er den Motor begutachten konnte. Henry wiegte voll Bewunderung den Kopf. Dieser Wagen sei einiges Wert, sagte er.

»Er gehört Mr. Ryall.«

»Ich habe gehört, Sie wohnen dort. Da ist die junge Dame für Sie.«

Henry schlenderte langsam davon. Jetzt, nach dem kurzen Gespräch über den Wagen, fühlte er sich besser. Er horchte, was die beiden sagten, lauschte dem gestotterten, aufgeregten Wortwechsel. Der junge Mann enschuldigte sich für sein zu frühes Kommen und erhielt zur Antwort, das mache gar nichts.

»Ich dachte, du bist vielleicht schon fort«, sagte Lucy. »Ich dachte schon, mein Brief erreicht dich nicht mehr.«

»Ein paar Wochen bleibe ich noch in Enniseala.«

»Ich hab mich über deinen Brief gefreut.«

Ich komme am Mittwoch, hatte Ralph in aller Eile geschrieben, um die Abendpost noch zu erwischen. Sechs Tage waren seither vergangen, und an jedem einzelnen hatte er versucht sich vorzustellen, wie ihr Wiedersehen verlaufen würde. Während Caesars gallischer Krieg weiterging und Jack von Geometrie verwirrt wurde, hatte Ralph sich gefragt, ob sie genauso lächeln würde, und beschlossen, kein Schweigen aufkommen zu lassen. Ob sie ihm diesmal erzählen würde, was er von anderen seit ihrer letzten Begegnung erfahren hatte? Würde es sie langweilen, wenn er von sich erzählte? Von den Freunden, die er damals im Internat gefunden hatte? Von dem Bauhof und der Sägemühle, die er eines Tages erben würde? Würden sie solche Sachen genauso interessieren, wie ihn alles von ihr interessierte?

»Ich halte Bienen«, sagte sie. »Hatte ich dir das schon erzählt?«

»Nein.«

»Ich hatte dir nicht mal meinen Namen gesagt. Aber du weißt ihn inzwischen.«

»Ja, stimmt.«

»Wahrscheinlich hast du auch einiges über die Gaults gehört.«

»Oh, nicht viel.«

Es fiel ihm leicht abzustreiten, dass die Leute redeten. Trotzdem hätte er ihr gern gesagt, dass die Geschichte, die man sich in Enniseala erzählte, seine Zuneigung keineswegs beeinträchtigte, sondern eher noch verstärkte. Doch das ging nicht, denn sie ahnte ja nichts von seiner Zuneigung. Obwohl ihm seine eigene Kindheit noch nahe war, vermochte er nicht einmal zu behaupten, dass er auch nur annähernd nachempfinden konnte, was sie gefühlt haben musste, als man von ihr verlangte, ihr geliebtes Zuhause widerspruchslos zu verlassen. Er stellte sie sich vor, damals, und sah sie deutlich vor sich, und dabei erinnerte er sich an seine eigene Machtlosigkeit im Internat, wo er, wie man ihm versichert hatte, bestimmt sehr glücklich sein würde, an sein von Tränen durchnässtes Kopfkissen, an das Zuhause, aus dem man ihn gerissen hatte und das ihm vorkam wie ein Himmel, den er durch zu wenig Liebe verraten hatte. Wie zärtlich waren in jener fremden Dunkelheit die Umarmungen seiner Mutter vor dem Einschlafen gewesen, wie musikalisch das Geklapper der väterlichen Sägemühle, wie warm das Feuer in seinem Zimmer, wie weich der Teppich auf den Treppenstufen. Dabei hatte sich die Hölle, die seine Träume zerstören sollte, noch gar nicht in all ihren Schrecken gezeigt, und die verschiedenen Formen des Unbehagens, der Kälte und Disziplinierung durch Missbilligung kannte er nur aus bitteren Erzählungen; und wieder gab es morgens verbrannten Haferschleim, wieder war da der Gestank nach Kohlsuppe.

Während sie schweigend am Wagen standen, hätte Ralph gern gesagt, dass er die Fallen der Kindheit kannte und ihm durchaus bewusst war, wie unbedeutend seine Erfahrungen gemessen an dem waren, was für das Mädchen, das er zu lieben glaubte, immer noch andauerte. Sein Mitgefühl war zärtlich wie seine Zuneigung und ein Teil seiner Liebe.

»Willst du die Bienen sehen?«

Sie trug ein anderes weißes Kleid, mit Ärmeln, die bis zu den Ellbogen reichten, auch der Kragen war anders. Ihre Halskette bestand aus winzigen Perlen, oder jedenfalls sahen sie so aus.

»Ja, gern«, sagte er, und sie gingen zusammen durch den breiten Torbogen und über den Hof zum Obstgarten. Einer der Schäferhunde trottete hinter ihnen her, der andere faulenzte weiter unterm Birnbaum.

»Beauty of Bath.« Sie nannte Apfelsorten, die noch nicht reif waren und an alten knorrigen Ästen hingen. »Kerry Pippins. George Cave.« Sie zeigte auf eine Reihe Bienenstöcke und wollte nicht, dass er näher heranging.

»Ein schöner Obstgarten, wirklich«, sagte er.

»Ja, stimmt.«

Sie gingen weiter zu einem verwahrlosten Garten, vorbei an eingestürzten Treibhäusern und verwilderten Himbeeren. Sie kamen auf der anderen Seite des Hauses heraus, wo die Einfriedung der Wiese begann, auf der sie sich befanden.

»Wollen wir einen Spaziergang machen?«

Als sie ihn das fragte, dachte Ralph zum ersten Mal in ihrer Gegenwart als Lucy von ihr. *Lucy Gault* sah er in ihrer Schrift vor sich. Kein Name hätte besser gepasst.

»Ja, natürlich.«

Sie gingen von einer Wiese zur nächsten und dann am Rand eines Kartoffelackers entlang.

»Der gehört den O'Reillys«, sagte sie.

Sie führte ihn die Klippen hinunter über den Strandkies zum glatten, nassen Sand, auf dem die Möwen besitzergreifend umherstolzierten. Algenfäden waren von der Flut zurückgeblieben. Muscheln lugten aus dem Sand, in dem sie eingebettet waren. Sie sagte:

»Du denkst wahrscheinlich, ›die hinkt ja‹.«

»Das hab ich nicht gedacht.«

»Natürlich ist es dir schon vorher aufgefallen.«

»Man sieht es kaum.«

»Es fällt jedem auf.«

Das leichte Hinken gehörte irgendwie zu ihr, fand er. Er

wusste, wie es dazu gekommen war. Es störe nicht im Geringsten, hatte er geantwortet, als Mrs. Ryall ihn danach gefragt hatte. Er hätte es jetzt ebenfalls sagen können, aber er war zu schüchtern.

»Dort ist Kilauran.« Sie zeigte auf den weit entfernten Anleger und die dahinter liegenden Häuser, und als er ihren schlanken, zarten Finger sah, hätte er am liebsten ihre Hand ergriffen und festgehalten.

»Ich glaube, dort war ich schon mal.«

»In Kilauran bin ich zur Schule gegangen. Unsere Kirche ist eine Wellblechhütte.«

»Die kenne ich auch.«

»Ich gehe nie nach Enniseala.«

»Gefällt es dir nicht?«

»Es gibt keinen Grund für mich, dorthin zu gehen.«

»Ich dachte, vielleicht treffe ich dich dort zufällig, aber das habe ich leider nicht.«

»Was machst du in Enniseala? Wie ist es dort, wo du wohnst?«

Er beschrieb die Wohnung über den Bankbüros. Er erzählte ihr von seinen Streifzügen durch die Straßen, wenn er abends frei hatte, und dass er oft auf dem Musikpodium oder in der leeren Bar des Central Hotel saß und las oder auf der Promenade spazieren ging.

»War es dir unangenehm, dass ich dich wieder zum Tee eingeladen habe? Langweilst du dich?«

»Natürlich war es mir nicht unangenehm. Natürlich langweile ich mich nicht.«

»Warum ›natürlich‹, Ralph?«

Zum ersten Mal nannte sie ihn Ralph. Er wünschte, sie würde es wieder tun. Er wollte für immer an diesem Strand bleiben, denn hier waren sie allein.

»Weil es so ist. Es kann gar nicht langweilig sein. Ich fand es schön, als dein Brief kam.«

»Wie lange bleibst du noch?«

»Drei Wochen, dann müssen die Jungen wieder zur Schule.«

»Und wie sind die Jungen?«

»Ach, ganz in Ordnung. Das Problem ist nur, dass ich kein sonderlich guter Lehrer bin.«

»Was bist du dann?«

»Eigentlich nichts.«

»Aber das geht ja gar nicht!«

»Meinem Vater gehört eine Sägemühle. Irgendwann wird sie wohl mir gehören. Jedenfalls gehe ich davon aus.«

»Willst du das?«

»Für etwas anderes fehlt mir die Begabung. Ich wollte schon alles Mögliche werden.«

»Was wolltest du werden? Schauspieler?«

»Du lieber Himmel, das könnte ich nie!«

»Wieso nicht?«

»Ich bin nicht der Typ.«

»Vielleicht ja doch.«

»Das glaube ich ganz sicher nicht.«

»Ich würde alles probieren. Ich würde es mit der Bühne probieren. Ich würde versuchen, reich zu heiraten. Wie heißen die Jungen, die du unterrichtest?«

»Kildare und Jack.«

»Kildare, das klingt komisch! Ein seltsamer Name!«

»Ich glaube, der Name hat Tradition in der Familie.«

»Es gab die Earls von Kildare. Und es gibt die Grafschaft.«

»Und eine Stadt.«

»Ich habe einen Onkel in Indien. Der Bruder meines Vaters. Ich erinnere mich nicht an ihn. Weißt du, wie viel Bücher es auf Lahardane gibt?«

»Nein.«

»Viertausendsiebenundzwanzig. Manche sind so alt, dass sie auseinander fallen. Einige wurden nie aufgeschlagen. Weißt du, wie viel ich gelesen habe? Rate.«

Ralph schüttelte den Kopf.

»Fünfhundertzwölf. Gestern Abend hab ich *Jahrmarkt der Eitelkeiten* zum zweiten Mal ausgelesen.«

»Ich hab's noch nie gelesen.«

»Ein sehr gutes Buch.«

»Dann lese ich es bald.«

»Es hat Jahre gedauert, um die vielen Bücher zu lesen. Ich fing damit an, als ich mit der Schule fertig war.«

»Ich habe nicht annähernd so viel gelesen.«

»Manchmal werden hier Quallen angespült. Arme kleine Dinger, aber wenn man sie aufhebt, stechen sie.«

Sie gingen zu den Felsbecken, wo es Anemonen und Krabben gab. Der Schäferhund, der ihnen gefolgt war, stieß mit einer Pfote gegen die Seetangbüschel.

»Findest du es komisch, dass ich die Bücher gezählt habe?«

»Nein, überhaupt nicht.«

Er stellte sie sich beim Zählen vor, wie sie mit dem Finger von Buchrücken zu Buchrücken an einem Regal entlangging und dann auf dem Regal darunter von vorn anfing. Bei seinem letzten Besuch hatte sie ihn nicht aufgefordert, mit ins Haus zu kommen. Er fragte sich hoffnungsvoll, ob er heute die Zimmer sehen würde.

»Ich weiß nicht, warum ich sie gezählt habe«, sagte sie, und als das Schweigen immer länger wurde, fügte sie hinzu: »Ich glaube, wir müssen jetzt zurück. Wollen wir nach dem Tee noch woandershin gehen?«

Sie wünschte, sie hätte das mit den Büchern nicht erzählt. Das hatte sie nicht vorgehabt. Eigentlich hatte sie nur *Jahrmarkt der Eitelkeiten* erwähnen wollen, vielleicht um auf den Namen William Makepeace Thackeray aufmerksam zu machen, der genauso ungewöhnlich war wie Kildare und dessen Rhythmus sie mochte. Es klang eigentümlich, viertausendsiebenundzwanzig Bücher zu zählen. Aber er hatte entschieden den Kopf geschüttelt, als sie ihn gefragt hatte, ob er es seltsam fand.

Sie schnitt den von Bridget gebackenen Rührkuchen auf und fragte sich, ob sie nicht lieber eine Biskuitrolle von Scribbins hätte kaufen sollen, die es manchmal in Kilauran gab. Der Kuchen war klebrig, und das Messer glitt nicht so mühelos durch den Teig, wie es sollte. Mit Kuchen tat sich Bridget schwer, mit Brot hingegen nie.

»Danke«, sagte er und nahm das Stück, das sie abgeschnitten hatte.

»Vielleicht schmeckt er nicht so gut.«

»Er ist köstlich.«

Sie schenkte ihm Tee ein und goss Milch dazu, dann schenkte sie sich ein. Was sollte sie sagen, wenn Schweigen aufkam? Am Morgen hatte sie sich Fragen überlegt, aber die, an die sie sich erinnerte, hatte sie alle schon gestellt.

»Bist du froh, dass du nach Enniseala gekommen bist, Ralph?«

»O ja. Sehr sogar.«

»Bist du wirklich kein guter Lehrer?«

»Na ja, den Ryall-Jungen hab ich nicht viel beigebracht.«

»Vielleicht wollen sie ja nicht lernen.«

»Nein, wirklich nicht. Nicht im Geringsten.«

»Dann ist es nicht deine Schuld.«

»Aber ich habe ein schlechtes Gewissen.«

»Ich auch.«

Auch das hatte sie eigentlich nicht sagen wollen. Sie war entschlossen, nicht über ihr schlechtes Gewissen zu sprechen. Für einen Fremden war es uninteressant, außerdem würde sie dann zu viel preisgeben.

»Ich könnte keine Jungen unterrichten«, sagte sie.

»Wahrscheinlich könntest du es auch. Genauso gut wie ich.«

»Ich entsinne mich an Mr. Ryall. Er hat einen Schnurrbart.«

»Die Ryalls sind nett zu mir.«

»Bei Domville's arbeitet ein Mann, an den ich mich auch noch erinnere. Er ist dünn und sehr groß, seine Krawatte ist immer fest in den Kragen gebunden. Ich wusste, wie er heißt, aber jetzt fällt es mir nicht ein.«

»Ich war noch nie bei Domville's.«

»In Kopfhöhe ist dort eine kleine Eisenbahn mit Holzkugeln, die den Kunden das Wechselgeld bringt. Wunderst du dich, dass ich weiße Kleider trage?«

»Also …«

»Weiß ist meine Lieblingsfarbe. Es war auch die meiner Mutter.«

»*Weiß* als Lieblingsfarbe?«

»Ja.« Sie bot ihm noch Kuchen an, aber er schüttelte den Kopf. Die Biskuitrolle von Scribbin hätte sie in Scheiben geschnitten und selbst hergerichtet, eine Schokoladenrolle mit Vanillefüllung oder nur mit Marmelade, wenn es keine andere gegeben hätte. »Erzähl mir, wie es in Enniseala ist«, sagte sie.

Die Beschreibung der Stadt hielt das Gespräch in Gang – das Nonnenkloster auf einem Hügel, das Lichtspieltheater, die lange Hauptstraße, der kleine Leuchtturm. Und danach erfuhr sie, dass auch Ralph ein Einzelkind war. Er beschrieb ihr den Bauhof und das Sägewerk seines Vaters, außerdem das Haus, in dem seine Familie lebte, nicht weit entfernt vom Sägewerk, in der Nähe einer Brücke.

»Wollen wir noch einmal ins Tal gehen?«, fragte sie, als sie mit dem Tee fertig waren. »So wie letztes Mal? Oder langweilt es dich?«

»Natürlich nicht.« Und dann sagte er: »Dein Hinken fällt kaum auf. Es ist nicht der Rede wert.«

»Willst du nächsten Mittwoch wiederkommen?«

7

Die Blaskapelle spielte auf der großen Piazza der Città Alta, die Tische vor dem einzigen *ristorante* standen im Schatten einer grün-weißen Markise. *Il Duce* war gekommen, *Il Duce* war auf dem Weg: Es herrschte Verwirrung, bevor das Jubelgeschrei unten in der Via Garibaldi und der Piazza della Repubblica begann: *Il Duce* war angekommen.

»*Tosca*«, sagte der Captain, doch dann brach die Musik aus der Oper ab. Der Dirigent gebot mit einer ausladenden Geste allen auf dem Platz Ruhe, obwohl fast niemand unterwegs war. Dann begann das Lied von *Il Duce*.

»*Ecco!*«, murmelte ein langsamer, alter Kellner wie im Schlaf. »*Bene, bene* …«, flüsterte er und schenkte den letzten Schluck Barolo ein. Und unten in der Neustadt spielte die gleiche Melodie, verstärkt von einer Platte, damit man überall wusste, dass *Il Duce* endlich hier war.

Heloise hatte kein Wort gesagt, seit sie an den Tisch unter der Markise geführt worden waren, weder als man ihnen die einzelnen Gänge gebracht hatte, noch während sie lustlos in ihrem Essen herumgestochert und das meiste unberührt liegen gelassen hatte. Heute war ein schlechter Tag, sagte sich der Captain. In ihrem Blick lag der nagende Schmerz ihrer Melancholie, wie immer an schlechten Tagen. Sie bemühte sich, sein Lächeln zu erwidern, aber es ging nicht, und er wusste nur zu gut, dass sie ihr Kind vor sich sah, das sich widerstandlos den Wellen überließ, weil es diese Wahl getroffen hatte. An schlechten Tagen war seine Intuition besonders ausgeprägt, er wusste immer Bescheid. Er versuchte ihr mit dem Druck seiner Finger die Furcht zu nehmen, aber er spürte keine Reaktion, kein lebendiges Zucken in der Hand, die er ergriffen hatte und noch immer hielt, kein Zeichen, dass es ihm diesmal gelungen war, ihre schlimmsten Befürchtungen zu zerstreuen.

Ein gelb-brauner Hund überquerte die Piazza, das einzige Lebewesen außer den Musikern, dem Kellner und den Gästen am einzigen Tisch auf dem Gehsteig. Der Kellner hatte den Kragenknopf unter seiner Fliege gelockert. Der magere und sichtlich ausgehungerte Hund durchwühlte den Inhalt eines Abfallkorbs. Obwohl die weiß uniformierten Musiker lediglich Wochenendmusikanten waren, die ihre Opernarien lässig herunterleierten, legten sie jetzt beim Spielen eine Arroganz an den Tag, als würden sie bereits durch erobertes Land marschieren.

»Va' via! Va' via!«, brüllte der alte Kellner dem Hund zu, und dann: *»Caffe, signore?«*

»Si. Per favore.«

Er liebte sie, mehr als er jemals einen anderen Menschen lieben könnte, aber heute versuchte sie, wie schon oft zuvor, die Vergangenheit allein zu bewältigen, und dabei konnte er ihr nicht helfen. Wie lange würde es noch dauern, bis Italien kein Land mehr war, in dem man Zuflucht finden konnte?, fragte sie ruhig.

Er schüttelte den Kopf. Irgendwo ertönte Jubelgeschrei, und als es verklang, hallte eine Stimme laut und aufgeregt durch die Lautsprecher, deren abgehackte Botschaft sich anhörte, als schlüge eine Faust in die Hand. *Morte! Sangue! Vit-*

toria! Vittorioso! Die gleichen Appelle wurden ebenso abgehackt wiederholt. Auf der anderen Seite der Piazza kratzte sich der Hund Flöhe aus dem Fell.

»Ja, vielleicht sind wir in Italien auch bald nicht mehr erwünscht«, sagte er und dachte wieder, wie sehr er sie liebte. Sie hielten sich in den Armen, sie redeten miteinander, sie las ihm Stellen aus Büchern vor, die ihr gefielen, sie waren Freunde auf ihren Reisen; aber an Tagen wie diesem gehörte sie nur sich allein.

»Bitte verlang nicht von mir zurückzugehen«, flüsterte sie leise, ohne jeden Ausdruck, die Worte waren kaum zu hören.

8

Nachdem Ralph an zwei weiteren Mittwochnachmittagen auf Lahardane gewesen war, nachdem man ihm das Haus gezeigt und ihn von Zimmer zu Zimmer geführt hatte, nachdem er die Bücher in den verschiedenen Bücherschränken, das Tivolispiel in einer Ecke des Salons und den Billardtisch auf dem oberen Treppenflur gesehen hatte, sagte Lucy:

»Willst du nicht eine Weile bleiben, wenn die Jungen wieder zur Schule gehen?«

»Du meinst hier bleiben?«

»Platz wäre genug.«

Ende der ersten Septemberwoche verließ er die Ryalls. Am Abend bevor die Jungen wieder in die Schule zurückkehren mussten, zahlte Mr. Ryall, was er schuldig war, dann trug er die beiden Koffer von Ralph zum Wagen, während dieser sich von Mrs. Ryall und den Jungen verabschiedete. Auf der Fahrt nach Lahardane sagte Mr. Ryall:

»Es ist nett von Ihnen, sich um sie zu kümmern.«

»Ich kümmere mich eigentlich nicht um sie.«

»Nun ja …« Und auf Lahardane sagte Mr. Ryall zu Lucy: »Ich habe dich nicht mehr gesehen, seit du ein Mädchen von neun oder zehn warst.«

Sie lächelte, sagte aber nicht, ob sie sich an jene Begegnung erinnerte oder nicht, und als der Wagen abgefahren war, führte sie Ralph die breite Treppe hinauf zu dem Zimmer, in dem er wohnen sollte. Es war quadratisch und geräumig, mit einem Waschtisch aus Mahagoni in einer Ecke, einem Kleiderschrank und einer Kommode, einer weißen Tagesdecke auf dem Bett und Kupferstichen von Glengarriff in dunklen Holzrahmen an allen vier Wänden. Von den Fenstern aus sah man die Felder, wo das Vieh weidete, und dahinter das Meer.

»Wenn du an dieser Klingel ziehst«, warnte Lucy, »passiert gar nichts.«

Bridget hatte das Esszimmer für den Besuch wieder auf Vordermann gebracht, hatte es gelüftet, den langen Esstisch poliert und eine Tischdecke darüber gelegt, die sie vor Jahren weggepackt hatte. Aufgeregt und mit roten Wangen huschte sie mit Tabletts und Besteck hin und her, jeden Tag trug sie eine gestärkte weiße Schürze.

»Bridget macht gern ein bisschen Aufhebens um alles«, sagte Lucy, und Ralph erwiderte, das sei ihm schon aufgefallen.

Er liebte ihre gemeinsamen Mahlzeiten. Sobald sich die Esszimmertür hinter Bridget schloss, stellte er sich vor, sie wären verheiratet. Er liebte alles an Lahardane, die Lage, das Haus, die Spaziergänge zum Strand am frühen Morgen, wenn sie ihm die Bäume zeigte, in die L. G. geschnitzt war. Er liebte es, wenn sie im Gras neben dem Bach lagen oder ihn auf den Trittsteinen überquerten. Er liebte, was sie liebte, als wäre das die selbstverständlichste Sache der Welt.

»Ich will dir noch etwas zeigen«, sagte sie und führte ihn zum eingestürzten Häuschen oberhalb des Tals. »Henry wird dir bestimmt von Paddy Lindon erzählen.«

Ralph wusste unwillkürlich, dass sie damals, als Kind, zu diesem Ort gehinkt war, und er stellte sie sich dort vor, angsterfüllt, hungrig und allein. Er hätte sie gern nach dieser Zeit gefragt, wagte es aber nicht, weil sie bisher noch nie darüber gesprochen hatte, abgesehen von der Anspielung auf ihr Hinken. Am Strand erzählte sie von dem namenlosen Hund, der am Ende davongelaufen war, verschwieg aber, welche Rolle er bei dem Geschehen gespielt hatte. Beim Betrachten des Fotoalbums im Salon sah er durch einen braunen Dunst ein Paar, das zwischen den Apfelbäumen neben einem Kinderwagen stand. Sein forschender Blick verweilte hier länger als bei den übrigen Fotografien, aber Lucy machte keine Bemerkung dazu.

Eines Tages im Wald sagte sie plötzlich: »Wir müssen zurück«, als würde sie sein Verlangen nach einer Erklärung spüren und sich davor fürchten. Doch das erwachte Verlangen blieb, und Ralph fragte sich, ob es jemals mehr als das sein würde, und er fragte sich auch, ob er sie irgendwann in die Arme schließen und ihr weiches, helles Haar küssen würde, ihren Hals und ihre Wangen, ihre mit Sommersprossen übersäten Arme, ihre Stirn und die geschlossenen Augen, die Lippen. Er fragte sich, ob es immer nur bei seinem Verlangen bleiben würde.

»Du darfst Lahardane erst verlassen«, sagte sie, »wenn du *Jahrmarkt der Eitelkeiten* gelesen hast.«

»Aber ich hab noch gar nicht angefangen.«

»Und wenn du es gelesen hast, müssen wir darüber reden. Auch das wird eine Weile dauern.«

Manchmal, wenn sie spazieren gingen, berührten sich kurz ihre Finger, oder ihre Hände fanden sich und hielten einander fest, wenn sie den Bach auf den Trittsteinen überquerten. Außerdem gab es eine schwer zu überwindende Steinmauer, und auch dort kamen sie sich näher.

»Es sind sechshundertzweiundvierzig Seiten«, sagte sie.

Sie wären sich nie begegnet, wenn Ralph sich nicht verirrt hätte: Lucy versuchte sich vorzustellen, dass sie Ralph nie begegnet wäre, dass sie nichts von ihm wüsste. Sie hatte das Gefühl, als sei er aus dem Nichts gekommen, und sie fragte sich, ob er, wenn er Lahardane verließ, ins Nichts zurückkehren und nicht mehr kommen würde. Sie würde ihn nie vergessen. Ihr ganzes Leben lang behielte sie die Mittwochnachmittage und die Zeit, die jetzt verging, in Erinnerung. Und wenn sie alt wäre und glaubte, dass Ralph und auch dieser Sommer nur Hirngespinste waren, wäre es nicht schlimm, denn die Zeit verwandelte Erinnerungen ohnehin in Hirngespinste.

»Was wünschst du dir am meisten auf der Welt, Ralph?«

Er bückte sich, um einen Stein vom Sand aufzuheben und ihn übers Wasser hüpfen zu lassen. Zweimal, dreimal berührte der Stein die Oberfläche und hüpfte weiter. Inzwischen war er nicht mehr so schüchtern, vermutlich weil er sie besser kannte oder es sich zumindest einbildete. Seine Schüchternheit und seine Freundlichkeit mochte sie ganz besonders an ihm.

»Ach, weißt du, wahrscheinlich, dass jeder Tag aus Nichtstun bestünde.«

»Das ist bei mir der Fall.«

»Dann hast du Glück.«

»Du wirst mir fehlen, wenn du gehst. Ich bezweifle, dass du jemals wiederkommst.«

»Wenn ich eingeladen werde …«

»Du hast anderes zu tun.«

»Was denn?«

»Na ja, alles, wenn man es sich genau überlegt.«

Sie badeten, so wie sie es jeden Tag zweimal taten, und gingen dann nach Kilauran. Sie kletterten über die Felsen zum Anleger. Kein Mensch war dort oder auf der Dorfstraße zu sehen. Lucy sagte:

»Hier bin ich zur Schule gegangen.«

Sie schauten durch ein Fenster, und dann durch ein zweites. An den Wänden hingen noch immer die glänzenden Landkarten und Tafeln, außerdem Mr. Aylwards Porträts von Königen und Königinnen: William, der Eroberer, Königin Maeve, Kaiser Konstantin. *Wenn x = 6* stand auf der Tafel.

»Jetzt hab ich dir alles gezeigt«, sagte Lucy.

An diesem Tag küsste Ralph sie. Auf dem Rückweg nach Lahardane ergriff er ihre Hand und zog sie auf dem Kiesstrand am Fuß der Klippen unbeholfen an sich. Sie sagten nichts.

Hinterher erklommen sie den vertrauten zerklüfteten Weg. Die Kartoffeln auf dem Acker der O'Reillys waren geerntet. Nur das verdorrte Kraut lag noch da.

»Ich liebe dich, Lucy«, sagte Ralph. »Ich bin schrecklich verliebt in dich.«

Sie erwiderte nichts. Sie blickte zur Seite und sagte nach einer Weile:

»Ja, ich weiß.« Dann blieb sie einen Moment lang stumm. »Es ist nicht gut, wenn wir uns lieben.«

»Aber wieso nicht?«

»Mich kann man nicht lieben.«

»O, Lucy, natürlich. Wenn du wüsstest, wie sehr man dich lieben kann.«

Sie waren nicht stehen geblieben und taten es auch jetzt nicht. Langsam schlenderten sie weiter, und als Ralph wieder ihre Hand ergriff, entzog Lucy sie nicht. Er sagte:

»Ich habe dich geliebt, seit ich das erste Mal hier war. Und je länger ich dich kannte, umso mehr habe ich dich geliebt. Du bist meine erste Liebe. Ich werde nie jemand anderen lieben. Das könnte ich nicht.«

»Du hast mir nicht erzählt, dass du *Jahrmarkt der Eitelkeiten* ausgelesen hast. Wir haben noch nicht darüber geredet. Das müssen wir, bevor du gehst.«

»Ich will nicht gehen. Ich will immer bei dir sein, mein ganzes Leben lang.«

Als Lucy den Kopf schüttelte, wusste Ralph, dass sie weder seine Worte abwehren wollte, noch die Leidenschaft seines Tonfalls oder Blicks in Frage stellte. Sie schüttelte den Kopf aus Protest gegen die Unvernunft seiner hemmungslosen Hoffnung: Es durfte nicht sein, hieß ihre wortlose Erwiderung, und sie wiederholte damit ihre Aussage, dass man sie nicht lieben könne.

»Du bist mein erster Freund, Ralph. Ich hatte nie Freundschaften wie andere Leute. Oder wie Romanfiguren.«

»Ich würde alles für dich tun.«

»Erzähl mir mehr von dort, wo du herkommst, von dem Haus und allem anderen. Damit ich es weiß, wenn du fort bist.«

»Ach, Lucy, es ist nichts Besonderes!«

»Erzähl es mir trotzdem.«

Verwirrt und unglücklich gab Ralph nach. Er beschrieb das Haus und dann Logan's Bar and Stores, die er jenseits der Brücke von seinem Zimmerfenster aus sehen konnte, wo Eisenwaren ebenso verkauft wurden wie Lebensmittel. Er war immer davon ausgegangen, dass er das Sägewerk erben und weiterhin in jenem zweistöckigen, mit Kletterpflanzen bedeckten Haus an der Straße leben würde. Auf einer Wiese unweit der Brücke stand irgendeine Abteikirche, von der nicht mehr viel übrig war.

»Wie viel?«

»Nur ein Turm oder ein Teil davon. Sonst fast nichts mehr.«

»Wie schade!«

»Ich glaube, es gibt dort auch Mönchsgräber. Heißt es jedenfalls.«

»Gehst du manchmal hin?«

»Es lohnt sich ja kaum.«

»Du könntest nach den Gräbern suchen.«

»Nein, das tu ich nicht.«

»Ich würde es tun.«

»Lucy …«

»Kennt man dich in Logan's Stores?«

»Mich kennen?«

»Weiß man, wer du bist?«

»Sie haben mich immer gesehen.«

»Erzähl mir von deinem Internat.«

»Ach, Lucy …«

»Bitte, erzähl es mir. Bitte, Ralph.«

»Es gab zwei.« Und Ralph beschrieb das erste, in dem er Heimweh hatte: das graue Haus an einem Platz in Dublin, die Sonntagsspaziergänge in Zweierreihen durch die leeren Straßen, die Kohlsuppe.

»Kohlsuppe kann es nicht gewesen sein. Es gibt keine Kohlsuppe.«

»Wir nannten es so.«

»Und gab es die auch im nächsten Internat?«

»Das nächste Internat war besser. Dort war ich gern.«

»Warum?«

»Ich weiß nicht.«

»Erzähl mir davon. Erzähl mir alles.«

»Es lag außerhalb von Dublin, in den Bergen. Wir

trugen Roben. Die Lehrer trugen andere, viel größere Roben.«

»Warst du ein begabter Schüler?«

»O nein.«

»Worin warst du gut?«

»In kaum etwas. Heute würden sie sich nicht mehr an mich erinnern.«

»Hast du Sport getrieben?«

»Das mussten wir.«

»Und worin warst du gut?«

»Ich war kein schlechter Tennisspieler.«

»Vielleicht hast du die Schule deswegen lieber gemocht?«

»Ja, gut möglich. War es schlimm, dass ich dich geküsst habe?«

»Wir müssen jetzt reingehen. Nein, es war nicht schlimm.«

Das Essen, das Henry jeden Abend in der Küche zu sich nahm, entsprach seinem Frühstück und bestand immer aus Spiegeleiern und gerösteten Brotscheiben mit Speck. Dazu gab es Tee, den er stark, süß und mit Milch trank.

Am Abend des Tages, an dem Ralph seine Liebe offenbart hatte, war das Essen nicht anders als sonst, nur was geredet wurde, unterschied sich. Eine Stunde zuvor, als Ralph und Lucy durch den Hof gingen, war Henry das veränderte Verhalten der beiden aufgefallen. Sie waren verlegen, standen noch unter dem Eindruck dessen, was eindeutig ein Geheimnis zwischen ihnen war, und beide sprachen kaum. Henry fragte sich, ob sie wohl gestritten hatten, aber Bridget, der später die gleiche Stimmung auffiel, hatte mehrmals die Blicke gesehen, die Ralph Lucy im Esszimmer über den Tisch hinweg zuwarf und seine Gefühle richtig gedeutet: Der Unterschied war jetzt, dass er darüber gesprochen hatte.

In der Küche berichtete Bridget über ihre Vermutung und war ratlos, als sie sich fragte, wie es weitergehen sollte. Ihr Gast würde Lahardane verlassen, und mit den kürzer werdenden Herbsttagen käme der Winter. Weihnachten würde vergehen und danach die härteste Zeit während der ersten Monate des neuen Jahres. Würde er im nächsten Sommer wieder nach Enniseala kommen? Würde er wieder auf Lahardane wohnen? Oder würde die Zeit, launisch und unbeständig, ihn langsam von Lucy entfremden?

Es gab oft Augenblicke, in denen Bridget Lucy am liebsten getröstet hätte, so wie früher, als sie noch ein Kind und dann ein junges Mädchen war. Immer so nah und doch so fern, sah sie, wie die einsame Gestalt im Lampenlicht oder im Apfelgarten las, wie sie allein im Wald und am Strand spazieren ging, ihre Freunde ein beleibter Anwalt und ein älterer Geistlicher. Jeder Brief, der im Haus ankam, weckte immer noch Erwartungen und Hoffnung, allerdings nur so lange, bis der Umschlag geprüft war. Der Umschlag gab immer Aufschluss.

»Du hast sicher Recht«, stimmte Henry zu, der bei jedem Wort nickte, so aufgeregt war er im Nachhinein angesichts Bridgets Vermutung. Er trank seinen Tee aus und schob die Tasse beiseite. »Und letztendlich ist es vielleicht nicht das Schlechteste.«

Bridget, die den Tisch abräumte, war von diesen Worten nicht überrascht: Früher oder später hatte sie damit gerechnet. Aber sie reagierte nicht auf den Sinneswandel ihres Mannes, denn was hätte sie sagen sollen, ohne sich zu wiederholen? Die Hoffnung lag jetzt in dem, was sich in diesem Sommer angebahnt hatte.

»Für Lucy sind sie verloren«, sagte sie. »Selbst wenn sie morgen zurückkehren würden.«

Henry zündete seine Woodbine mit einem Holzspan aus dem Herd an und sparte damit ein Streichholz. Ihm war nicht bewusst, dass er wie ein Vater empfand, ihm war nur klar, dass er sich um das Kind des Captains sorgte und er der Liebe eines Fremden misstraute, wie es ein Vater vielleicht tun würde. Aber seit Ralph im Haus wohnte, hatte Henry ihn zunehmend sympathischer gefunden. Und hinter seiner Bemerkung, es sei nicht das Schlechteste, was sich da entwickelte, verbarg sich mehr, als den Worten zu entnehmen war: Es wäre nicht schlecht, wenn das Kind des Captains von Lahardane und den damit verbundenen dunklen Erinnerungen fortkäme.

Es regnete in der Nacht und den ganzen nächsten Tag. Sie spielten Tivoli, und Lucy begann das Gespräch, das sie über *Jahrmarkt der Eitelkeiten* führen wollte. Hinterher spielten sie noch eine Runde Tivoli. Ralph sagte: »Ich liebe dich, Lucy.«

Lucy erinnerte ihn nicht daran, dass er ihr das bereits gesagt hatte, und zwar nicht nur einmal. Mit den Fingerspitzen streichelte sie zärtlich seinen Handrücken. Dann sein Haar.

»Mein lieber Ralph«, flüsterte sie, »du darfst mich nicht lieben.«

»Aber ich kann nicht anders.«

»Wenn du eines Tages heiratest, wirst du mir dann schreiben und es mir sagen? Damit ich Bescheid weiß und mir auch das vorstellen kann. Und schreibst du mir, wenn ihr Kinder bekommt? Und sagst du mir, wie deine Frau heißt, und gibst mir eine flüchtige Beschreibung von ihr? Damit ich dich und deine Frau und die Kinder in dem Haus neben dem Sägewerk immer sehen kann. Versprichst du mir das, Ralph?«

»Aber ich will *dich* heiraten.«

»Du wirst mich vergessen. Genau wie diesen Sommer. Er wird verblassen und in Schatten verschwinden, und die Stimmen werden Gemurmel, das du nicht mehr hörst. Jetzt – in diesem Augenblick, während wir hier sitzen – leben wir in einer Realität, die nicht von Bestand ist und nicht sein soll. Du wirst dieses Zimmer nicht deutlicher sehen als ich die beschriebenen Gesichter in meinen Romanen. Manchmal wirst du von Lahardane träumen, vielleicht aber auch nicht. Und wenn doch, bin ich nur noch ein Geist.«

»Lucy …«

»Oh, ich werde von dir träumen, von der Zeit, als du hier warst, von den Tagen, die jetzt vergehen, von genau diesem Augenblick, als uns das Tivolispielen langweilte, weil wir es zu lange gespielt haben, von dem, was ich jetzt gleich sagen werde: ›Spielen wir lieber Siebzehnundvier?‹«

»Warum darf ich dich nicht lieben?«

»Weil es dich unglücklich macht.«

»Aber das stimmt nicht. Es macht mich glücklich.«

»Spielen wir Siebzehnundvier? Es regnet immer noch.«

»Wir könnten im Regen spazieren gehen. Zumindest auf der Allee.«

Die Bäume schützten sie ein wenig. Die Luft war frisch; köstliche Luft, sagte Lucy. Sie verweilten auf der Allee, und dann, unter dem Vordach des Pförtnerhauses, verweilten sie wieder.

»Natürlich liebe ich dich auch«, sagte Lucy. »Falls du dich das fragen solltest.«

Bridget hatte das Gefühl, dass etwas Aufmunterndes passieren musste, und zündete ein Feuer im Salon an. Inzwischen regnete es heftiger, die Tropfen rollten an den Scheiben hinab, und dann ließen die ersten Windböen sie anders fallen. Am Anfang wehte der Wind nur leicht, aber nach einer Stunde hatte er die Stimmung des Tages verändert. Er riss die Blätter von den Bäumen und wirbelte sie durch die Luft, ehe sie durchnässt liegen blieben. Er rüttelte an der Eingangstür und an den Fenstern. Er peitschte den Regen gegen die Scheiben und zerschlug die Tropfen, die sich vorher angesammelt hatten, um dann monoton am Glas entlangzugleiten. Das Meer würde bestimmt ein echtes Schauspiel bieten, sagte Henry.

Im Salon machten sie Toast am Feuer und hielten ihre Brotscheiben in die rote Glut der Holzscheite. Sie saßen auf dem Kaminvorleger und lasen. »Wer ist das?«, fragte Ralph und meinte das einzige Porträt im Raum, über dem Schreibtisch, und Lucy erwiderte, es sei irgendein Gault, von dem sie nichts wisse. Dann kurbelte sie am Grammophon und legte eine Platte auf. John Count McCormack sang »Down by the Salley Gardens«.

Als sie aufbrachen, um sich das Meer anzusehen, blies der Wind so stark, dass sie einander kaum verstanden. Die Wellen stiegen wie wilde weiße Pferde, wie Geisterformen, die zu Schaum explodierten, eine jagte die nächste, während sie brachen. Das Dröhnen und Donnern der Brandung schluckte das Windgeheul, eine Meermusik, die nur hierher gehörte.

Als sie sich am Wasser umarmten, schmeckten sie das Salz auf den Lippen des anderen. Beide waren bis auf die Haut durchnässt, Lucys Haar hing in feuchten Strähnen herunter, Ralphs klebte ihm fest am Schädel. Die Wildheit des Sturms hielt sie genauso in Bann wie ihre Liebe. Lucy fragte sich, ob sie in ihrem Leben jemals wieder so glücklich sein würde.

»Wie sollten wir einen Tag wie heute vergessen?«, flüsterte sie und wurde nicht gehört.

»Ich werde dich immer lieben«, sagte Ralph, und auch dies ging verloren.

Vor dem Kamin im Salon trockneten sie sich ab. Bridget brachte ein Tablett herein, denn hier war es wärmer als im Esszimmer. Beim Anblick des glücklichen Paares musste sie daran denken, dass Ralph in wenigen Tagen fort war. Sie betete nicht; dies war kein Anlass zum Beten. Vielmehr beschwor sie eine Zeit in der Zukunft herauf und stellte sich die beiden lachend in einem Zimmer vor und dann in einem zweiten und hörte sie von Liebe sprechen und sah sie für immer vereint.

»Sieh mal, Lachs in der Dose!«, rief Lucy.

Es war roter Lachs von John West, er hatte auf Henrys Einkaufsliste für Mrs. McBride gestanden, eine besondere Leckerei, denn er war teuer. Und es gab die kleinen süßen Tomaten, die Henry im glasgedeckten Pflanzenkasten zog, den er seit einigen Jahren wieder benutzte. Sie machten Kopfsalat, mit kleinen Zwiebeln und Scheiben von hartgekochten Eiern.

»Wollen wir Wein trinken?«, schlug Lucy vor. »Weißwein? Ich glaube, außer dem bitteren roten Wein in der Kirche hab ich noch nie welchen getrunken.«

Sie ging aus dem Zimmer und kam kurz darauf mit einer Flasche und zwei Gläsern zurück. In der Vorratskammer seien noch viele Flaschen, sagte sie, roter und weißer, sie lägen unberührt in den Regalen.

»Schau in allen Schubladen nach, irgendwo liegt ein Korkenzieher. Ach, ist das schön!«

Sie rückten einen Tisch näher ans Feuer und zogen zwei Stühle heran. Ralph schenkte den Wein ein, und in diesem Augenblick wollte er dieses Haus, in das er gekommen war, nie wieder verlassen. In diesem Augenblick wollte er Lucy nicht von Lahardane wegbringen, sondern bei ihr bleiben, denn sie gehörte hierher und er, so empfand er an diesem Abend, ebenso. Auf dem Grammophon kratzte die Nadel durch »Londonderry Air«.

In der gleichen Nacht erlitten zwei Fischer aus Kilauran Schiffbruch, der Sturm hatte sie überrascht, als sie ihre Netze einholten und gerade nach Hause rudern wollten. Im Dorf herrschte Trauer, eine Melancholie, die sich auf Lucy übertrug, als sie mit Ralph am Tag vor seiner Abfahrt dort spazieren ging. Das Wehklagen kam aus einem kleinen Haus, das von Menschen umgeben war. Ein Fiddler war gekommen, um Trauerlieder zu spielen, wenn danach verlangt wurde.

»Wie konnte ich ihnen nur davonlaufen?«, sagte Lucy am Strand, als sie und Ralph mit den Lampendochten und Zeitungen, die sie gekauft hatten, nach Lahardane zurückgingen. »Ich habe sie leiden lassen, wie diese Frauen jetzt leiden. Ich sehne mich nach ihrer Vergebung. Das Gefühl geht einfach nicht weg.«

Dieses Geständnis kam unerwartet, und Ralph sagte nichts dazu, während sie weitergingen.

»Ich war damals auch verliebt – in Bäume und Felstümpel und Fußabdrücke im Sand. War ich womöglich besessen, Ralph? Ich dachte es immer.«

»Natürlich warst du's nicht.«

»Wie die arme Mrs. Rochester bei Jane Eyre! Mit der niemand Mitleid hatte!«

»Du warst noch ein Kind.«

»Auch ein Kind kann besessen sein. Habe ich sie gehasst, als ich sie leiden ließ? War das der Grund, weshalb ich mich schon bald geschämt habe?«

»Bitte, willst du mich heiraten, Lucy?«

Langsam schüttelte sie den Kopf. »Mein Vater hat auf einen Mann geschossen, ihn aber nicht getötet. Meine Mutter hatte Angst. Und ich habe nichts verstanden. Soll ich dir alles erzählen, Ralph?«

Und er hörte zu und erfuhr, was er schon wusste, und sah, was er so oft gesehen hatte: die Gestalten auf dem Strandkies und dem Sand, die aus dem Haus geholte Lampe, die dem Morgengrauen weichende Dunkelheit.

»Jetzt war ich ziemlich mutig«, sagte Lucy.

»Du bist immer mutig, Lucy.«

»Wie könnte ich dich heiraten, lieber Ralph?«

Sie hob ihre Lippen den seinen entgegen und küsste ihn leicht. Das Meer war ruhig wie ein Teich, die Wellen brachen sich leise. Der Himmel war tiefblau wie den ganzen heißen Sommer über nicht. Weiße, aufgebauschte Wolken zogen fast unmerklich über ihn hinweg.

»Mir ist egal, was du getan hast. Wirklich, ich schwöre es, Lucy.«

»Ich muss damit leben, bis sie zurückkommen.«

»Nein. Nein, das musst du nicht.«

»Du musst zurück in dein zufriedenes Leben. Du darfst kein Besucher in meinem sein. Denn mehr wärst du nicht, Ralph, obwohl ich dich liebe. Wenn wir uns lieben, stehlen wir etwas, das uns nicht gehört und nicht zusteht. Liebster Ralph, wir müssen uns mit Erinnerungen begnügen.«

»Das müssen wir nicht, und ich will es auch nicht. Ich kann mich nicht mit Erinnerungen begnügen.«

»Aber Erinnerungen können sehr schön sein, weißt du.«

»Sie bedeuten nichts«, sagte er mit einer Spur Verbitterung in der Stimme. Dann gingen sie schweigend weiter, bis er sagte: »Ich würde dich nicht von Lahardane wegholen, wenn du es nicht möchtest.«

Sie schien ihn nicht zu hören. Sie zeichnete etwas mit der Schuhspitze in den Sand. Als sie ihre Namen geschrieben hatte, blickte sie auf und sagte:

»Was denken sie wohl, Ralph, und sagen es nicht? Warum kommen sie nicht zurück?«

Doch als Ralph zu einer Antwort ansetzte, hatte er das Gefühl, seine Worte drangen nicht richtig zu ihr durch, und er brach ab. Sie gingen langsam weiter, und Lucy sagte: »Ich habe sie nicht gehasst. Aber das wissen sie ebenso wenig wie alles andere, das sie ohne weiteres wissen könnten. Eines Tages – heute, morgen, irgendwann in einem Jahr – finden sie die Kraft und nehmen die Reise auf sich, denn dafür ist es nie zu spät.«

»Oh, Lucy, sie haben dir längst vergeben und würden sich jetzt wünschen, dass du glücklich bist. Natürlich haben sie dir verziehen.«

»Erinnerungen können alles bedeuten, wir müssen es nur zulassen. Aber du hast Recht: Für dich ist das nichts. Sich zu erinnern ist mir vorbestimmt, und ich werde es tun. Ich werde ein Leben führen, das nur aus Erinnerungen an unsere Liebe besteht. Ich werde die Augen schließen und deine Lippen wieder spüren und dein lächelndes Gesicht so klar vor mir sehen wie jeden Tag die Wellen. Wir waren wunderbare Freunde, Ralph! Wie haben wir uns gewünscht, dass dieser Sommer nie endet! Aber noch ein Sommer wäre anders – das wissen wir beide.«

»Ich weiß es nicht. Ich glaube keine Sekunde daran.«

»Ich wünschte, unser Sommer würde immer weitergehen und wir könnten die Zeit anhalten. Aber wir sollten jetzt nicht maßlos sein. Früher hatte ich Angst vor ihrer Rückkehr. Manchmal wollte ich sogar, dass sie nicht mehr kommen, denn was nützt ihnen mein tiefes, schmerzliches Bedauern? Sie müssten zu viel vergeben: Wie könnte ich da auf Vergebung hoffen? Aber wenn sie jetzt kämen, wenn sie jetzt oben an dieser Klippe stünden, wenn sie staunend zuhörten, während Bridget ihnen alles erzählt, wäre das wunderbar! Dann müssten wir beide uns nicht mit Erinnerungen begnügen.«

Zwei Tage später reiste Ralph ab, er wurde von Henry in der zweirädrigen Kutsche zum Bahnhof nach Enniseala gebracht. Lucy hätte sie begleiten, hätte auf dem Bahnsteig stehen und winken können, während der Zug Ralph mitnahm. Aber sie sagte, das wolle sie nicht, und winkte stattdessen an der Eingangstür und dann auf der Allee.

Drei

1

Gebete waren weiterhin ein Trost für den Mann, der jetzt Soldat war. Doch seine Hoffnung, die Härte und Strenge des militärischen Lebens könnten seine Verwirrung unter Kontrolle halten, erfüllte sich nicht. Als seine Mutter auf dem Sterbebett lag, hatte er daran gedacht, ihr seinen Kummer mitzuteilen, denn so wie die Sache stand, konnte sie es niemandem weitererzählen. Aber sobald er es versuchte, wurde er panisch und fürchtete Lauscher, die es, wie er wusste, nicht geben konnte.

In der Kaserne gehörte er mittlerweile zu den alten Hasen, und alle, die sich in seiner Umgebung bewegten, kannten sein eingefallenes Gesicht und den intensiven Blick seiner in sich gekehrten Augen. Einige Soldaten erzählten in anderen Kasernen von ihm, beschrieben seine schlaksige, ruhige Erscheinung, seine Wunderlichkeit und seine regelmäßigen einsamen Besuche, die er der Muttergottes in der Kapelle abstattete. Er hatte sich mit niemandem angefreundet, übte aber seine Pflichten gewissenhaft, beharrlich und zuverlässig aus und war bei seinen vorgesetzten Offizieren für diese Eigenschaften bekannt. Er hatte Latrinen ausgehoben, Straßen beschottert, in der Feldküche gearbeitet, Vorschriften zur Instandhaltung der Ausrüstung befolgt, und wann immer Freiwillige gefragt waren, meldete er sich als Erster.

Dass er seine inneren Qualen mit Standhaftigkeit trug, wusste niemand.

Auf diese Weise vergingen weitere Jahre in Horahans Leben. Als die ersten Gerüchte von einem Krieg in Europa aufkamen, spürte er Angst und Unsicherheit in der Kaserne, aber er ließ sich nicht von dieser Stimmung anstecken. Es wurde über Invasion geredet. Zur Vorbereitung auf die möglichen Ereignisse der kommenden Jahre tauchten Sandsäcke und Verteidigungsgerät auf. Die Übungsstunden dauerten manchmal etwas länger.

Horahan passte sich den neuen Umständen schnell an. Er befolgte alles, was von ihm verlangt wurde, meist ohne den Grund dafür zu kennen, und stellte keine Fragen. Stattdessen verfolgte ihn tagsüber ein Begräbnis, das nachts in seinen Träumen immer wiederkehrte. Ein Leichenwagen fuhr durch die Straßen der ihm bekannten Stadt, und nachdem er selbst das Grab ausgehoben hatte, fiel der Lehm auf ihn herab und schloss ihn ein. Er lag neben dem Sarg, aber wenn das Kind aus dem Inneren rief, konnte er es nicht erreichen.

In der Stadt erkundigte er sich nach dem Haus, das in seinen Träumen in Flammen aufging und zerstört wurde. Immer wieder versicherte man ihm, es sei nie angezündet worden, das in seinen Träumen tote Kind sei von seinen Eltern allein gelassen worden und das Opfer eines Irrtums. Aber dennoch war da die Beerdigung, der durch die vertrauten Straßen gezogene Leichenwagen, die hallenden Pferdehufe; dennoch wachte er auf, schweißnass am ganzen Körper. Oft stand er nachts von seinem schmalen Feldbett auf und schlich barfuß durch die Dunkelheit. In der Kapelle, wo er nicht wagte, eine Kerze anzuzünden, kniete er vor der unsichtbaren Jungfrau nieder und bat sie um ein gnädiges Zeichen, um das leise Versprechen, dass er nicht verloren war.

2

Captain Gault und seine Frau verließen Italien. Unzuverlässige Omen hatten sie länger aufgehalten als erwartet: Benito Mussolini, der das Volk mit seinen großherzigen Versprechungen und seiner imposanten Architektur gewinnen wollte, sprach sich erst für Frieden aus. Nach längerer Überlegung jedoch hielt er es für vorteilhafter, sich für Krieg auszusprechen.

Sie überquerten die Grenze in die Schweiz, auf dem gleichen Weg, den sie vor nunmehr siebzehn Jahren gekommen waren. Sie gingen voll Bedauern und nahmen von ihren Habseligkeiten so viel wie möglich mit. Sie ließen sich in der bescheidenen Stadt Bellinzona nieder, wo man die Sprache benutzte, an die sie inzwischen gewöhnt waren.

3

Wir denken oft an Sie, schrieb Mrs. Ryall, *und fragen uns, wie es Ihnen geht. Wie oft habe ich schon gesagt: »Heute werde ich an Ralph schreiben«, und dann mache ich es doch nicht! Andererseits ist immer etwas zu tun – wenn die Jungen hier sind, steht das Haus auf dem Kopf, wenn sie nicht hier sind, muss ich Marmelade kochen oder etwas vorbereiten, das sie mitnehmen, wenn sie wieder fortgehen. Inzwischen sind sie groß und vernünftiger, als sie Ihnen in Erinnerung sind. Kildare ist lang und dünn, ein richtiger junger Mann! Jack möchte Gartenbaukünstler werden, obwohl ich persönlich glaube, dass ihm vor allem das Wort gefällt. Beide sprechen noch oft von Ihnen, und wir sind dankbar für die Monate, die Sie bei uns verbracht haben. Lucy Gault, an die Sie sich bestimmt noch erinnern, ist nach wie vor auf Lahardane. Dort hat sich nichts verändert. Uns allen hier geht es gut.*

Es war nett von Ihnen, mir zu schreiben, erwiderte Ralph, *und es freut mich zu hören, dass die Jungen ruhiger werden. Ihre Freundlichkeit mir gegenüber ist mir noch gut in Erinnerung, und ich denke oft an die langen, sonnigen Vormittage im Garten. Bitte grüßen Sie Mr. Ryall von mir und auch die Jungen, wenn sie nächstes Mal nach Hause kommen. Vielleicht werden sich unsere Wege ja eines Tages wieder kreuzen. Ich freue mich, dass Sie alle wohlauf sind.*

Anders konnte er sich die Ryalls gar nicht vorstellen. Er konnte sie sich nicht unglücklich oder niedergeschlagen vorstellen. Natürlich wussten sie, dass er nicht mehr auf Lahardane gewesen war.

Ich habe wieder ein Buch entdeckt, schrieb Lucy. *»Florence Macarthy« von Lady Morgan. Zuerst dachte ich, es ist nicht gut. Aber es ist weit besser, als ich mir hätte träumen lassen.*

Gestern waren Kormorane auf den Felsen. Da musste ich ganz besonders an dich denken, weil wir sie – erinnerst du dich noch? – an einem Nachmittag beobachtet haben. Er scheint so lange zurückzuliegen, unser Sommer, und dann wieder ist er greifbar nah!

Und immer wieder las Lucy den allerersten Brief, den Ralph ihr nach seiner Abreise geschrieben hatte.

… Ich addiere Zahlen und verrechne mich dauernd. Ich blicke durch die Glasscheibe eines Büros auf das laute Treiben unten im Hof und fühle mich in meiner Melancholie verspottet. Wen interessiert es, ob die Maschinen weiterrattern oder anhalten? Wen interessiert es, ob sich das Ulmenholz nur für Särge eignet oder ob sich das Eichenholz beim Lufttrocknen verzogen hat? Die Treibriemen auf den Rädern werden festgezurrt, die Zahnräder greifen ineinander. Ich sehe zu, wie ein Baumstamm zurechtgelegt wird und nach dem Sägen Bretter weggetragen werden. Die Sonne fängt den Staub in der Luft, der aufheulende Motor lässt die Männer verstummen. Ganz in Weiß stehst du in der breiten Tür. Du winkst, und ich winke zurück. Doch wie klein ist der Trost, den die Geister von Tagträumen bringen!

Jedesmal berührte sie den Brief mit den Lippen, ehe sie ihn mit den anderen verschnürte und wegpackte. Es war nicht schwer, sich die beschriebene Szene vorzustellen, den Krach der Maschinen zu hören, frisch gesägtes Holz zu riechen. Aber sie las auch anderes: *Ich bin dir lästig gefallen. Ich habe deine Wache gestört. Stundenlang mache ich mir Vorwürfe, und dann wieder gar nicht. Weißt du, wie sehr ich dich liebe, Lucy? Kannst du es dir auch nur annähernd vorstellen?*

Eines Tages würden sie sich nicht mehr schreiben, dachte Lucy, denn inzwischen war alles Wiederholung. *Ralph, du musst dein Leben führen,* schrieb sie zurück.

Henry hatte versucht, eine abgelaufene Sohle von einem Stiefel abzureißen, und stellte fest, dass sie noch an ein paar Nägeln hing, die er jetzt mit der Zange löste. Irgendwann, lange bevor er nach Lahardane kam, hatte ein Gault das Schuhmacherhandwerk betrieben. Sämtliche Werkzeuge, die Messer und der Leisten, waren noch in dem Nebengebäude, das schon damals als Werkstatt gedient hatte. Lederstücke hingen da, und auf einem Regal daneben standen Dosen mit Stiften, Eisenbeschlägen und Schusterzwirn.

Zweimal schon hatte Henry die Stiefel repariert, die er gerade bearbeitete. Er hatte sich die Kniffe des Handwerks selbst beigebracht und anfangs nur geraten, wozu die einzelnen Messer dienten, dann jedoch mit der Zeit herausgefunden, dass das erforderliche Geschick mit ein wenig Geduld von allein kam. Während er eine neue Sohle zuschnitt, sinnierte er wie so oft darüber nach, wie das Leben auf Lahardane jetzt aussähe, wenn dieses entlegene Haus 1921 von dem Racheanschlag verschont geblieben wäre und die nächtliche Bedrohung nicht solche Angst und Verzweiflung nach sich gezogen hätte. Ein vom Wesen und Temperament her anderer Mann als der Captain hätte die ängstlichen Vorahnungen seiner Frau vielleicht nicht beachtet, hätte sie vielleicht als unberechtigt und dumm verworfen und womöglich die Meinung vertreten, dass es einer Frau nicht zustand, sich derart aufzuregen. Dass drei unreife junge Männer, die kaum wussten, was sie in ihrem Übereifer taten, eine solche Macht ausgeübt hatten, ging Henry noch immer nicht recht in den Kopf.

Er schnitt den Lederrand zurecht, bis die Sohle genau unter den Stiefel passte, dann schnitt er die zweite zu. Einmal hatte er Lucy Schuhe gemacht, die ihr nicht richtig passten, aber sie hatte nichts gesagt. »Wirf doch die alten Dinger weg«, hatte er sie gedrängt, als ihm auffiel, wie stark sie humpelte, aber sie wollte nicht. Als er dagegen war, dass Lucy diesen jungen Mann heiratete und sich gegen die Freundschaft ausgesprochen hatte, war ihm, im Gegensatz zu Bridget, die in solchen Dingen schneller begriff als er, der Grund für seine ablehnende Haltung nicht bewusst gewesen. »Du hast Angst vor der Einsamkeit«, hatte Bridget gesagt.

Inzwischen hatten sie beide davor Angst. Geblieben waren die Briefe, die sie einander schrieben, aber der Postbote, der auf seinem Fahrrad die letzten Meter der Allee meist im Freilauf fuhr und die Kieselsteine vor dem Haus aufspritzen ließ, kam jetzt immer seltener, manchmal mehrere Monate hintereinander gar nicht. Eines Tages, als er fast den ganzen Winter nicht erschienen war, sah Henry in weiter Ferne eine Gestalt am Strand und fragte sich, wer das sein mochte. Viel später und zu einer anderen Jahreszeit sah er die Gestalt wieder. Für Henry, der nicht zu voreiligen Schlüssen neigte, hätte es jeder x-beliebige Mensch sein können, aber als er es Bridget erzählte, belehrte sie ihn eines Besseren. Hinterher hielt Henry die Augen offen, doch der einsame Besucher ließ sich nicht mehr sehen, und dann kam ein Tag, an dem – zumindest für Henry – alles zu Ende ging, was vor mittlerweile mehreren Jahren angefangen hatte, als Mr. Ryalls Renault zum ersten Mal zögernd zwischen den zwei stattlichen Baumreihen der Allee aufgetaucht war. »Sie sagt, er will sich als Soldat melden«, berichtete Bridget, als der Krieg in Europa begann, und zu Henrys Verwirrung und Überraschung fügte sie hinzu, dass alles seine guten Seiten habe: Könnte es nicht sein, gab Bridget zu bedenken, dass die Trennung und die mit dem Krieg verbundenen Gefahren alles klären würden? War es nicht oft so, dass man eine Sache mit anderen Augen sah, wenn ein Mann heil aus dem Krieg wiederkehrte?

Henry klopfte die zweite Sohle fest und passte das Oberleder an. Er hatte ihr nicht beigepflichtet und diese Prophezeiung zunächst als Wunschdenken abgetan, zu dem Bridget neigte; dennoch war es möglich, dass alles so endete, keine Frage. Der junge Mann würde zurückkommen, und in der erleichterten Stimmung, die er mitbrachte, würde die Frage gestellt: Worin lag der Sinn, noch länger auf das zu warten, was nicht eintreten würde? Und dann wäre es Lucy, die sagen würde, man solle das Haus abschließen, wie einst ihr Vater. Zum Glück hatte er die Fensterbretter, die er damals abgenommen hatte, aufbewahrt. Bald würde er die Schieferplatten auf dem Dach des Pförtnerhauses reparieren, damit er und Bridget dorthin zurückgehen konnten, wo sie hingehörten. Er würde Türen und Fenster öffnen, um die Feuchtigkeit zu vertreiben, die sich dort eingenistet hatte, und wo nötig neue Farbe auftragen. Dann würde er das Stück Land hinterm Haus umgraben. Und wenn es so weit war, würde er die Packkisten einschließen, die nie abgeholt worden waren, und Bridget würde neue Laken zum Abdecken der Möbel holen. Genauso würde Lucy es wollen, glaubte Henry, wenn die Hochzeit beschlossen war und Ralph sie in die Grafschaft Wexford mitnehmen würde. Wie Bridget sagte, manchmal wusste man einfach, wenn etwas vorbestimmt war.

Henry färbte das Leder, wo es abgewetzt war, und nähte in einen der Stiefel eine neue Zunge ein, die er ebenfalls dunkler färbte. Sie würden Kinder bekommen, sagte Bridget, und mit ihnen würden sie manchmal kommen und das alte Haus besuchen, und unterwegs würden sie im Pförtnerhaus vorbeischauen. Henry packte das benutzte Werkzeug nacheinander ins Regal über der Werkbank. Dann holte er seine Polierlappen von einem Nagel in der Wand und schmierte Schuhcreme auf das Leder; er ließ sich dabei Zeit, denn davon hatte er genug.

Der Krieg, in den Ralph gezogen war, verstieß gegen die selbst gewählte Neutralität Irlands. Die Vorsichtsmaßnahmen gegen eine Invasion, die man im Militärfeldlager bei Enniseala bereits eingeleitet hatte, wurden auf das ganze Land ausgeweitet, während in Europa Armeen vorrückten und weit entfernte Städte bombardiert wurden. Eine nächtliche Verdunkelung wurde verordnet, Gasmasken verteilt, die Bevölkerung in die Benutzung von Handspritzen eingewiesen. Der Krieg, gemeinhin als Notstand bekannt, brachte Engpässe mit sich – es fehlte an Benzin, an Paraffin für die Lampen, die noch immer Häuser wie Lahardane beleuchteten, an Tee, Kaffee und Kakao, an Kleidung aus England. Feldfrüchte wie Zuckerrüben und Tomaten, die man bisher nicht kultiviert hatte, wurden jetzt angebaut. Man verbrannte mehr Holz und Torf. Das Brot war nicht mehr so hell.

Lucy ging jeden Tag nach Kilauran, um eine *Irish Times* zu kaufen und sich über das Kriegsgeschehen zu informieren. In den wenigen Briefen, die sie jetzt von Ralph erhielt, waren ganze Passagen von den Militärzensoren geschwärzt oder so weggeschnitten worden, dass auf beiden Seiten eines Blatts etwas fehlte: Als Informationsquelle dienten ihr alle verfügbaren oder erlaubten Berichte, in denen der Tod mit Zahlen belegt war: die Zahl der nicht mehr zurückgekehrten Spitfires, die Opfer bei der Evakuierung und beim Rückzug. Und sie wusste, dass es Verluste gab, die ungenannt und unberechnet blieben. Jeden Sonntagabend hörte sie im Radio, das sie für den Salon gekauft hatte, die Nationalhymnen der Alliierten, gelegentlich kam eine neue dazu, und wenigstens das war erfreulich.

Doch die Freude währte nur kurz. Wenn Lucy am Strand und im Wald spazieren ging, sah sie Ralphs Gesichtszüge im Tod verzerrt, seine Gliedmaßen erstarrt, seinen ausgestreckten Körper gekrümmt daliegend. Jemand hatte ihm die Lider über die blicklosen Augen gedrückt und war dann weitergegangen. Die Uniform, die sie nie gesehen hatte, starrte vor Schmutz.

Diese Bilder verfolgten sie, bis der nächste Brief kam und sie eines Besseren belehrte, ein kurzes Aufatmen, bevor die Ängste von neuem begannen. Erst als sich die Erleichterung mehrere Male als allzu kurzfristig erwiesen hatte, wurde Bridgets Hoffnung zu Lucys festem Entschluss: Wenn Ralph zurückkehrte, würde sie zu ihm gehen, sobald sie es erfuhr.

4

Signore, Signore!«, rief der Hausmeister die Treppe hinauf. »*Il dottore …*«

Der Captain rief zurück, und dann hörte er die Schritte des Arztes auf der Treppe.

»*Buongiorno, signore.*«

»*Buongiorno, dottor Lucca.*«

Der Captain machte Kaffee, während er wartete. Draußen war es noch immer eiskalt, der kälteste Winter, den man seit einer Generation in Bellinzona erlebe, hieß es. Am Fenster sah er Leute zur Arbeit gehen, zum Postbusbahnhof, zur Uhrenfabrik, wo man die Maschinen laufen ließ, damit sie durch zu langen Stillstand nicht kaputtgingen: Das Geschäft mit aufwendigen Uhren lief in der neutralen Schweiz während der Kriegsjahre nicht sehr gut. Der Bäcker, dessen linkes Bein kürzer war, hinkte mit seinem krebsartigen Gang von der Nachtschicht nach Hause, den Mantel hatte er eng um sich geschlungen. Die Straßenfeger stießen ihre Schaufeln in den Schnee.

»Wenn sie nicht leben will«, sagte der Arzt auf Italienisch, »dann wird sie nicht leben.«

Er wiederholte es, weniger selbstsicher, auf Englisch. Der Captain verstand ihn beide Male. Doktor Lucca sagte immer das Gleiche. Seine Untersuchung hatte keine fünf Minuten gedauert, und der Captain fragte sich, ob er das Stethoskop diesmal überhaupt aus der Tasche geholt hatte.

»Meine Frau hat Grippe«, sagte er, ebenfalls auf Italienisch.

»*Sì, signore, sì.*«

Im Stehen tranken sie eine Tasse Kaffee. Die Grippe sei mittlerweile eine Epidemie, sagte der Arzt; fast jedes Haus im Viertel habe einen Fall zu verzeichnen. Unter den gegebenen Umständen sei die Ausbreitung einer Epidemie verständlich und durchaus zu erwarten. Die Schwermut der *signora* hingegen sei eine bedrückendere, ernstere Angelegenheit.

»Das ist die Wahrheit, *signore*. Die zusätzliche Krankheit kompliziert die Sache …«

»Ich weiß.

Der Arzt schüttelte ihm die Hand, ehe er ging. Er war ein großmütiger Mann, der wenig für seine Dienste berechnete und nur wollte, dass sich seine Patienten von ihren Gebrechen erholten und guter Gesundheit erfreuten. Das Leben, wurde er nie müde, in seiner vernünftigen Schweizer Art zu mahnen, sei kurz, auch wenn es noch ein bisschen weiterging.

»*Grazie, dottore. Grazie.*«

»*Arrivederci, signore.*«

Er schrieb das Rezept aus, das er allen ausschrieb. Es würde die Temperatur senken und die Kopfschmerzen vertreiben. Er empfahl dem Captain, seine Frau warm zu halten.

Die Hoffnungslosigkeit in Doktor Luccas Blick ließ Everard Gault auch dann nicht los, als der Arzt gegangen war. Er kochte einen Krug schwachen Tee und trug eine Tasse davon ins Schlafzimmer. In den vielen Jahren seit dem Beginn ihres Exils hatten er und Heloise sich daran gewöhnt, Tee im Krug zu machen, da weder in Italien noch in der

Schweiz eine Teekanne zum Wohnungsinventar gehörte und sie nie eine gekauft hatten.

»Lass ihn eine Minute abkühlen«, bat Heloise, als er ihr die Tasse aufdrängen wollte. Es war eine Tasse mit einem Motiv aus Blättern und blauen Blumen, eine von zweien, die sie aus Montemarmoreo mitgebracht und die den Captain immer an die Hortensien auf Lahardane erinnert hatten. Genau das hatte er am Anfang oft bedauert und überlegt, ob er das Geschirr wegpacken und ganz hinten in den Schrank schieben sollte, aber dann schien es ihm absurd, einer Schwäche nachzugeben, und er widerstand dem Drang.

»Glaubst du, die heilige Cäcilia in Montemarmoreo hat den Krieg überlebt?«, murmelte Heloise, während sie warteten, dass der Tee abkühlte.

Diese Frage stellte sie sich des Öfteren laut. In der Kirche Santa Cecilia stand die einzige Statue der Heiligen, die man in Montemarmoreo verehrte. Lag sie jetzt in Schutt und Asche, gewaltsam zerstört, wie es auch der Heiligen widerfahren war?

»Wenn wir nicht in Italien gewesen wären, hätte ich nicht gewusst, dass es die heilige Cäcilia überhaupt gibt.«

»Ja, das stimmt.« Lächelnd nahm er die Tasse und hob sie an ihre Lippen. Aber sie trank nichts daraus.

»Ich hätte nicht vor Piero della Francescas auferstandenem Jesus gestanden.« Ihre Stimme war ein schwaches, kaum hörbares Flüstern geworden. »Oder Fra Angelicos Verkündigung. Oder Carpaccios ängstlichen Mönchen.«

Der Captain, der oft Dinge vergaß, an die seine Frau sich mühelos erinnerte, blieb noch eine Weile bei ihr auf der Bettkante sitzen und hielt ihre Hand. Diese Bilder seien Glanzpunkte in ihrem Leben, sagte sie wenig später, nickte plötzlich ein und schlief dann.

Der Captain zog die Decke hoch, um sie warm zu halten, und bettete sie in den Kissen zurecht. Sie wachte nicht davon auf, und auch das leichte Lächeln, das ihre Lippen umspielt hatte, als sie von Carpaccios Mönchen sprach, wich nicht. Er stellte den nicht getrunkenen Tee ab und fragte sich, ob sie vielleicht von ihnen träumte.

Als er aus dem Zimmer ging, schloss er leise die Tür hinter sich und blieb einen Augenblick stehen, um zu hören, ob sich etwas regte, und als das nicht der Fall war, ging er weiter. Es änderte nichts an seiner Liebe, dass für seine Frau seit langem nur noch der Schmerz, den sie so zwanghaft nährte, im Mittelpunkt des Alltags stand: Diese Überlegung drängte sich Captain Gault oft auf, wenn er Mantel und Handschuhe anzog und zu seinem gewohnten Nachmittagsspaziergang aufbrach. Seit dem Beginn der Krankheit vor fast einem Monat machte er sich allein auf den Weg. Die Menschen, die ihm begegneten und ihn kannten, erkundigten sich nach seiner Frau und versicherten ihm, sie würde bald wieder gesund, denn bei anderen Grippekranken im Ort sei es auch so gewesen.

Die Luft hatte sich noch nicht erwärmt und tat es auch nicht im Laufe des Nachmittags. Er erinnerte sich an den Tag ihrer Hochzeit, wie Heloise die Missbilligung ihrer Tante mit einem Lachen verworfen hatte und ein Unbekannter an ihn herangetreten war, um ihm zu sagen, welch ein Glückspilz er sei. Als nichts weniger hatte er sich seitdem gefühlt. Beider Leben, an jenem Tag auf traditionelle Weise durch Worte verbunden, waren jetzt ineinander verwoben und nicht mehr zu trennen. Er kehrte bald um, denn er mochte sie nicht lange allein lassen, obwohl sie ihn ständig dazu ermunterte. Der Frost glitzerte im Licht der Straßenlampen. Im Café bei der Kirche trank er einen Brandy und fühlte sich danach besser.

»Meine Liebste«, murmelte er bei seiner Rückkehr an der Tür des Krankenzimmers und wusste schon, bevor er zu ihr ging, dass sie nicht antworten würde.

Der Captain weinte die ganze Nacht und wünschte, er könnte bei ihr sein, wo auch immer sie war. Seine Schultern zuckten, manchmal schluchzte er laut, und zwischen seinen Anfällen von Trauer trat er ans Bett und starrte in das Gesicht, das er so lange geliebt hatte. Er war ihr immer treu gewesen, hatte nie etwas anderes gewollt, und er erinnerte sich, wie oft Heloise gesagt hatte, sie sei glücklich – auch in ihren letzten gemeinsamen Jahren hier in Bellinzona und davor in Montemarmoreo und bei ihren Ausflügen in die Städte und betriebsamen Orte Italiens. Sie hatte versucht, so glücklich wie möglich zu sein, und wie sie das erreicht hatte, war unwichtig. Während er um sie trauerte, kehrten die schönen Augenblicke zurück, die Freuden, ihr Lachen und sein eigenes, die erste Zeit ihrer Ehe, als sie einander entdeckten und noch kein Schatten ihre Liebe trübte. Und jetzt war da nichts mehr, eine Leere, unberührt wie der Schnee auf der Straße.

»Du warst so standhaft!«, murmelte der Captain und tauchte wieder in die Vergangenheit ein, in die Zeit, als er aus dem Militärdienst ausscheiden musste. Er hatte es damals gewusst, aber heute Abend wusste er es noch genauer: Heloise hatte die Kraft für sie beide aufgebracht, still und sanft, mit großer Zurückhaltung. Sie hatte keinen Dank dafür verlangt, hätte ihn als abwegig zurückgewiesen. Und dennoch war es diese lange zurückliegende Wahrheit, die lebhafter in Erinnerung blieb als alles andere.

Er verharrte an ihrem Bett, bis der nächste Tag weit fortgeschritten war und das trübe winterliche Tageslicht sich erneut über Berge und Stadt senkte. Dann traf er die Vorbereitungen für das Begräbnis.

Als man den Sarg ins Grab gesenkt hatte, wurden leise ein paar Worte auf Englisch gesprochen. Heloise Gault wurde zwischen kargen Schweizer Gräbern beerdigt, manche waren mit künstlichen Lilien geschmückt, die unter Glaskuppeln lagen, manche mit einer Fotografie des Verstorbenen auf einem polierten Granitstein. Eines Tages würde unter ihnen auch der Tod einer Fremden verzeichnet sein.

Einige, die meinten, sie hätten jene Engländerin ein wenig gekannt, und sie auf eine distanzierte Art gemocht hatten, besuchten die Trauerfeier in der Kirche, wenige gingen hinterher mit auf den Friedhof. *»Bella, bella«,* flüsterte eine Frau dem Witwer zu, und musste es nicht näher erklären: Seine Frau war auch im Alter noch schön gewesen, als ein quälender Schmerz den Blick ihrer Augen trübte. Allein dass die Frau Heloises Schönheit erwähnte, tröstete ihn mehr, als sie ahnte.

… denn soweit ich weiß, waren Sie die einzige nähere Verwandte von Heloise. Eine Grippe mit Komplikationen war zu viel für eine Frau, die nicht mehr jung war. Alles verlief sehr friedlich.

Doch Heloises Tante war auch schon gestorben. Der Brief des Captains wurde von der alten Freundin und Erbin von Haus und Vermögen in Empfang genommen. Für Miss Chambré tat es nichts zur Sache, ob es eine Nichte gab oder nicht. Nachdem sie die Nachricht ein zweites Mal gelesen hatte, riss sie das Blatt in kleine viereckige Stücke und ließ sie ins Feuer fallen.

5

An einem grauen Dezembermorgen, als wieder ein Brief mit einer irischen Marke von Ralph kam, erfuhr Lucy Näheres über seine Kriegsstationen: Er war in Cheshire gewesen und in Northamptonshire. Bescheiden erzählte er, was die Militärzensoren entfernt hatten: Er hatte in Afrika gekämpft und war dabei gewesen, als man die Garnisonen auf Korfu gefangen nahm. Seine Bitten, die nicht aufgehört hatten, wo immer er auch war, wurden nun von der Grafschaft Wexford aus erneuert.

Doch das Versprechen, das Lucy sich selbst gegeben und so lange ängstlich aufrechterhalten hatte, geriet ins Wanken: Sie weinte vor Dankbarkeit, als sie Ralphs Handschrift auf dem Umschlag mit der beruhigenden irischen Briefmarke sah und wusste, dass er in Sicherheit war. Ihre guten Absichten wurden nicht sofort, sondern allmählich, über Tage hinweg, in einem kontinuierlichen Meer der Erleichterung fortgespült. Der Krieg hatte überall Spuren hinterlassen: In ganz Europa, überall auf der Welt war nichts mehr wie zuvor. Bestand nicht die Möglichkeit, dass die Zeit der Odyssee ihrer Eltern jetzt vorüber war, dass sechs Kriegsjahre und der darauf folgende Friede genügten, um sie in ein Irland zurückzuführen, das sich ebenfalls verändert hatte und seit einer Generation friedlich war? Sie hörte ihre Stimmen, wie sie ihr in Erinnerung waren. Sie sah die Koffer, die man in Enniseala gekauft hatte, das glänzende, inzwischen abgewetzte und verbeulte Leder, zusammengelegte und bereits eingepackte Kleider. *Mein Herz ist nicht aus Stein,* schrieb sie an Ralph und bat ihn um Verständnis. *Und ich bin überglücklich, dass du nicht mehr in Gefahr bist! Ich sehe dich vor mir, an allen Orten, die du mir beschrieben hast, und jetzt endlich wieder zu Hause.* Doch hinterher, als sie den Brief abgeschickt hatte, fand sie, dass er ihr irgendwie falsch klang; und das mit dem Herz aus Stein fand sie etwas übertrieben. Sie schrieb ihm erneut und sagte, sie sei überreizt gewesen.

»Aber das konntest du doch nicht wissen«, tröstete Henry seine Frau, als sich Bridgets Hoffnung mit Lucys nicht eingehaltenem Versprechen zerschlug. Bridget erwiderte nichts. Sie hätte mit Lucy reden können, hätte ihren unangebrachten Optimismus, dass der Krieg auch seine guten Seite habe, erwähnen und von Ralphs Zuneigung sprechen können, von der Herzlichkeit ihrer Beziehung, von den Briefen, die ihre Freundschaft wach gehalten hatten. Aber aus Angst, mehr Schaden als Gutes anzurichten, schwieg sie.

Als Ralphs letzter Brief kam, ahnte Lucy nicht, dass es der letzte war. Erst als kein weiterer mehr kam und sie über den Inhalt nachdachte, entdeckte sie darin Zwischentöne, die ihr zuvor entgangen waren, fand zweideutige Aussagen und Erklärungen, als hätte er die Formulierungen bewusst so gewählt; als spreche aus den Banalitäten des Erzählten auch eine unterschwellige Verzweiflung, als würde die Sinnlosigkeit schließlich akzeptiert. Eine einzige Zeile von ihr hätte geändert, was so leicht zu ändern gewesen wäre. Es kam ihr wie ein Betrug vor, dass sie nicht zu der Liebe stand, die angesichts der Angst um sein Leben gewachsen war: Dieses

Geständnis war sie ihm schuldig und hätte jener einzigen Zeile hinzugefügt werden müssen. Fairerweise hätte es dorthin gehört, aber es wäre ihr gleichermaßen als Betrug vorgekommen, den Glauben an die Hoffnung zu verlieren, die der Krieg und sein Ende mit sich brachten. Ihr erneutes Beharren, dass Ralph sein Leben nicht an sie und ihr trauriges Schicksal verschwenden dürfe, war so schmerzhaft wie immer. Dass sie glaubte, auf einen Wink des Schicksals bauen zu müssen – dass nur das zählte –, war eine Erklärung, die sie ihm nicht gut bieten konnte und es auch nicht tat.

In Kilauran sah eine neue Generation von Sommergästen gelegentlich eine einsame Frau am Strand oder zwischen den Felsen und hörte voll Mitleid die Geschichte, die man sich noch immer erzählte. Anders als die vorherige Generation von Fremden verurteilten sie nicht das eigensinnige Kind, dessen Launenhaftigkeit das Unglück heraufbeschworen hatte. Das eigensinnige Kind gehörte zum unmittelbaren Geschehen; was Fremde über die früheren Ereignisse wussten, wurde jetzt durch den Anblick eines einsamen Lebens beeinflusst. Lucy selbst war sich darüber im Klaren, dass diese Meinung ebenso flüchtig war wie jene, die einst Wut und Abscheu ausgelöst hatte: Ihre Geschichte war noch nicht zur Legende geworden und würde erst von Dauer sein, wenn sie tot war und ihr Leben im kalten Licht der Zeit reflektiert wurde. Es kümmerte sie nicht sonderlich, dass man über sie redete.

Sie interessierte sich für Perlstichstickerei, und als sie anfing, sich die Stiche selbst beizubringen, stellte sie fest, dass sie ein natürliches Talent dafür besaß. Seidengarn und Leinen kamen per Post von Ancrin's, einem auf Handarbeiten spezialisierten Geschäft in Dublin. Sie hatte einen der Prospekte, die ihre Mutter angefordert hatte, zwischen den Seiten von *The Irish Dragoon* gefunden. Zwischen den zwei langen Fenstern im Treppenflur des ersten Stocks hing eine gerahmte Stickerei von einem Truthahn auf hellgrauem Tuch, und sie erinnerte sich ganz vage daran, wie ihre Mutter sie gestickt hatte. »Die Augen haben ihr dabei wehgetan«, sagte Bridget. »Nach dem Truthahn hat sie die Stickerei aufgegeben.«

Ancrin's schickte Leinen mit bereits vorgezeichneten Motiven, aber Lucy richtete sich nicht nach solchen Vorschlägen. Bei ihrer ersten Stickerei versuchte sie sich am Birnbaum im Hof, bei der zweiten an den Trittsteinen, die sie mit ihrem Vater an der seichten Stelle im Bach ausgelegt hatte, und bei einer weiteren an den Nelken, die auf den Klippen wuchsen. Irgendwann, das wusste sie, würde sie Paddy Lindons kleines Haus sticken, das inzwischen völlig zerfallen war.

»Nein, so was!«, rief Mr. Sullivan voll echter Bewunderung, als er ihre erste Arbeit sah. »Wer hätte das gedacht!« Er hatte sich vor kurzem von seiner Rechtsanwaltspraxis zur Ruhe gesetzt und seine Besuche nach Lahardane wieder aufgenommen, da es jetzt wieder Benzin gab. Kanonikus Crosbie, inzwischen Ende achtzig, war immer noch in der Kirche aktiv, korrespondierte aber lieber, statt sich auf den Weg zu machen.

Auch Mr. Sullivan erinnerte sich noch daran, wie Heloise Gault die gesprenkelten Federn des Truthahns, den scharlachroten Kopf und die kollernde Kehle gestickt hatte. Aber er behielt es für sich, denn die für ihn auf dem Esszimmertisch ausgebreiteten Arbeiten – das inzwischen fertige Birnbaumbild, die gerade begonnenen Trittsteine – machten ihm deutlich, dass es Lucys Augenblick war. Wenn aus ihrer Freundschaft zu Ralph – den er ähnlich wie Kanonikus

Crosbie auf den Straßen von Enniseala kennen gelernt hatte – etwas entstanden wäre, hätte Mr. Sullivan in Lucy vielleicht mehr als ein Kind gesehen. Doch mit dem Blick des Außenstehenden sah er Lahardane und den kleinen Haushalt wie versteinert und gefangen in dem tragischen Ereignis. Auch Lucy war erstarrt, ein Detail wie in einer ihrer gestickten Kompositionen.

»Die müssen wir einrahmen lassen«, sagte er und nahm die Lesebrille ab, durch die er die komplizierte Stickerei betrachtet hatte.

»Es ist nur ein Zeitvertreib.«

»Oh, aber sie sind wunderschön!«

»Na ja, sie sind nicht schlecht.«

»Jetzt ist alles einfacher, weißt du, weil der Notstand, Gott sei Dank, vorbei ist. In den Geschäften gibt es wieder Waren. Wenn du irgendwann nach Enniseala fahren möchtest, musst du nur Bescheid sagen, Lucy.«

Die Gummistiefel, mit denen sie im Regen spazieren ging, kamen aus dem Gemischtwarenladen in Kilauran. Von Zeit zu Zeit wurden Schuhe aus Enniseala zur Ansicht geschickt. Als die weißen Sommerkleider ihrer Mutter abgetragen waren, hatte sie sich vom Schneider in Kilauran neue, ganz ähnliche machen lassen. Und der Friseur, der ins Dorf kam, schnitt ihr die Haare.

»Kilauran reicht mir völlig aus«, sagte sie.

Für Aloysius Sullivan hatte sie eine fast schon unheimliche Ähnlichkeit mit ihrer Mutter, und das nicht nur wegen der Kleider, die sie trug. Er staunte oft über den Tonfall ihrer Stimme, der ihn sehr an Heloise Gault erinnerte: Es schien, als hätte sie in ihren frühen Lebensjahren die englische Art ihrer Mutter angenommen, die Betonung bestimmter Silben, die Wahl einer Wendung, und nicht mehr vergessen.

»Wahrscheinlich bilde ich mir das nur ein«, sagte sich Mr. Sullivan oft, wenn er nach seinen Besuchen wegfuhr. Aber wenn er beim nächsten Mal die Augen schloss und lauschte, war es wie immer: Er hörte die Frau des Captains.

»Bitte, nehmen Sie sie«, sagte sie ihm, als er die Stickarbeiten erneut bewunderte, und er nahm die mit dem Birnbaum im Hof mit. Er ließ sie einrahmen, und als die nächste fertig war, nahm er sie mit nach Enniseala, ließ sie ebenfalls rahmen und gab sie beim darauf folgenden Besuch wieder zurück.

Am Donnerstag, den 10. März 1949 las er – wie auch Lucy – in der *Irish Times*, dass Ralph heiraten würde.

Vier

I

Der Captain war unruhig in Bellinzona und begann zu reisen. Er war nicht nach Montemarmoreo zurückgekehrt, um dort zu leben, wie er und Heloise es für die Zeit nach dem Krieg geplant hatten, weil er wusste, dass es ihn traurig stimmen würde. Aus dem gleichen Grund besuchte er auch nicht die zahlreichen Städte, die sie in Italien bereist hatten. Nach einem Jahr des Alleinseins fuhr er stattdessen nach Frankreich und veräußerte den Hausrat, bevor er Bellinzona verließ, da er nicht vorhatte zurückzukehren: Auch hier verfolgte ihn die Schwermut. Er kam in Bandol an, als der Mistral wehte, und nahm sich ein Zimmer an der Uferpromenade.

Als Frühling und Sommer vergangen waren, zog er weiter nach Valence und Clermont-Ferrand, nach Orléans und Nancy. Er fand sich in Landschaften wieder, die er halb erkannte, gelangte durch Städte und Dörfer mit Namen, die vertraut klangen. Im vorletzten Krieg hatte er seine Männer durch Maricourt geführt. Er entsann sich an eine Nacht, als sie aus einem Wäldchen kamen, das an einem Bahngleis entlangführte, an einen Bauernhof, den sie leer vorfanden; das Brot in der Küche war noch nicht hart, auf dem Herd stand Milch in einem Kochtopf. Sie hatten dort übernachtet, in den Schuppen und im Haus selbst, und waren im Morgengrauen weitermarschiert.

Als Kind hatte sich Everard Gault den Krieg oft vorgestellt, er hatte sich, angeregt durch Geschichten von den Kreuzzügen, das Unbehagen und die Abenteuer ausgemalt und sich von der Förmlichkeit und den Bräuchen des Soldatenlebens angezogen gefühlt. Verstärkt wurde diese Faszination durch die wiederholte – und stets unerwartete – Rückkehr seines Vaters nach Lahardane, wenn der Glanz seiner Stiefel, sein breiter Ledergürtel, der grobe Stoff des nach Tabak riechenden Uniformrocks und seine tiefe, ruhige Stimme wieder den Salon und den Garten füllten. Die Ehre, die mit dem Beruf seines Vaters und diesem selbst und mit den Helden der Geschichtsbücher verbunden war, hatte Everard immer gereizt. Später im Leben wusste er nicht – und sollte es auch nie erfahren –, ob Ehrenhaftigkeit eine Eigenschaft war, die er für sich beanspruchen durfte, oder ob andere in ihm einen ehrenwerten Mann sahen. Seine Frau hatte dieses Wort nicht benutzt, und er hatte sie diesbezüglich nie angesprochen und ihr nie gestanden, dass diese Eigenschaft seine Berufswahl beeinflusst hatte oder wie sehr er sie schätzte. Es gab so vieles, überlegte der Captain jetzt, was sie nicht ausgesprochen hatten. Weil die Liebe die Intuition nährte und die damit verbundenen Verkürzungen und Auslassungen, waren sie über vieles allzu leichtfertig hinweggegangen.

Dies alles ging ihm durch den Kopf, als er die Orte besuchte, an denen er gekämpft hatte. Und während er über die blutgetränkte Erde wanderte und die Gesichter der von ihm geführten Männer vor seinem geistigen Auge erschienen, fragte er sich, warum ihn sein Weg auf die alten Schlachtfelder zurückgebracht hatte, und es war seine Frau, von der er – wie zum Ausgleich für das früher zu wenig Gesagte – eine Antwort hörte: Mit neunundsechzig stellte er langsam fest, dass er überlebt hatte. Er nickte bei diesem Gedanken, weil er spürte, dass er zutraf, und ein Überlebender zu sein war immerhin etwas, mehr als es schien. Er war längst kein so guter Soldat wie sein Vater gewesen, hatte bestimmt viel öfter Angst empfunden und weniger Mut bewiesen. Es war fast ein Hohn, dass sein Vater nicht tapfer auf dem Schlachtfeld gestorben war, sondern durch eine schleichende Krankheit, die Sorte häuslicher Tod, der eigentlich Frauen und Kindern vorbehalten war. Everard war damals zwanzig gewesen und hatte mit seinem Bruder in dem kleinen Friedhof in Kilauran gestanden, während die drei Särge ins Grab gesenkt wurden. Sein Bruder hatte Jahre später Heloise als seine Verlobte nach Lahardane mitgebracht. »Bitte schreibe es ihm«, hatte sie ihn gebeten, als sie beschlossen, Irland zu verlassen, und er hatte es ihr versprochen. Aber in jener unsicheren Zeit hatte er es aufgeschoben und später, in Montemarmoreo, weiter hinausgezögert, weil er befürchtete, dass ein Brief – ob aus Indien oder Irland – möglicherweise eine Antwort enthielt, die er ihr verheimlichen musste. Jetzt hatte sich natürlich alles geändert.

Am nächsten Tag reiste er nach Paris weiter. Als er die Place de la Concorde überquerte, hielt ihn eine Frau an und fragte nach der Zeit. Da er nur gebrochen Französisch sprach, holte er seine Taschenuhr aus der Weste und zeigte sie ihr. Lächelnd bewunderte sie die Uhr und dann seine Weste, bis sie schließlich auf Englisch mit ihm plauderte. Sie war in Folkestone gewesen und auch in London. Eine Zeit lang hatte sie in Gerrards Cross gewohnt; sie war eine *couturière*.

»Madame Vacelles«, sagte sie, und streckte eine gepflegte Hand aus.

Sie gingen in ein Café, wo Madame Vacelles Absinth

trank. *»Vous êtes triste«*, murmelte sie, ihr aufgesetztes Lächeln vorübergehend gedämpft. »Sie sind traurig, Monsieur.« Es war eine Feststellung, obwohl der Tonfall eine Frage nahe legte, und er schüttelte den Kopf, denn er mochte seine Trauer nicht mit einer Fremden teilen. Stattdessen erzählte er vom Krieg, an dem er teilgenommen hatte, und wie er ihr Land damals erlebt hatte, und Madame Vacelles erwiderte neckisch, er könne unmöglich so alt sein und vor so langer Zeit gekämpft haben. Freundschaftlich packte sie ihn am Arm, als sei sie sicher, unter ihrem Griff die Muskeln eines jungen Mannes zu spüren.

Der Captain ging mit Madame Vacelles in ihre Wohnung, die sich hoch oben in einem Eckhaus über einer Bäckerei befand. Als jedoch der Augenblick kam, auf den die *couturière* gewartet hatte, entschuldigte er sich und schüttelte den Kopf. Er war selbst enttäuscht, dass er gehen musste, und das so schnell. Die Last seiner Einsamkeit ließ sich nicht so leicht überwinden, auch wenn die Stunde, die er in Madame Vacelles Gesellschaft verbracht hatte, nicht unangenehm gewesen war. *»Cochon!«*, rief sie ihm nach und beugte sich dabei gefährlich über das Geländer.

An jenem Abend schrieb der Captain an seinen Bruder. Er konzentrierte sich auf Einzelheiten, denn sein Bruder hatte gewiss schon einiges gehört und kannte die irische Sicht der Dinge.

Ich frage mich, ob wir beide, du und ich, Irland heute noch erkennen würden. Ich frage mich, ob du inzwischen dort gewesen bist und mehr über das Land – und über Lahardane – weißt als ich zurzeit. Manche nennen Irland jetzt das Land der Ruinen, noch mehr Ruinen und immer mehr.

Er erzählte kurz von seiner und Heloises Gefühlslage nach dem Vorfall in jener Nacht. Er schrieb von den Jahren in Italien, von der Schweiz und den Entbehrungen des Krieges, von Heloises Tod. Es hatte nie Streit gegeben, als Heloise die Gefühle seines Bruders nicht länger erwiderte, nur Enttäuschung; man hatte niemandem einen Vorwurf machen können, es blieb keine Verbitterung zurück. *Nun, das war's,* endete das lange Schreiben des Captains. *Ich frage mich, wie es dir wohl geht.*

Er wusste nicht, wohin er den Brief schicken sollte, denn er besaß keine Regimentsadresse jüngeren Datums, die einen sicheren Empfang garantiert hätte. Der Captain bewahrte ihn in seinem Gepäck auf und beschloss, sich bei nächster Gelegenheit zu erkundigen, welches Schicksal das Regiment seines Bruders nach der indischen Unabhängigkeit ereilt hatte. Einen Monat später machte er die lange Reise nach Wien, denn er hatte sich seit jeher gewünscht, eines Tages die Pracht dieser Stadt zu bewundern. Doch was er sah, war ein Ort des Zerfalls, dessen große Gebäude wie Geister aus den Ruinen ragten, und das Nachtleben war ein Nährboden für Schäbigkeit und Korruption. Er blieb nicht lange.

Der Krieg hatte Europa das Herz ausgesaugt: Überall fanden sich dafür traurige Beweise. Es hatte zu viel Tod und Verrat gegeben, und man hatte einen zu hohen Preis für den Sieg über die Gier gezahlt. Er dachte an Irland, dem nach jahrhundertelanger Entfremdung jegliche Energie fehlte, und er spürte erneut das Gefühl, das er am Beginn seines Exils empfunden hatte – dass alles eine Strafe war für frühere Sünden, an der sich seine Familie mitschuldig gemacht hatte. Waren die Gaults aus Gier womöglich zu lange nicht von ihrem Standpunkt abgewichen? Während Strafgesetze erlassen wurden, hatte man auf Lahardane Gesellschaften gegeben, in der Kirche für den König und das Empire gebetet und die Wünsche der Enteigneten ignoriert. Hatte man diese Wünsche in der Zwischenzeit zur Kenntnis genommen? Hatte sich Irland in seiner Abwesenheit erneuert, wie Europa es im Augenblick tat?

In Brügge wohnte er in einer Gästepension in der Nähe des Groeningemuseums. Heloise hatte die Stadt einmal besucht und ihm beschrieben: den roten und grauen Stein der Gebäude, die vergoldeten Figuren und Schaufensterauslagen mit Pralinen, die Cafés und Pferdekutschen. Sie hatte eine Teestube erwähnt, die es nicht mehr gab, einen Klostergarten, wo auf einem Schild darum gebeten wurde, die Nonnen nicht zu fotografieren. »Schön war es in dieser kleinen Stadt!« Wie so oft schwebte ihre Stimme durch seine Gedanken, und als er in Gent das Bild von der »Anbetung des Lammes« betrachtete, stellte er sich vor, dass sie genauso ehrfurchtsvoll davor stehen würde wie er jetzt.

»Sind Sie Engländer?«, wurde er in der Pension gefragt, und er zögerte kurz, weil er in diesem Augenblick nicht wusste, was er eigentlich war. Dann schüttelte er den Kopf.

»Nein, ich bin Ire.«

»Ah, aus Irland! Ein wunderschönes Land!«

Die begeisterte Stimme gehörte einer etwa zwanzig Jahre jüngeren Engländerin, die ganz anders war als die Frau, die ihn in Paris angesprochen hatte. Er fragte sich, ob es häufiger vorkam, dass einsamen alten Männern auf Reisen solche Aufmerksamkeit zuteil wurde, und obwohl er die Unterhaltung auch diesmal angenehm fand, war er etwas vorsichtiger als an der Place de la Concorde. Die Frau war ihm im Speisesaal aufgefallen, wo sie mit einer anderen Frau am Tisch saß, die er für ihre Mutter hielt – eine Vermutung, die sich später als richtig erwies.

»Ja, Irland ist schön.«

»Ich bin nur einmal dort gewesen, habe es aber nicht vergessen.«

»Ich selbst bin seit fast dreißig Jahren nicht mehr dort gewesen.«

Die Frau nickte und fragte nicht nach dem Grund. Sie war blond, ihre Schönheit ein wenig verblasst, aber dennoch attraktiv. Sie trug keinen Ehering.

»Hoffentlich habe ich Sie nicht gekränkt«, entschuldigte sie sich, »als ich Sie für einen Engländer hielt.«

»Meine Frau war Engländerin.«

Er lächelte, um die Schwere seines Verlusts zu überspielen, denn Mitleidsbekundungen, so gut sie gemeint sein mochten, waren entgegen ihrer Absicht doch immer nur belanglos. Das Reisen hatte seine Stimmung nicht, wie erhofft, gehoben, und allmählich bezweifelte er, dass er die Trauer, die ihn erfüllte, jemals ablegen könnte oder es überhaupt sollte. Heloise, die bescheidenste aller Frauen, verlangte im Tod mehr, als er manchmal ertragen konnte.

»Mein Land hat Irland schlecht behandelt«, sagte die Frau. »Das war immer meine Meinung.«

»Nun ja, jetzt ist es vorbei.«

»Ja, zum Glück.«

Auch im Leben dieser Frau gab es einen Verlust, der Krieg hatte sie um eine Hochzeit betrogen: Er spürte, dass sie etwas verband, woran keiner rührte, und merkte, dass sie ähnlich empfand. Sie unterhielten sich entspannt einen Nachmittag lang – über Brügge und ähnliche Städte, erneut über Irland, dann England. Obgleich sie einen halben Tag lang Gefährten waren, blieb ihr Gespräch unpersönlich, und jeder bewahrte seine Privatsphäre. Bevor er die Gelegenheit hatte, die Mutter kennen zu lernen, waren die beiden Frauen abgereist.

Ein paar Wochen später machte sich der Captain ebenfalls auf den Weg. Er überquerte den Kanal von Calais nach Dover, dann fuhr er mit dem Zug durch Kent nach London. Dort erkundigte er sich nach dem Regiment in Indien und erfuhr, dass sein Bruder bereits vor Jahren im Kampf umgekommen war. In diesem Augenblick erfüllte den Captain ein Gefühl des Alleinseins, fühlte er sich mehr denn je als Überlebender, und es gab wenig, was ihn in der tristen Nachkriegshauptstadt, wo der Sieg eher wie eine übellaunige Unterwerfung anmutete, hätte aufmuntern können. In jedem Gesicht, in jeder Geste, überall begegnete ihm Eintönigkeit. Nur die schmierigen Typen an den Straßenecken und die vielen, süßlich parfümierten Nutten waren fröhlich.

2

Es war ein schöner Morgen, die helle Märzsonne schien warm auf Lucys Gesicht und Arme. Das Gras an der Bachböschung war so kurz, als hätten dort Schafe geweidet, dabei kam nie ein Schaf hierher. Es war ein Rätsel, dass dieses Gras, das selbst noch in der längsten Hitzewelle grün blieb und auf dessen federndem Teppich es sich so angenehm ging, nie zu wachsen schien. Lucy lag darauf und starrte in den Himmel, sie hatte die Schuhe ausgezogen und ihr Buch umgedreht neben sich gelegt. Sie dachte nicht an den Inhalt, weder an die Menschen noch an die Kathedralen, nicht an Mrs. Proudie oder Mr. Harding oder die Sonne auf dem Glockenturm. »Schreibst du es mir dann?«, hatte sie ihn damals gefragt, aber inzwischen sah sie ein, dass das zu viel verlangt war: Natürlich hatte Ralph ihr nicht geschrieben, wie die Frau war, die er geheiratet hatte. Er hatte es vergessen, oder es war ihm peinlich; nicht, dass es eine Rolle gespielt hätte, und vielleicht war es auch gut so. In ihren Träumereien sah Lucy ein hübsches, kluges Gesicht vor sich und ein Wesen, das dazu passte. An dem mit Kletterpflanzen bewachsenen Haus neben dem Sägewerk wurde ein Fenster geöffnet und die Ranken abgeschnitten: Ordentlichkeit gehörte auch zu ihren Eigenschaften. Wenn die Sägen verstummten, ging das Paar durch die linde

Abendluft, überquerte die Brücke bei Logan's Bar and Stores. »Wie friedlich es hier ist«, bemerkte Ralphs Frau glücklich.

Lucy setzte sich auf und griff nach dem Buch neben sich, dessen roter Umschlag fleckig war, weil es einmal darauf geregnet hatte. Vor einem Jahr hatte Aloysius Sullivan drei Posten Bücher bei einer Auktion erstanden und sie als Geschenk mit nach Lahardane gebracht, weil er wusste, wie gern sie Romane las. *Alfred M. Beale* stand in dunkler Tinte auf dem Vorsatzblatt, und Lucy fragte sich, wer das wohl gewesen sein mochte. *Monkstown Lodge, 1858.* Von allen Menschen, die sie kannte, war nur Kanonikus Crosbie schon 1858 auf der Welt gewesen; sie ging Namen und Gesichter durch, aber ihr fiel niemand mehr ein. Sie erinnerte sich voller Zuneigung an den alten Geistlichen – wie besorgt er um sie gewesen war und wie Ralph erzählte, dass er auf dem Friedhof an ihn herangetreten war und von ihr gesprochen hatte. Kanonikus Crosbie war neunzig Jahre alt geworden.

Noch nie im Leben war Mr. Harding so in Bedrängnis gewesen. Schließlich vertiefte sie sich wieder in ihren Roman und dachte zehn Minuten lang nicht an Ralph, seine Ehe oder seine Frau.

Er nahm einen Wagen und unterhielt sich auf der Fahrt vom Bahnhof nicht mit dem Fahrer. Er hatte gebeten, ihn nach Kilauran zu fahren und wollte die restliche Strecke zu Fuß gehen: Genau das wünschte er sich. Zweimal sagte der Fahrer etwas während der vierzigminütigen Fahrt, dann gab er es auf.

In Kilauran kamen sofort alte Erinnerungen hoch. Eine Frau hatte immer im Felswasser unterhalb des Anlegers nach Schalentieren gesucht, und der Captain fragte sich, ob die Frau, die er jetzt dort suchen sah, ihre Tochter sein könnte. Wahrscheinlich war sie es, denn aus der Ferne bestand eine gewisse Ähnlichkeit, oder jedenfalls bildete er es sich ein. Auf dem Sandstrand hatten die Fischer fast jeden Tag nach den grünen Glaskugeln gesucht, die ihren Netzen entglitten waren. Heute sah er keinen Fischer.

Er wanderte am Meer entlang. Die Klippenwand mit dem zerklüfteten Rand oben und den Rissen im Lehm war ihm vertraut, nur der Bewuchs wirkte anders. Der glatte, feuchte Sand wurde feiner, als er sich den Kieselsteinen näherte. Der leichte Weg die Klippe hinauf war unverändert.

Ein- oder zweimal hatte er sich vorgestellt, das Haus sei ausgebrannt, dass die Männer zurückgekommen und diesmal erfolgreich gewesen wären, dass nur noch die Mauern dastünden. Als die Gouvernets von Aglish fortzogen, verkauften sie das Haus an einen Bauern, der es wegen des Bleis auf dem Dach wollte. Er nahm die Schieferplatten ab, bohrte die Kamine heraus und überließ den Rest dem Wetter. Als Iyre Manor nach einem Brandanschlag bis auf die Grundmauern abgebrannt war, hatten die Swifts auf Lahardane gewohnt, während sie überlegten, was sie tun sollten. Die Überreste von Ringville sollten ein Priesterseminar werden, hatte es geheißen.

Der Captain blieb stehen und erinnerte sich an eine Prozession durch die Wiese, an die er gelangt war: Sein Vater hielt den Picknickkorb feierlich vor dem Bauch, seine Mutter mit Decken und einem Tischtuch, seine Schwester trug sämtliche Badeanzüge, Umhänge- und Handtücher, ihm und seinem Bruder hatte man nur die Holzschaufeln anvertraut. Dann kam Nellie laut rufend hinter ihnen hergerannt, ihre Schürze und die Röcke ihres schwarzen

Kleids flatterten, die Bänder ihrer Haube schwebten hinter ihr her.

Einen Augenblick lang fühlte sich Everard Gault wieder als Kind. Er meinte, das Sonnenlicht auf einer Fensterscheibe glitzern zu sehen, aber er wusste, das konnte nicht sein, weil das Glas mit Brettern vernagelt war. Im Weitergehen zählte er die Kühe, die er Henry vermacht hatte, inzwischen waren es doppelt so viele wie damals. Eine Kuh kam neugierig auf ihn zugetrampelt und reckte schnaubend den Kopf in seine Richtung. Die übrigen trotteten träge hinter ihr her. Auf dem Acker der O'Reillys hinter der Weide wuchsen Runkelrüben.

Wieder glitzerte die Sonne auf Glas. Als er weiterging, sah er einen Vorhang flattern. »Sie haben Ihren Sonnenschirm vergessen!«, hatte Nellie damals gerufen und ihn über dem Kopf geschwenkt. »Den Sonnenschirm haben Sie vergessen, Ma'am!«

Im *Corriere della Sera* hatte er einmal von einer Rinderkrankheit gelesen und befürchtet, sie könnte die Herde gefährden. »Wir haben immer unsere kleine Herde auf Lahardane«, hatte sein Vater gesagt und einem Besucher stolz die Kühe gezeigt. Bei näherem Hinsehen war kein einziges Fenster vernagelt.

Völlig verwirrt trat er durch das weiß gestrichene Eisentor im Zaun, das die Felder vom Kies vor dem Haus trennte. Wieder blieb er stehen, sein Blick verharrte kurz auf dem Tiefblau der Hortensien. Dann ging er langsam auf die offene Haustür zu.

Im Hof hob Henry die Milchkannen vom Anhänger und rollte sie über den Kopfstein. In der Milchkammer drehte er das Wasser auf und ließ jede Kanne randvoll laufen, ehe er den Schlauch wieder an den Haken hängte. Das könne er sogar im Schlaf, hatte er immer zu Lucy gesagt, als sie noch klein war, und sie damit zum Lachen gebracht, wenn sie es sich vorstellte. »Lucy, Lucy, give me your answer, do«, hatte er oft gesungen und sie auch damit zum Lachen gebracht.

Bridget rief ihn, und er rief zurück, er sei in der Milchkammer. Eigentlich hätte sie das wissen müssen, denn sie konnte sehen, dass Pickup und Anhänger noch im Hof standen. Er wunderte sich, warum sie es nicht wusste und ihn einfach rief.

»Lass das jetzt!«, schrie sie, und ihrem Tonfall entnahm er, dass etwas nicht stimmte. »Lass das jetzt und komm rein!«

Die Schäferhunde, vom Scheppern der Milchkannen aufgeschreckt, ließen sich gerade wieder am Fuß des Birnbaums nieder. In ein paar Wochen war die tägliche Fahrt zur Molkerei nicht mehr nötig, denn der Milchlaster würde vorn an der Allee halten. Vor fast einem Jahr hatte er die dazu notwendige Laderampe fertig gebaut.

»Henry! Nun komm doch!«, rief Bridget erneut, erschien jedoch nicht in der Hintertür.

Eine Männerstimme redete, als Henry den Hundegang erreichte, aber sie war so leise, dass er nur Gemurmel hörte. »Gott sei gedankt!«, flüsterte Bridget, als er in die Küche trat. Sie saß am Tisch und war rot im Gesicht wie früher als Mädchen. Ständig legte sie die Finger an die Lippen, nahm sie weg, legte sie wieder hin. »Gott sei gedankt!«, flüsterte sie immer wieder.

Noch ehe Henry den Mann erkannte, wusste er Bescheid. Hinterher fragte er sich, weshalb es ihm nicht die Sprache verschlagen hatte und er sofort hatte sagen können: »Hast du es ihm erzählt?«

»Das hat sie, Henry«, erwiderte der Captain.

Er musste schon eine Weile in der Küche sitzen. Tee war ausgeschenkt, Bridget hatte ihren noch nicht angerührt, der Captain seinen ausgetrunken. Henry ging zum Herd, um die Kanne zu holen, und schenkte dem Captain noch eine Tasse ein.

Lucy ging am Strand zurück und hielt sich dicht am Wasser wie zuvor ihr Vater, kam aber aus der anderen Richtung. Im Gegensatz zu seinen Fußabdrücken blieben ihre jedoch zurück, denn inzwischen war Ebbe. In jeder Hand einen Schuh tragend, bog sie in Richtung der Klippen ab und bummelte über den feuchten Sand. Als er trocken und weicher wurde, setzte sie sich. *Das herausragende Familienmerkmal der Stanhopes,* las sie, *dürfte wohl Herzlosigkeit sein; doch dieser Gefühlsmangel wurde bei den meisten Familienangehörigen von einem so freundlichen Wesen begleitet, dass Erstere sich nach außen hin kaum bemerkbar machte.*

Einen Augenblick lang konnte sie sich nur schwer an die Stanhopes erinnern, und dann fiel ihr alles wieder ein; wie dumm von ihr zu vergessen, sagte sie sich, dass Mr. Harding der Vorsänger im Kirchenchor und Mr. Slope der Kaplan von Bischof Proudie war. Sie las einen langen Absatz weiter, aber die Sätze ergaben keinen Sinn. »Ich habe wirklich großes Glück!«, sagte Ralphs Frau, als sie auf ihrem abendlichen Spaziergang den Rückweg einschlugen.

In jedem der oberen Zimmer, das der Captain betrat, ging er zuerst an ein Fenster und schaute hinaus. Er sah seine Tochter auf den Wiesen und hielt sie einen verwirrten Augenblick lang für seine Frau.

Als sie in der Eingangshalle war und er vom Knick in der

Treppe nach unten blickte, drängte sich ihm der gleiche Eindruck auf. In ihrem Gang lag ein kaum wahrnehmbares Zögern, und er merkte, dass sie hinkte. Sie hatte die Gesichtszüge ihrer Mutter.

»Wer sind Sie?«, fragte sie, und auch die Stimme klang wie die ihrer Mutter.

Ein leichter Schwindel erfasste Everard Gault auf der Treppe, und er griff mit einer Hand nach dem Geländer und ging langsam nach unten. Was man ihm in der Küche mitgeteilt hatte und die so schnell darauf folgende Begegnung mit seiner Tochter hatten ihn geschwächt.

»Erkennst du mich nicht?«

»Nein.«

»Sieh mich an, Lucy«, sagte der Captain, als er den Fuß der Treppe erreichte.

»Was wollen Sie? Weshalb sollte ich Sie kennen?«

Sie starrten sich an. Dann wurden ihre Wangen so weiß wie das Kleid, das sie trug, und er wusste, sie hatte ihn erkannt. Sie sagte nichts, und so blieb er stehen und ging nicht auf sie zu.

Als Bridget gehört hatte, wie der Captain um das Haus ging, hatte sie sich bekreuzigt und um Schutz vor dem Unbekannten gebetet. Das Gleiche hatte sie im Esszimmer getan, als sie einen Fremden an der Anrichte stehen sah. Und in der Küche betete sie ein drittes Mal um Hilfe.

»Erst dachte ich, er kann es nicht sein«, sagte sie. »Er ist ja nur noch Haut und Knochen, aber daran lag es nicht.«

»Doch, er ist es ganz bestimmt.«

»Der arme Mann war wie vor den Kopf geschlagen, als ich es ihm sagte.«

»Ihr wird es nicht anders ergehen.«

»Was passiert jetzt, Henry?«

Henry schüttelte den Kopf. Er hörte zu, während ihm erzählt wurde, warum der Captain allein gekommen war.

Er wollte seine Tochter umarmen und tat es dennoch nicht, weil er etwas in ihr spürte, das ihn abhielt.

»Warum jetzt?«, hörte er sie flüstern, die Worte waren nicht für ihn bestimmt. Und dann, als würde sie das Gesagte bedauern, nannte Lucy ihn Papa.

3

Im Dorf Kilauran und in der Stadt Enniseala hielten die Leute Ausschau nach Captain Gault. Ein kurzer Blick auf ihn war ebenso begehrt wie jener Moment in einem Theaterstück, wenn ein wichtiger Schauspieler zum ersten Mal die Bühne betritt. Eigentlich – so wurde spekuliert – hatte er nur durch die verdunkelten Zimmer seines Hauses wandeln und dann wieder fortgehen wollen. Stattdessen hatte er seine lebende Tochter gefunden.

Auf Lahardane selbst waren die Ereignisse seit jener Nacht, in der er sein Gewehr an einem Fenster im Obergeschoss angelegt hatte, nicht zur Chronik geworden wie anderswo. Man hatte sie nicht um des besseren Erzählens willen ordentlich zusammengefasst, sondern sie blieben so willkürlich, wie sie geschehen waren, in der Erinnerung haften. Ebenso wenig wurden die durch die Rückkehr des Captains hervorgerufene Aufregung und die Nachricht vom Tod seiner Frau als Erfüllung eines vorherbestimmten Plans betrachtet, wie man es andernorts tat. Durch Lahardane zog das Trauma des Schocks und, alltäglicher, der Geruch der Zigarillos, die der Captain rauchte, und des Whiskeys aus den vielen Flaschen, die er öffnete. Bridget und Henry spielten darauf an, indem sie bemerkten, dass seine Stimme mit den Jahren tiefer geworden war. Seine Schritte auf der

Treppe klangen nicht ganz, aber fast wie die eines Fremden, und seine Hemden wirkten ungewohnt, wenn sie draußen im Obstgarten zum Trocknen hingen.

Der Captain selbst schwankte nach wie vor zwischen Verwirrung und gelegentlicher Ungläubigkeit. War es ein fortwährender Traum, dass seine Tochter am Leben war, dass ihm alles, was er sich vorgestellt hatte, realer vorkam als das, was er nun vorfand? Sobald er mit seiner Tochter zusammen war, verspürte er unwillkürlich den Wunsch, ihre Hand zu ergreifen und das Kind in ihr zu suchen, als könnte er durch die Berührung finden, was ihm verloren gegangen war. Aber jedes Mal unterdrückte er den Drang.

»Lahardane gehört dir«, sagte er stattdessen unbeholfen, denn alles war ihm lieber als Schweigen. »Ich bin nur ein Besucher.«

Sie protestierte energisch, aber es waren nur Worte. Zumindest konnte er ihr Vergebung für eine kindliche Dummheit bieten, nicht nur seine, sondern auch die ihrer Mutter. Man hätte ihr die kleine Sünde schon eine Stunde später vergeben: Das konnte er ihr aufrichtig versichern. Dass man die Ängste eines Kindes ungeduldig beiseite geschoben hatte, war die grausame Wahrheit, die immer bleiben würde.

Doch trotz aller reuevollen und bedauernden Worte spürte der Captain, dass er nicht genug sagen konnte. In den Jahren des Grübelns war in seiner Tochter etwas entstanden, das sich ihrer vor langer Zeit bemächtigt hatte und sie umfing wie ein Nebel, bei dem einen fröstelte. So jedenfalls kam es ihm vor.

Im Esszimmer, wo ihre Unterhaltungen am häufigsten stattfanden, saßen sie sich an den Tischenden gegenüber, obwohl sie oft gar nichts sagten. Bei jedem Essen sah der

Captain zu, wie seine Tochter mit ihrem schlanken Zeigefinger auf der polierten Mahagonifläche die Muster nachzeichnete, die er aus den Fingerbewegungen nicht bestimmen konnte. Wenn die Höflichkeit es verlangte, erzählte sie manchmal, was sie tagsüber getan hatte oder, wenn es noch früh war, was sie tun würde. Honig musste eingesammelt werden, und dann waren da noch ihre Blumen.

Auch Ralph hörte irgendwann davon.

Seine Hochzeit lag über ein Jahr zurück, aber es hätte auch nichts geändert, wenn es erst gestern gewesen wäre. Ralphs Frau war – anders als in Lucys Vorstellung – braunäugig und hoch gewachsen, mit dunklem, streng nach hinten gekämmtem Haar, und von natürlicher Schlankheit, die nach der Geburt des ersten Kindes gerade wieder zurückkehrte. Aber sie war – wie vorgestellt – klug und ordentlich: Die vor den Fenstern wuchernden Ranken des mit Kletterpflanzen bewachsenen Hauses, das seit der Hochzeit Ralph gehörte, wurden tatsächlich gestutzt; seine Eltern waren in das nahe gelegenen Häuschen gezogen, mit dessen Bau man begonnen hatte, als deutlich wurde, dass das große Haus für Ralphs kränkelnde Mutter eines Tages zu viel werden würde.

Ralph erfuhr an einem Montagvormittag von Captain Gaults Rückkehr. Vor Jahren hatte er festgestellt, dass ein Lastwagenfahrer, der oft Holz im Sägewerk abholte, aus Kilauran stammte und dort in Kontakt mit seiner Schwester stand. Sie hatten über das Dorf und die Umgebung geredet, und Ralph hatte oft das Haus auf den Klippen erwähnt, allerdings nie seine heimliche Verbindung dazu preisgegeben. Er hatte immer das Bedürfnis nach Verschwiegenheit verspürt, wenn es um Lucy Gault ging. Auch während der sechs Jahre in der Armee hatte er sich zurückgehalten und nie angesprochen, was schon damals unumstößlich schien: dass er und Lucy Gault niemals heiraten würden. Und auch mit der Frau, die er an ihrer Stelle geheiratet hatte, sprach er nie über Lucy oder seine Zeit auf Lahardane – ein Umstand, der keineswegs auf fehlende Liebe in der Ehe hindeutete oder darauf, dass Ralph sich mit der Zweitbesten begnügt hatte. Er hatte lediglich von etwas Unmöglichem Abstand genommen.

»Ganz bestimmt?«, fragte er ruhig, als der Lastwagenfahrer es ihm erzählte.

»Aber wenn ich's doch sage, Sir.«

Der Mann war ganz sicher. In seinem Tonfall lag eine Gewissheit, die in Ralph den Wunsch weckte, die Augen zu schließen und sich abzuwenden, die ihm irgendwo einen Stich versetzte, und zwar, so stellte er sich vor, mitten ins Herz. Aber sein Herz schlug, er fühlte es, und zwar stärker als je zuvor. Sein Mund wurde trocken, als hätte er in eine bittere Frucht gebissen. Der Lastwagenfahrer musste brüllen, als wieder eine Säge zu kreischen anfing und der Lärm sich mit dem Ratschen der langsam durchgeschnittenen Buchenbretter mischte.

»Schon vor einiger Zeit, Sir.«

Sie gingen nach draußen.

»Mrs. Gault auch?«

»Sie ist angeblich tot.«

Ralph gab dem Mann die vorbereitete Rechnung und dirigierte den Lastwagen rückwärts aus dem Hof der Sägemühle bis auf die Straße. Äußerlich noch immer ruhig, hob er zum Abschied die Hand und ging dann weg, um allein zu sein.

Mr. Sullivan war verblüfft, als er von der Rückkehr hörte. In seinen Augen war Everard Gault ein einfacher Mann, dem eine komplizierte Sache widerfahren war, und nun kamen weitere Komplikationen hinzu: Aloysius Sullivan wusste nicht, ob er froh oder besorgt sein sollte.

»Nun, in Enniseala hat sich einiges verändert, Everard«, bemerkte er in der Bar des Central Hotel, als die beiden Männer sich schließlich wiedersahen. Es schien ihm ratsam, das Gespräch mit Everard Gault oberflächlich zu halten, so wie es früher immer der Fall gewesen war. »Wärst du auf die Idee gekommen, dass in Enniseala einmal Regenmäntel hergestellt werden?«

»Tatsächlich?«

»Ja. In Enniseala ist nicht mehr viel beim Alten.«

Einige Veränderungen waren dem Captain bereits aufgefallen. Bestimmte Pensionen, an die er sich erinnerte, waren verschwunden, die Geschäfte in der Hauptstraße hatten gewechselt. Der Bahnhof verfiel, die Türen von Gatchells Auktionsräumen waren verschlossen und würden wohl, so hieß es, nicht wieder öffnen. Vertraute Geschäfte waren nicht mehr vertraut, wenn er sie betrat, und die Gesichter, die dort auftauchten, kannte er nicht.

»Natürlich war das zu erwarten«, sagte er jetzt im Central Hotel. »Ganz Irland hat sich verändert.«

»Mehr oder weniger.«

»Ich muss mich entschuldigen, dass ich nicht früher ein Treffen vorgeschlagen habe. Aber es hat eine Weile gedauert, bis ich mich eingewöhnt hatte.«

»Das kann ich mir denken.«

Sie waren die einzigen Gäste in der kleinen Bar, in der nur auf Zuruf bedient wurde. Der Captain stand auf und ging mit den zwei Gläsern zur Holztheke hinüber.

»Noch mal das Gleiche«, sagte er, als ein schielender Junge erschien. Sie tranken John Jameson Whiskey.

»Wir wären nicht weggezogen, weißt du«, sagte der Captain, als er an den Tisch zurückkehrte. »Hätten wir den Wald durchsucht und sie gefunden, dann wären wir geblieben.«

»Lieber nicht daran denken, Everard.«

»Ja, ich weiß, ich weiß.« Er hob sein Glas, und nach einem Schweigen vertraute er dem Anwalt an, was er im Esszimmer nicht zu sagen wagte. »Heloise dachte, ihr Kind hat sich umgebracht.«

Damit hatte die Unterhaltung den sicheren Boden verlassen, den der Anwalt bevorzugte. Er bemühte sich nicht, es wieder zu ändern, weil er wusste, dass es jetzt zu spät war. Der Captain sagte: »Aber sie trug alles mit Anmut, auch die Schuldgefühle, mit denen sie lebte, trug sie mit größtmöglicher Anmut.«

»Heloise konnte gar nicht anders.«

»Ihre äußere Schönheit war immer da.«

Aloysius Sullivan nickte. Er sagte, er erinnere sich noch an die erste Begegnung mit Heloise Gault, und als hätte er etwas anderes oder gar nichts gesagt, fuhr der Captain fort: »Sie liebte die Verkündigung. Sie fragte sich, welche Zweifel der heilige Thomas wohl hatte. Oder ob Tobias' Engel die Gestalt eines Vogels angenommen hatte. Oder wie um alles auf der Welt der heilige Symeon auf seiner Säule zurechtkam. Wir haben uns oft Bilder angesehen.«

»Es tut mir Leid, Everard.«

Der Anwalt erinnerte sich an die ernsten Augen des Mädchens, die er jedes Mal vor sich sah, wenn von der Frau, die sie geworden war, gesprochen wurde. Er hatte oft gedacht, dass sie ein Mensch war, der sein ganzes Leben lang keiner Seele etwas zu Leide tun wollte. Aloysius Sullivan, der sonst nie bedauerte, dass ihm die Vertraulichkeiten der Ehe entgangen waren, tat es jetzt kurz.

»Du warst ein guter Ehemann, Everard.«

»Ein unzulänglicher. Wir haben Lahardane verlassen, weil wir die Tage nicht länger ertragen konnten. Ich hätte diese leichtsinnige Eile verhindern müssen.«

»Und ich hätte mich selbst auf den Weg machen sollen, um euch zu suchen. Wir könnten ewig so weitermachen.«

»Sollte Lucy erfahren, was ich dir eben gesagt habe?«

»Es wäre einfacher, wenn nicht.«

»Ich glaube, sie sollte es nicht wissen.«

»Ganz bestimmt nicht.«

Die beiden Männer tranken weiter. Ihr Gespräch wurde lockerer, ausufernder und für beide leichter. Etwas später auf der Promenade, als ihr Schritt ebenfalls leicht ausuferte, waren sie wieder die Freunde von früher. Der Anwalt – elf Jahre älter als Everard Gault und noch immer so, wie er ihn in Erinnerung hatte – erzählte auf ihrem Spaziergang von Leuten, die sie beide kannten, von seinem Assistenten und der Haushälterin, die schon so lange bei ihm arbeitete. Näher ging er nicht auf sein Privatleben ein, und alles, was er sagte, erweckte den Eindruck, dass er diesen Teil seines Lebens mit niemandem teilte. Der Captain erzählte von seinen Reisen.

»Heloise hatte ein Foto, das hier in der Gegend aufgenommen worden sein muss«, sagte er, einen anderen Satz unterbrechend. »Es war verblichen braun, leicht zerrissen und verknittert. Wahrscheinlich wusste sie gar nicht, dass sie es dabeihatte.«

Er zeigte auf die Stelle, an der man die Promenade erhöht hatte, nachdem sie von hohen Wellen überspült worden war. Auf dem Foto stand Lucy zwischen den alten Wellenbrecherpfählen, die in einer krummen Linie ins Meer hinausführten, und ein paar der vermoderten Pfähle standen jetzt noch dort. Die Wellenbrecher müssten ersetzt werden, sagte Aloysius Sullivan, und würden es vielleicht auch bald.

Sie waren vor einer Bank stehen geblieben, setzten sich aber nicht. Während der Captain zuhörte, was man ihm von den Wellenbrechern erzählte, starrte er auf das Meer und dann zu den Stechginsterbüschen, die in weiter Ferne die Landschaft tüpfelten.

Als die Neuigkeiten aus dem Ort erschöpft waren, entstand ein Schweigen, bis der Captain sagte: »Du hast dafür gesorgt, dass sie Geld hatte. In all den Jahren.«

»Sie hat nicht viel ausgegeben.«

»Lucy redet nicht mit mir.«

Er erzählte vom Augenblick ihres Wiedersehens, seiner zurückgehaltenen Umarmung, von den schweigsamen Mahlzeiten und ihrem Finger, der Muster auf der Tischoberfläche nachfuhr, von seiner so oft gedämpften Freude.

Mr. Sullivan zögerte. Es stand ihm nicht zu, sich einzumischen, aber seine Zuneigung zu Vater und Tochter verlangte es jetzt.

»Lucy hätte heiraten können.« Einen Moment lang blieb er stumm, dann fügte er hinzu: »Aber sie dachte, sie hätte erst ein Recht zu lieben, wenn man ihr vergibt. Im Gegensatz zu allen anderen zweifelte sie nie daran, dass ihre Eltern irgendwann zurückkommen. Und sie hatte Recht.«

»Ist es lange her? Dass sie hätte heiraten können?«

»Ja.« Es folgte eine weitere Pause, und dann: »Er hat inzwischen geheiratet.«

Sie gingen im gleichen langsamen Schritt weiter, und Aloysius Sullivan sagte: »Schön, dass du wieder da bist, Everard.«

»Aber es passt zum Rest unserer tragischen Familiengeschichte, dass ich zu spät gekommen bin!«

4

Die beiden Männer auf der Uferpromande wurden aus weiter Ferne beobachtet.

Der Soldat, der seit längerem unter wahnhaften Störungen litt, war kein Soldat mehr: Als sein Wehrdienst zu Ende ging, wurde ihm nahe gelegt, sich für einen weiteren Zeitraum zu verpflichten, aber er hatte abgelehnt. Obwohl die Armee seine Erwartungen nicht erfüllt hatte, hegte Horahan keinen Groll gegen sie, und er hatte seine militärischen Pflichten bis zum Schluss mit der üblichen Sorgfalt und Ausdauer erledigt, hatte seine Stiefel geputzt und die Schnallen und Knöpfe an seinem Uniformrock poliert. Als sein letzter Tag kam, rollte er die Matratze auf der Federung seines schmalen Feldbetts zusammen. In seinem Spind wartete ein schwarzer Anzug.

Diesen trug er jetzt. Er war vorübergehend ohne Arbeit und wohnte zur Untermiete in einem Haus, das nicht weit von jenem entfernt lag, in dem er aufgewachsen war und seine Mutter bis zu ihrem Tod gelebt hatte. Seit er von der Rückkehr des Captains gehört hatte, hielt er auf den Straßen in der Stadt nach ihm Ausschau. Heute war er ihm gefolgt, und während er die zwei Gestalten auf der Promenade beobachtete, stiegen ihm Tränen in die Augen und liefen ihm über die hohlen Wangen in den Hemdkragen, doch es waren keine Tränen des Kummers oder der Bestürzung. Er wusste Bescheid, es gab keinen Zweifel. Es war ein Zeichen der Jungfrau Maria: Captain Gault war durch ihre heilige Vermittlung zurückgekehrt, um dem Leiden ein Ende zu setzen.

Drei vorübergehende katholische Laienbrüder bemerkten die verzückte Miene im Gesicht des Exsoldaten. Nachdem sie vorbeigegangen waren, hörten sie ihn aufschreien, und als sie sich umdrehten, sahen sie ihn auf den Knien. Sie beobachteten ihn, bis er sich wieder erhob, auf ein Fahrrad schwang und davonfuhr.

5

Sie lebten von Almosen«, sagte Ralph, als er nach den Mönchen gefragt wurde, über deren Gräber sie schlenderten. »Die Augustiner hier waren immer Bettler.«

Hatte in seinem Tonfall eben Ungeduld mitgeschwungen? Eine Reaktion, die er nicht als Müdigkeit nach einem Arbeitstag hatte tarnen können? Er lächelte seine Frau an: eine Entschuldigung, von der sie nicht wusste, dass es eine war. Die Luft war lau und windstill. Irgendwo gurrte eine Taube, die den Tag noch nicht beendet hatte.

Sie redeten über die Mönche und überlegten, ob alle gleichermaßen der schlichten Rechtschaffenheit verpflichtet und gleichermaßen von dem beseelt waren, was ihrem weltabgeschiedenen Dasein Bedeutung verlieh. Hatte ihr Glaube sie alle gleich gemacht?, fragte sie. Waren alle so gewesen, wie es ihre Kutten nahe legten?

»Wohl kaum.« Wieder schwang Ungeduld in seinem Ton mit, eine leichte Gereiztheit, und er schämte sich erneut. Etwas freundlicher sagte er: »Was jetzt noch steht, ist ein Rest der Kirche. Ihre Zellen, das Refektorium, der Garten, den sie wahrscheinlich hatten, und die Fischteiche – das alles hat sich über die gesamte Wiese und darüber hinaus erstreckt.«

In einer Ecke der Wiese stand ein aufrechter Stein, dessen Bestimmung unklar war. Man konnte die beschädigten

Steinmetzarbeiten an seinem Fuß nicht erkennen. Es hätte sich um die abgebrochene Senkrechte eines Kreuzes handeln können, die gezackte Bruchstelle war abgerundet, schmückende Aushöhlungen waren hinzugekommen. Aber man konnte es nicht genau wissen.

»Wollen wir wieder zurück?«, schlug Ralph vor.

Ihr Kind schlief. Durch das offene, sicher vergitterte Fenster hätten sie es schreien hören. Einen Augenblick lang horchten sie in den stillen Abend.

»Ja, vielleicht sollten wir zurück.«

Als sie gezögert hatte, ihn zu heiraten, hatte er sie gedrängt. Er hatte sich ihre Zweifel angehört und sie mit aufrichtigem und zärtlichem Gelächter zerstreut. Sie hatte nicht aus Bescheidenheit gezögert oder aus mangelndem Vertrauen in ihre Fähigkeit, der Zukunft gewachsen zu sein, sondern eher aus einer Vorsicht heraus, die sie, ohne recht zu wissen, warum, für nicht unangebracht hielt. An all das erinnerte Ralph sich jetzt, als hätte die Zeit gewartet, bis alles einen Sinn ergab.

»Schade, dass man alles hat verfallen lassen.« Sie blickte zurück auf die verwahrlosten Ruinen. Die auf der Wiese weidenden Kühe suchten dort Schatten, wenn die Sonne brannte, und zertrampelten die Nesseln. Ralph fand es seltsam, dass sie ausgerechnet das sagte, obwohl es das natürlich nicht war.

»Ja, schade.«

Sie kletterten über das Tor auf die Straße, weil es einfacher war, als sich mit dem verrosteten Riegel abzumühen. Fahrräder lehnten an der glänzenden hellblauen Mauer bei Logan's, dessen Laden abends so lange geöffnet blieb, wie Betrieb in der Bar war.

Sie redeten über den Tag und die Neuigkeiten, die man

sich im Sägewerk erzählte. Als sie sich kennen gelernt hatten, hatte er ihr gestanden, dass er sich früher nie vorstellen konnte, den Rest seines Lebens als Holzhändler zu verbringen. Sie hatte diese Bemerkung oft erwähnt, und als hätte sie es eben wieder getan, sagte er:

»Das ist schließlich mein Beruf.«

Sie runzelte verwirrt die Stirn und lächelte, als er es ihr erklärte. Danach lächelten beide.

»Ich will nichts anderes«, sagte Ralph.

Die Worte gingen ihm mühelos über die Lippen, er musste nicht zur Seite blicken, konnte sogar ihre Hand nehmen. Aus ihren dunkelbraunen Augen sprach die ganze Liebe, die ihr gemeinsames Leben so angenehm machte.

»Du bist so gut!«, flüsterte sie.

Sie überquerten die schmale Brücke und erreichten dann das Häuschen, in dem seine Eltern wohnten; Tabakgeruch hing in der Luft. Ralphs Vater, ein massiger, grauhaariger Mann mit einer in der Mundmitte festgeklemmten Pfeife, goss gemächlich seine Blumenbeete. Er winkte, und sie winkten zurück. »Vielleicht interessiert es Sie ja«, hatte der Lastwagenfahrer gesagt.

Mit einem Mal empfand er als Betrug, was er bis jetzt nie als solchen empfunden hatte. Wenn er sein Geheimnis bisher für sich behalten hatte und allzu neugierigen Fragen über jenen Sommer in Enniseala mit vagen Antworten ausgewichen war, dann nur, um zu beschützen, was ihm lieb und teuer war. Aber jetzt war es mehr. Vergangenheit und Gegenwart waren gleichsam eins geworden. Was dachte Lucy in diesem Moment? Was dachte sie, wenn sie morgens im hell werdenden Dämmerlicht erwachte? Dass er die Neuigkeit gehört hatte? Dass er wüsste, was zu tun sei und eine Möglichkeit finden würde?

Seine kleine Tochter lag friedlich da. Kein Traum hatte sie in Angst versetzt, kein Geräusch ihren Frieden gestört. Eine Wange, die auf ihren geballten Händchen gelegen hatte, war leicht gerötet.

Als der Captain feststellte, dass er seit dem Tod seiner Frau etwas von seiner militärischen Haltung verloren hatte – dass er sich mit der Nachlässigkeit eines alten Mannes gehen ließ und schlurfte, wenn er müde war –, glich er diese Schwächen aus, indem er seiner Tochter zuliebe auf Kleidung und Äußeres achtete. Er ging regelmäßig zum Friseur in Enniseala. Er schnitt sich die Fingernägel kurz und band seine Krawatte sorgfältig. Jeden Morgen putzte er seine Schuhe, und die Absätze ließ er erneuern, bevor es unbedingt notwendig war.

Aber es war noch immer einfacher, sich mit Bridget oder Henry zu unterhalten als mit seiner Tochter. Ihnen erzählte er, wie ziellos er in der Anfangszeit seiner Trauer umhergewandert war, mal diesen, mal jenen Zug bestiegen hatte und nur gelegentlich von einem halb verlorenen Gefühl oder einer Vorliebe geleitet wurde. Er erzählte auch von dem Tag, als er träge auf einer Parkbank gesessen hatte und an die in Irland zurückgelassenen Hausverwalter dachte. Während er einen seiner Zigarillos rauchte, ging ihm durch den Kopf, dass sie inzwischen so alt waren wie er, und er machte sich Sorgen, dass sie vielleicht nicht mehr von der Herde leben konnten und womit sie dann wohl ihren Unterhalt bestritten. Er hatte sich gefragt – aber das sagte er jetzt nicht –, ob sie überhaupt noch lebten.

»Wir könnten das Pförtnerhaus wieder herrichten«, bot er Bridget an. »Wenn Sie gern wieder dort wohnen möchten.«

»Ach nein, Sir, wirklich nicht. Nur wenn Sie es wollen.«

»Es geht nicht darum, was ich will, Bridget. Ich stehe in Ihrer Schuld.«

»Ach nein, Sir, wirklich nicht.

»Sie haben meine Tochter großgezogen.«

»Wir haben getan, was jeder getan hätte. Wir haben uns Mühe gegeben. Wir würden lieber hierbleiben, wenn es Recht ist. Wenn es nicht anmaßend ist, Sir.«

»Natürlich nicht.«

Bridget hatte ihm erzählt, wie das Hinken seiner Tochter im Lauf der Jahre schwächer geworden war, wie sie als Kind eine Gelassenheit entwickelt hatte, als ihre Hoffnungen sich nicht erfüllten, und sie ihren Eltern weiter die Treue gehalten hatte, während ihre Liebe zerbrach. Wenn der Captain im Obstgarten das Dorngestrüpp schnitt oder die Bleilöcher im Dach mit einem Tropfen Fischleim versiegelte, sinnierte er darüber, wie demütigend es war, auf diese Weise etwas über sein Kind und dessen Charakter zu erfahren. Aber es hätte ihn auch überrascht, wenn er und sie sich nicht fremd gewesen wären, und er fand sich damit ab. Er versuchte sie sich vorzustellen: mit vierzehn, mit sechzehn, mit zwanzig, aber seine Erinnerung an sie als Säugling in seinen Armen oder daran, wie er sich sorgte, weil sie als Kind so oft allein war, waren stärker. Jetzt lebte sie abgeschieden in diesem öden alten Haus, und es betrübte ihn, dass sie nie nach Enniseala fuhr, dass sie als Erwachsene noch nie die lange Hauptstraße entlanggegangen war, dass sie sich kaum an die Schwäne auf dem Wasser der Flussmündung erinnerte oder an die Promenade oder den Musikpavillon oder den niedrigen kleinen Leuchtturm, den sie als Kind gekannt hatte. Verspürte sie denn keine Lust, in besseren Geschäften einzukaufen als im Laden in Kilauran? Und wie regelte sie es eigentlich mit dem Zahnarzt?

Als er sie im Esszimmer danach fragte, erfuhr er, dass von Zeit zu Zeit ein Zahnarzt aus Dungarvan kam; dass Dr. Birthistle einmal pro Woche in Kilauran praktizierte, wie schon sein Vorgänger Dr. Carney; dass sonntags immer ein junger, freundlicher Vikar aus Enniseala zur Wellblechkirche der Church of Ireland kam. Aber es war Bridget, die ihm von außergewöhnlichen Ereignissen während seiner langen Abwesenheit erzählte: von dem eiskalten Morgen, als die Pumpe im Hof eingefroren war, von einem Sonntag, als ihre Nichten kamen, um ihre Erstkommunionskleider zu zeigen, von dem sonnigen Nachmittag, als Kanonikus Crosbie berichtete, dass Frankreich gefallen war. Auch in Bellinzona war es damals sonnig gewesen, daran erinnerte der Captain sich sofort.

»Die hab ich aufgehoben«, sagte er im Esszimmer, und als Bridget kam, um die Teller und Gemüsegerichte abzuräumen, breitete er Postkarten von italienischen Städten und Landschaften auf dem Tisch aus. Bei jeder Karte, so berichtete Bridget in der Küche, nickte Lucy höflich, bevor sie einen kleinen Stapel daraus machte.

Der Captain ließ Strom auf Lahardane verlegen, weil er fand, dass seine Tochter auf diese Annehmlichkeit nicht verzichten sollte. Er kaufte einen Electrolux-Staubsauger von einem Vertreter, der an die Tür kam, und eines Tages brachte er einen Dampfdrucktopf mit nach Hause. An den Staubsauger gewöhnte sich Bridget, den Dampfdrucktopf jedoch packte sie als zu gefährlich beiseite.

Bei Danny Gordon von der Reparaturwerkstatt in Kilauran kaufte der Captain ein Auto. Einen grün-schwarzen Morris Twelve, Vorkriegsmodell, mit dem typisch abgeschrägten Heck. Sein alter Wagen mit den soliden Gummireifen, den er 1921 zurückgelassen hatte, war damals schon eine Antiquität gewesen und kaum benutzt worden. Er stand in einem Schuppen im Hof, und Rotkehlchen hatten sich mittlerweile zwischen den Einbuchtungen der Haube eingenistet, ihr dunkler Kot verschmutzte die Chromteile, und Staub dämpfte den Glanz. Danny Gordon nahm den alten Wagen in Zahlung und überließ ihm den Morris für einen etwas niedrigeren Preis.

Der Autokauf war ein weiterer Versuch des Captains, seine Tochter aus der Isolation zu retten. Auf der Allee und auf ihren Ausflügen zum Kino in Enniseala brachte er ihr das Fahren bei. »Und heute zum Pferderennen?«, schlug er vor, und sie machten sich auf den Weg nach Lismore oder Clonmel. Er ging mit ihr in Cork in die Oper, aß vorher mit ihr im Victoria Hotel, wo eine alte Frau einmal aufstand und mit tremolierender Stimme die letzten Zeilen einer *Tannhäuser*-Arie zum Besten gab. Die Gäste applaudierten, und der Captain musste an den Nachmittag in der Città Alta denken, als sie Melodien aus *Tosca* lauschten, bevor Militärmusik angeordnet wurde. Er erzählte von jenem Nachmittag, und sie hörte ihm höflich zu.

Im Sägewerk fühlte Ralph sich am wohlsten. Die praktische Arbeit brachte Erleichterung: Das Kreischen der Sägen und Raspeln der Hobel, die aufmerksamen und vorsichtigen Männer, der Geruch von Schweiß und Harz und Staub drängten seine Gefühle in den Hintergrund. Er war der Chef und trug die Verantwortung. Doch sobald er die Leiter zum Büro hinaufstieg, aus dem man die Maschinen und Männer sehen konnte, sobald der Lärm abfiel und nur noch gedämpft zu hören war, wenn er die Tür hinter sich geschlossen hatte, drifteten seine Gedanken ab. Seine Konzentration auf Bestellungen und Rechnungen und die Zahlenkolonnen in Büchern, seine Sorge um Verschleißerscheinungen an einem Treibriemen oder eine stumpf gewordene Säge, das Zählen der wöchentlichen Löhne – all dies litt unter unbeabsichtigten Unterbrechungen; und wie aus einem Schlaf kehrte er Minuten später dorthin zurück, wo er saß, und starrte verwirrt auf das, was er in der Hand hielt oder was aufgeschlagen vor ihm lag.

Oft kam sein Vater ins Büro, um ihm bei der täglichen Arbeit zu helfen. Sein Vater sprach ihn nicht auf diese Momente plötzlicher Abwesenheit an, die Ralph zu verbergen suchte, indem er plötzlich den Bretterboden im Büro überquerte oder zu lange den Rücken abwandte. Ralph war kein arglistiger Mensch, das sagte sein Vater. Das sagten auch die Männer, wenn mittags die Sägen verstummten und sie sich, wenn es warm war, mit ihren Broten draußen in die Sonne setzten. Das sagten die Leute in Logans Bar, die abendlichen Trinker oder Frauen, die zum Einkaufen in den Lebensmittelladen kamen, Leute, die Ralph ihr Leben lang kannten. Niemand zweifelte eine Sekunde an seiner Aufrichtigkeit, weder in dem Haus, in das er seine Frau geführt hatte, noch in dem, das man für seine Eltern gebaut hatte.

Und doch begann jetzt etwas, was zur Gewohnheit wurde. »Ich gehe nach Doonan«, sagte er, wenn er abends nach Hause kam, und marschierte dann in diese oder jene Richtung, um – so jedenfalls sah es aus, das wusste er – die Unbilden des Tages zu vergessen, die nagenden Sorgen, wenn die Dinge nicht gut liefen, wenn das Ersatzteil für eine Maschine nicht erhältlich war oder man wieder einmal einen versprochenen Liefertermin nicht einhalten konnte. Lügen, die keine richtigen Lügen waren – kaum merkliche, kleine Täuschungen, vorgespiegelte Gefühle –, bestimmten den Alltag. Das alles hatte er immer verachtet.

»Waren die Kühe von Cassidy draußen?«, fragte seine Frau, wenn er von seinen Abendspaziergängen zurückkehrte. Oder: »Haben sie bei Rossmore schon mit dem Teeren angefangen?«

Und dann sagte er irgendetwas, obwohl es ihm nicht aufgefallen war. Er konnte es nicht ertragen, sie zu verletzen, und doch wirkte ihre Zufriedenheit unnatürlich. Spürte sie denn nichts von dem Schmerz, der sie umgab?

»Früher hast du mir mehr erzählt.« Dann lächelte sie schnell, damit er es nicht als Vorwurf auffasste, und er sagte, die Kesselflicker seien wieder bei Healy's Cross. Oder er sagte, Mrs. Pierce habe ihre Fuchsien früh beschnitten. Oder der Bach bei Doonan laufe über.

Sie achtete penibel auf das Haus, und das gefiel ihm an ihr, die Sorgfalt, die sie an den Tag legte, dass sie nicht schludrig war. Ihm schmeckte, was sie kochte, er mochte die sauber gehaltenen Zimmer und wie sie ihr Kind mühelos trösten konnte. Hätte er ihr jemals erzählt, was er verschwiegen hatte, dann hätte sie in ihrer aufmerksamen, ernsten Art zugehört, ohne ihn zu unterbrechen. »Ich habe es nie jemandem erzählt«, hätte er sein Geständnis beenden können. »Du bist nicht die Einzige, die nichts davon weiß.« Doch für Geständnisse war es zu spät; es wäre zu grausam gewesen, ihr jetzt von einem Mädchen im weißen Kleid und Mr. Ryalls Auto und dem gedeckten Teetisch zu erzählen; zu grausam, ihr den Strand vor Augen zu führen, wenn die hohen Wellen den Regen mit Schaum bespritzten.

»Ich überlege, ob ich Malleys Hang kaufen soll«, sagte er eines Abends.

»Die Wiese?«

»Wenn man es so nennen kann. Ödland träfe es besser.«

»Aber wieso willst du denn Ödland?«

»Ich würde es roden und dann Eschen pflanzen. Und vielleicht Ahornbäume.«

Eine Investition, sagte er. Etwas, um sich abzulenken, fügte er nicht hinzu; etwas, das ihn dort festhielt, wo er hingehörte; eine Investition, die der Zukunft von vornherein Gestalt gab.

»Will Malley denn verkaufen?«

»Ich bezweifle, dass er überhaupt auf den Gedanken kommt, jemand könnte die paar Morgen Land haben wollen.«

In dem Zimmer, wo sie saßen, war es inzwischen fast dunkel, und er empfand es als einen weiteren Betrug, dass er kein Licht machen wollte. Sie schaltete es schließlich ein. Dann sah er ihr glückliches Gesicht und ihr dunkles Haar, das sich, wie manchmal um diese Tageszeit, langsam auflöste. Er sah zu, wie sie die Jalousien herunterzog, bevor sie kam und sich zu ihm setzte.

6

Du solltest schönere Kleider tragen, Lady.«

Ihre Mutter habe sich in Mantua einen Mantel nähen und an einem Stand auf dem Ponte Vecchio eine Perlenkette aufziehen lassen. Ihre Mutter sei immer gepflegt gewesen und habe sich die italienische Lebensweise angewöhnt und eine Vorliebe für italienische Mode entwickelt. Ihre Mutter habe begeistert Bellinis Engel betrachtet und mit natürlicher Leichtigkeit Italienisch gesprochen; sie sei immer freundlich zu Kellnern und Zimmermädchen gewesen. Die Bettler auf den Straßen hätten ihre Mutter gekannt, ihre Großzügigkeit sei in ganz Montemarmoreo berühmt gewesen.

Im Esszimmer hörte Lucy dem Captain zu und nickte manchmal. »Ich habe ihre Kleider getragen«, sagte sie.

»Ach ja, natürlich.«

»Inzwischen sind sie alle abgetragen.«

»Wollen wir ein paar neue kaufen?«

Sie schüttelte den Kopf. Ihre Kleidung war ihre Angelegenheit. Sie blickte zur Seite, auf das nicht entfachte Feuer im Kamin, auf den schwarzen Kaminsims darüber, auf die vertrauten blauen Streifen der Tapete. Lustlos schob sie das Essen auf ihrem Teller herum. Welch grausame Dummheit hatte sie bloß in Bann gehalten? Dass sie jahrelang hartnäckig auf das Gestammel eines alten Mannes gewartet hatte?

»Wir hatten einen Balkon«, sagte er, »und wenn das Tischtuch zum Mittagessen ausgebreitet war und die Leute unten auf der Straße vorbeigingen, riefen sie: ›Buon appetito!‹ Der Schmetterling des Zauberers verschwand und kam wieder. Am Namenstag der heiligen Cäcilia gab es Prozessionen. Das alles.«

Sie legte Messer und Gabel zusammen. Die Bilder, die sie hätte heraufbeschwören können, waren zu zerbrechlich, um sie bei einem Tischgespräch über Tellern und Schüsseln zu zerreden, waren zu kostbar, um sie wie etwas Triviales anzubieten. Sie hatte sich mit dem abgefunden, womit sie sich hatte abfinden müssen; sie war mit allem fertig geworden, aber jetzt gelang es ihr nicht. Sie konnte nicht trauern; dass ihre Mutter nicht mehr lebte, war nichts weiter als eine Tatsache.

»Wie wär's mit den Höhlen bei Mitchelstown?«, schlug ihr Vater vor.

»Ich war noch nie dort.«

»Wollen wir?«

»Wenn du möchtest.«

Ein paar Tage später beging der Captain seinen einundsiebzigsten Geburtstag, aber er sagte nichts, obwohl er es gern getan hätte. Er hätte gern gemeinsam mit seiner Tochter das gefeiert, was oft als Meilenstein in einem Leben galt, doch als der Tag vorrückte, verwarf er den Gedanken. Er konnte sie nicht trösten, und das war wichtiger als Meilensteine des Alters.

Er litt mit ihr. Er verstand, was sie dazu bewogen hatte, niemanden in ihr zerquältes Leben mit einzubeziehen: Allein das war bemerkenswert, auch wenn es ihr nicht bewusst war. Und selbst wenn, wäre es kein Trost gewesen.

Abends nach dem Essen saßen sie gemeinsam im Salon, sie leistete ihm pflichtbewusst Gesellschaft. Sie las. Er rauchte einen Zigarillo und trank einen Schluck Whiskey. Ein Abend verlief wie der andere.

Nur einmal legte Lucy unruhig ihr Buch beiseite, saß einen Augenblick lang tatenlos da und holte dann ihre Stickschublade aus dem Sofatisch und stellte sie auf den Boden. Sie kniete sich daneben und sortierte Seidengarnstränge, Nadeln, Zeichnungen auf Papierschnipseln, Bleistiftstummel, Leinenstücke, Anspitzer, Radiergummis. Während ihr Vater zusah, entfaltete sie ein breites rechteckiges Leinentuch mit einer aufgezeichneten Skizze. Sie breitete es dicht neben ihm auf dem Kaminvorleger aus: Möwen waren gerade noch als solche erkennbar, kaum mehr als Punkte auf dem Sand; ein Bogen aus unterbrochenen Linien deutete den Kiesstrand unter den Klippen an. Zwei Gestalten standen neben den spitzen, ins Meer ragenden Felsen. Die Stickerei war abgebrochen worden, und während er zusah, wie sie Ordnung in das Durcheinander der Schublade brachte, traten ihr Tränen in die Augen. Sie musterte andere Skizzen, die dort lagen, und packte sie weg, nur diese eine behielt sie.

»Lady«, murmelte er, aber sie hörte es nicht.

In dieser Nacht lag der Captain wach und dachte, dass Heloise alles ordentlicher eingeräumt und gewusst hätte, was sie zu ihrer Tochter und wie sie es hätte sagen sollen. Ihre praktische Veranlagung wäre ihr dabei zugute gekommen. Sie hatte damals das Schlafzimmer tapeziert, als sie nach Lahardane zog, sie hatte behauptet, der Rauch im Kamin des Frühstückszimmers ließe sich abstellen, und sie sollte Recht behalten. Sie hatte die Sommerfeste organisiert und im Dezember für die Kinder von

Kilauran einen Weihnachtsbaum in der Eingangshalle aufgestellt.

Er schaltete die Nachttischlampe ein und musterte die verblichenen Rosen auf den Tapeten, dann schaltete er sie wieder aus. In der Dunkelheit stand er auf und legte sich aufs Sofa unter dem Fenster, wie manchmal, wenn er nicht schlafen konnte. Er hätte, wie er es ein- oder zweimal getan hatte, auf Zehenspitzen durch den Flur gehen und das weiche, helle, auf dem Kissen ausgebreitete Haar und die sanft geschlossenen Augen anstarren können. Aber heute Nacht tat er es nicht.

Letztendlich döste er ziemlich schnell ein, und dann hielt eine Sakristanin in einer italienischen Kirche die Abendlesung. Im schattigen Winkel der Piazza spielten Männer Karten. »Liebe wird zur Gier, wenn sie keine Nahrung bekommt«, erinnerte Heloise ihn, als sie über das schlechte Pflaster gingen. »Weißt du nicht mehr, Everard? Liebe kennt keine Vernunft, wenn sie hungern muss.«

Überall sonst wäre ich lieber, dachte Lucy, und wünschte, sie hätte sich nicht auf die Besichtigung der Höhlen bei Mitchelstown eingelassen.

Sie und ihr Vater waren die einzigen Besucher an einem feuchten Morgen. Während ihr Führer den Weg beleuchtete und sie unter den Stalaktiten über rutschige Steine kletterten, nannte man ihnen die verschiedenen Namen der Höhlen: House of Commons, House of Lords, Kingston Gallery, O'Leary's. Sie warteten darauf, dass die Spinnen, die nur hier vorkamen, aus den Spalten krabbelten, und hinterher schlenderten sie durch die Stadt, die den Höhlen ihren Namen gab. Die Hauptattraktionen waren der große, breite Platz und die georgianische Eleganz eines Obdachlosenasyls für verarmte Protestanten. Von dem einst prächtigen Schloss stand nichts mehr, es war im Sommer nach dem geplanten Brandanschlag auf Lahardane angezündet und geplündert worden.

»Eine eigenwillige Familie«, sagte ihr Vater, »diese armen verrückten Kingstons.«

Sie fuhren weiter, durch Regen, der zu feinem Niesel wurde. Männer, die den Straßengraben säuberten, grüßten sie im Vorbeifahren. Sie begegneten niemandem, bis sie in Fermoy anhielten, einer Stadt, die ihr Vater noch aus Militärzeiten kannte. »Warst du schon in Fermoy?«, hatte Ralph einmal gefragt, und natürlich hatte sie verneint. Er war an einem Mittwochnachmittag in Mr. Ryalls Wagen hingefahren, bevor er das erste Mal nach Lahardane gekommen war. Er habe die Hälfte aller Städte in der Grafschaft Cork mit dem Wagen erkundet, bevor er Lucy kennen lernte, hatte er gesagt, und sie stellte sich vor, bei ihm zu sein, mit ihm zusammen hier zu sein.

»Eine schöne alte Stadt«, sagte ihr Vater.

Gemeinsam spazierten sie über das menschenleere Pflaster, es nieselte immer noch. Süßlicher Torfqualm hing in der Luft. Auf der Straße wurden Kühe getrieben.

»Wollen wir es hier mit einem Kaffee versuchen?«, fragte ihr Vater.

Im ruhigen Clubzimmer eines Hotels tickte leise eine Uhr. Eine schwarz-weiß gekleidete Bedienung stand am Fenster, der Spitzenvorhang war leicht zurückgeschoben. Sie zogen ihre Mäntel aus und legten sie mit den Schals auf ein leeres Sofa. Dann setzten sie sich in Sessel, und als die Bedienung kam, bestellten sie Kaffee.

»Und vielleicht – wie wär's mit Keksen?«, fragte er.

»Ich bringe Ihnen Kekse, Sir.«

Die Uhr schlug zwölf. Die Bedienung kam mit einer Kaffeekanne, einem Milchtopf und einem Teller voll Keksen mit rotem Zuckerguss zurück. Ein älteres Paar trat ein, die Frau hielt den Arm ihres Partners. Sie setzten sich ans Fenster, wo zuvor die Bedienung gestanden hatte. »Wir brauchen noch Nägel«, erinnerte der Mann, als sie es sich bequem gemacht hatten. »Und Keating's Powder.«

Lucy brach einen Keks in der Mitte durch. Der Kaffee schmeckte aufgewärmt und bitter; die süße Zuckerglasur tröstete darüber hinweg. Ehen wurden nicht mehr für die Ewigkeit geschlossen. Heutzutage konnte man sich von einer Ehe freimachen, auch in Irland.

»Dieser Führer war nicht gerade der Klügste«, sagte ihr Vater.

»Nein.«

Die Bedienung brachte dem neu angekommenen Paar Tee. Es sei Markttag in Fermoy, sagte sie, und die alte Frau erwiderte, das merke man: Der Zustand der Straßen spreche Bände. Oh, wirklich schrecklich, stimmte die Bedienung zu. Um sechs Uhr morgens seien die ersten Kühe gekommen, sie habe sie gesehen. Sie sei ursprünglich aus Glanworth, sagte sie. Früher habe sie oft beobachtet, wie das Vieh die ganze Nacht auf den Straßen zum Markt nach Fermoy getrieben wurde.

»Wir sind alte Bekannte hier«, rief die Frau quer durchs Clubzimmer, und Lucy versuchte zu lächeln. Ihr Vater sagte, er sei vor langer Zeit in diesem Hotel gewesen.

»Heute ist alles vor langer Zeit«, sagte die alte Frau.

Teelöffel klapperten auf den Untertassen. Die Uhr tickte in die Stille, dann wurde das Flüstern des alten Mannes laut, weil seine Gefährtin ihm bedeutet hatte, sie könne ihn nicht verstehen. Er schäme sich, dass sie Flöhe im Haus hätten, sagte er. Ob das Geflügel sie eingeschleppt habe oder nicht, er jedenfalls schäme sich.

»Lady.«

Ihr Vater hatte schon einmal ihre Aufmerksamkeit zu wecken versucht, aber sie hatte es nicht gemerkt.

»Entschuldigung«, sagte sie.

»Am Anfang schrieb ich Briefe, aber ich habe sie nicht abgeschickt.«

Sie begriff nicht; sie wusste nicht, welche Briefe er meinte. Sie schüttelte den Kopf.

Unter den gegebenen Umständen sei es normal gewesen, sich zu erkundigen, erklärte ihr Vater, und erzählte, wie er auf jeden Brief eine Marke geklebt und ihn hinterher doch behalten hatte. Jahre später hatte er sie ins Feuer geworfen, einen nach dem anderen, und zugesehen, wie sich das geschwärzte Papier einrollte, bevor es zerfiel.

»All das«, sagte er, und dann folgte etwas über ihre Mutter, die keine Neuigkeiten aus Irland hören wollte, und wie seine Liebe ihn dazu veranlasst hatte, sie zu beschützen und ihr damit ein größeres Wunder vorzuenthalten, als die Gemälde es für sie waren. Er suchte kein Mitgefühl, sondern stellte nur diese Tatsachen dar, als wollte er sich für sein Versagen entschuldigen.

Sie nickte. In Romanen brachen Menschen aus ihrem Leben aus. Und Romane spiegelten die Wirklichkeit wider, die ganze Verzweiflung und das ganze Glück der Welt, das eine wie das andere. Warum sollte man nicht auch im richtigen Leben Fehler und Dummheiten rückgängig machen, solange es möglich war? Sein inständiges Bitten, die Gewissheit, dass ihre Beziehung das Wichtigste war, alles so oft wiederholt, die Sehnsucht, das Flehen: Wort für Wort, ob gesprochen oder geschrieben, alles wurde ein Sturzbach in Lucys Kopf, während ihr Vater schwieg und sie ebenfalls. Sie hörte, wie der alte Mann beklagte, dass die Leute nach Verlassen seines Hauses merkten, dass sie Flöhe hätten. Man müsse sich schämen.

»Ich will dir nicht verschweigen«, sagte ihr Vater, »dass die Schuldgefühle deiner Mutter zu viel für sie waren.«

»Ich bin froh, dass du mir das sagst.«

Der alte Mann stand auf. Es regne nicht mehr, sagte er, und die beiden sammelten ihre Sachen ein. Ein paar Münzen wurden auf den Tisch gelegt, und dann ging das alte Paar langsam und wieder Arm in Arm weg. Danach saßen der Captain und seine Tochter schweigend da.

Der Bagger auf Malleys Hang fuhr hin und her, immer wieder, stieß gegen Steine und hob sie, sobald sie locker genug waren, auf den Haufen. Zum Schutz vor den Kaninchen würde der Zaun völlig erneuert und der Maschendraht mindestens zehn Zentimeter tief in den Boden gegraben werden müssen. Gestern hatte Ralph die jungen Bäume bestellt. Die Eschen und Ahornbäume würden die Landschaft verändern, und man würde sie in der ganzen Umgebung sehen, wenn sie erst einmal größer und wuchtiger waren.

Dort, wo er stand, am Rand des steil abschüssigen Geländes, konnte er ein Kaninchen und dann ein zweites in einen Hügel von Gestrüpp hoppeln sehen. *Du wolltest so oft nach Lahardane kommen. Und ich war immer so dumm.* Er erinnerte sich noch haargenau an den Wortlaut, daran, wie jede Zeile auf dem einen Blatt endete, das er nur einen Tag behalten hatte. *Wäre es wirklich unrecht von uns*?

Wie sollte das gehen? Könnte er sich an den Holztisch auf dem Rasen setzen, noch einmal am Strand spazieren gehen, ihren Vater kennen lernen und dann wieder wegfahren? Der Baggermotor stotterte, bevor er wieder rund lief. Die Kaninchen hoppelten ungestört weiter.

Zufällig wäre es wieder ein Mittwochnachmittag, ein Umstand, der ihnen auffallen und den sie ansprechen würden. Die Sonne würde durch die Zweige der Kastanie scheinen, die weiße Haustür stünde halb offen. Auf dem gepflasterten Hof wäre Schweigen, und die Saatkrähen säßen starr auf den hohen Schornsteinen. Da wäre Lucys Lachen und ihr Lächeln, dazu ihre Stimme. Er würde nicht mehr fortgehen wollen. Für den Rest seines Lebens würde er dort bleiben wollen.

Der Baggerführer kletterte herunter, überquerte den Hang und sagte, er werde wiederkommen und die Kaninchen erschießen. Er wolle sie im Schweinwerferlicht des Baggers fangen und dann abknallen, man könne vielleicht hundert pro Nacht erwischen. Ansonsten würde es ewig dauern, sie loszuwerden.

Ralph nickte. »Danke«, sagte er, und der Mann zündete sich eine Zigarette an, er wollte über die Kaninchen reden und eine Pause machen. »Sie können jederzeit vorbeikommen«, sagte Ralph. Nächste Woche, versprach der Mann, und schlenderte zu seinem Fahrzeug zurück.

Nur auf ein paar Minuten, nur um kurz vorbeizuschauen. Was war schlimm daran? »Ich fahre nach Lemybrien«, könnte er sagen. »In Lemybrien sind ein paar alte Eichen gefällt worden.« Ganz beiläufig, beim Frühstück über der letzten Tasse Tee, wenn das Geschirr noch nicht abgeräumt war, könnte er sagen, dass er vielleicht dort vorbeifahren und sich das Ganze ansehen sollte. »Das Geschäft ist ohnehin flau. Ich sollte mir dieses Holz nicht entgehen lassen.« Dann würden Brote für ihn gemacht, damit er die Fahrt überstand, und er würde darauf warten, genau wie auf die volle Thermosflasche. Clonroche, dann Ballyanne, und durch Lemybrien würde er langsam fahren, denn sich zu beeilen wäre irgendwie falsch. Er würde anhalten und merken, dass er keinen Hunger auf die Brote hatte, und sich fragen, was er mit ihnen tun solle, und sie dann für die Vögel auf die Erde streuen, bevor er weiterfuhr. Ihr Vater würde ihm die Hand entgegenstrecken, wenn er hielt, und am Anfang wäre sie nicht da, und dann käme sie aus dem Haus. Er schloss die Augen, aber die Bilder blieben, und als sie verblassten, wollte er sie am liebsten festhalten.

Die Kaninchen hoppelten immer noch fröhlich herum. Der Bagger fuhr hin und her. Ein weiterer Steinbrocken landete auf dem Haufen.

»O Gott!«, presste Ralph beschwörend hervor und spürte warme Tränen hinter den Augen aufwallen. »O Gott, wo bleibt jetzt dein Erbarmen?«

7

Henry sah den Besucher und fragte sich, wer es sein mochte. Zwischen den Bäumen weit oberhalb des Hortensienrasens, wo er Zweige für Reisig brach und es zu Bündeln schnürte, war die Gestalt an der Haustür kaum mehr als ein Schatten. Er sah, wie sie durch die offene Tür ins Haus ging.

Als Lucy später am Nachmittag Pilze in die Küche brachte, sagte Bridget: »Da ist ein Mann gekommen.«

Lucy hatte die Pilze im Obstgarten gesammelt. Sie leerte sie aus einem verbeulten Körbchen auf die Abtropffläche.

»Und wer ist es?«

Bridget, die Brot backen wollte und den Teig knetete, schüttelte den Kopf. Die Klingel an der vorderen Tür habe nicht geläutet, sagte sie.

»Dein Vater hat vom Flur heruntergerufen, ich soll Tee bringen, wenn ich damit fertig bin.« Wahrscheinlich sei der Mann einfach hereingekommen, sagte sie. »Dein Vater hat gefragt, ob du da bist.«

»Ich?«

»Er wollte wissen, ob du in der Nähe bist.«

Es kam selten Besuch. Vor über einem Jahr hatte Mr. Sullivan das Autofahren aufgegeben. Der Mann, der eines Morgens gekommen war, um den Staubsauger vorzuführen, den der Captain später kaufte, war seit Monaten der erste Fremde gewesen. Wenn O'Reilly kam oder Mrs. O'Reilly an Weihnachten mit einer Flasche oder der Mann vom Elektrizitätswerk, um den Zähler abzulesen, kamen sie nicht an die vordere Tür. Manchmal, wenn auch nicht oft, kam der Postbote erst spät am Tag, aber ihn hätte man nicht zum Tee in den Salon eingeladen.

»Das Wasser steht schon auf dem Herd«, sagte Bridget und wischte sich die mehligen Hände an der Schürze ab. »Ich bringe ihnen den Tee.«

Mehr wagte sie nicht zu sagen. Hatte Bridget eine Stimme gehört? Hatte sie irgendwelche Gesprächsfetzen aus dem Salon gehört, ehe die Tür geschlossen wurde? Lucy fragte nicht. Schauer der Erregung liefen ihr kühl und angenehm über den ganzen Körper und brannten leicht auf ihrer Haut. Wer wäre sonst einfach ins Haus gekommen?

Henry trug seine Reisigbündel in den Schuppen, der früher, als sie noch größere Mengen an Hühnern und Truthähnen hielten, als Futterkammer gedient hatte. Er löste die Schnur, die er zum Binden benutzt hatte, und streifte sie ab. Dann stapelte er das Holz ordentlich auf den bereits aufgeschichteten Haufen.

»Wer ist da gekommen?«, fragte er in der Küche, während er Reisigreste vom Pullover zupfte.

Bridget sagte, sie wisse es nicht, und füllte zwei Blechformen mit der zubereiteten Teigmischung.

Sie öffnete die Ofentür. Das Tablett mit den Teesachen für den Salon stand bereit, der Kessel auf dem Herd begann zu pfeifen.

»Schöne Pilze sind das«, sagte Henry und nahm einen von der Abtropffläche neben dem Spülbecken.

Lucy kämmte ihr Haar in ihrem Zimmer und ließ sich dabei Zeit. Ihre Augen blickten sie so hell und eindringlich aus dem Spiegel der Frisierkommode an, dass sie fast einer Fremden zu gehören schienen. Ihre Lippen waren zu einem leichten Lächeln geöffnet; sie hielt die Bürste mit dem Elfenbeingriff in der Hand und kämmte noch immer ihr offenes Haar. Beide Köpfe würden sich umdrehen, wenn sie das Tablett hineinbrachte. »Nun haben wir uns schließlich doch kennen gelernt.« Sie hörte die Worte, aber nicht die Stimme, von der sie gesprochen wurden; wahrscheinlich war es ihr Vater.

Eigentlich konnte es nicht schaden, einen Blick aus dem Fenster zu werfen und nach dem Auto zu sehen, mit dem er gekommen war, auch wenn sie es nicht kennen würde, und das alte Auto mit dem Notsitz konnte es natürlich nicht mehr sein. Doch als sie hinaussah, entdeckte sie keinen Wagen.

Sie wechselte Rock und Pullover gegen ein Kleid. Ob er vielleicht mit dem Zug nach Enniseala gefahren war? Oder nach Dungarvan, das wäre kürzer. Sie versuchte sich zu erinnern, ob Dungarvan einen Bahnhof hatte. Wahrscheinlicher war es, dass er mit dem Bus nach Waterford, dann weiter nach Creally's Crossroads gefahren und den Rest zu Fuß gegangen war; das hätte über eine Stunde gedauert, war aber letztendlich schneller als mit dem Zug, falls es einen gab.

Sie band den Gürtel an ihrem Kleid zu und suchte eine Halskette. Wieder vor dem Spiegel, wischte sie den alten Lippenstift ab und legte einen anderen Farbton auf. Ob er ihrem Vater gegenüber Hemmungen hatte? Würde ihr Vater ihn mögen? Man musste ihn einfach mögen; trotz des Ärgers, den sein Besuch nach sich zog, würde ihr Vater wollen, dass sie glücklich wird. Ihr Vater würde wollen, dass alles wieder in Ordnung kommt.

Sie tupfte etwas Puder auf die Wangen. Ihre anfängliche Röte war jetzt verschwunden. Sie fragte sich, ob Bridget ihre Gedanken erraten und ihre vorübergehende Verwirrung bemerkt hatte. Sie fragte sich, ob er sich wohl verändert hatte.

Leise schloss sie die Tür hinter sich und ging nach unten. Bridget und Henry sahen sie überrascht an, als sie in die Küche trat. Bridget hatte gerade die große braune Schüssel, die sie zum Mischen der Brotzutaten benutzte, auf das Regal zurückgestellt, und Henry stand mit dem Rücken zum Herd.

»Hast du schon den Tee aufgegossen?«, fragte sie Bridget, und diese verneinte.

»Dann mach ich es.«

Wahrscheinlich schockierte es die beiden, dass er einfach ins Haus kam. Und dass sie sich für ihn, einen verheirateten Mann, herausputzte, war noch schockierender. Sie hatte nicht bedacht, wie es auf das alte Paar mit seinem schlichten, unkomplizierten Leben wirken könnte.

Sie goss den Tee auf. Bridget hatte Butterbrote geschmiert und in einen Kuchen, der aus Kilauran stammte und von dem nur noch die Hälfte übrig war, noch etwas Marmelade gefüllt. Vor dem Haus stehe ein Fahrrad, sagte Henry, und Lucy stellte sich vor, wie der Schaffner es bei Creally's Crossroads vom Dach des Busses herunterreichte und Ralph es mit ausgestreckten Armen in Empfang nahm. Natürlich war er mit dem Fahrrad gekommen, denn er wusste ja, wie weit es von der Kreuzung nach Lahardane war.

»Das ist nett, Bridget«, sagte sie und nahm das Tablett. Sie trug es aus der Küche über den Flur in die Eingangshalle. Die Haustür stand immer noch offen. Ihr Vater hatte die

Angewohnheit, sie nie zu schließen, selbst dann nicht, wenn es kalt war. Sie sah den Hinterreifen des Fahrrads, als sie das Tablett auf den langen Tisch stellte, der seit der Rückkehr ihres Vaters mit allem Möglichen überladen war. Es war seine Ablage für den weißen Hut, den er bei sonnigem Wetter trug; hier landete seine Krawatte, wenn er auf dem Weg in den Obstgarten war, um dort zu arbeiten. Rechnungen hatten sich dort angesammelt, zusammen mit ihren braunen Umschlägen. Kleingeld und Schlüssel lagen verstreut herum.

Vor dem Spiegel, der im Alkoven am Fuß der Treppe hing, zupfte sie den Kragen an ihrem Kleid zurecht und strich eine Haarsträhne zurück. Dann öffnete sie die Salontür und balancierte das Teetablett auf dem freien Arm.

»Ich hab das Fahrrad gesehen, als ich aus dem Wald gekommen bin«, sagte Henry in der Küche. »Wahrscheinlich gehört es Sergeant Foley, dachte ich mir.«

»Was will Foley denn hier?«

»Es ist nicht seines. Ich hab es mir genauer angesehen.«

Henry beschrieb das Fahrrad: den mattschwarzen Rahmen, die verbogenen Schutzbleche, die schwere Spiralfederung des Sattels, die vorn herausragte. Bridget hörte nicht zu. Er habe es für das des Sergeants gehalten, sagte Henry, weil es wie ein Polizeifahrrad aussehe.

»Dann dachte ich, es gehört vielleicht dem jungen O'Reilly. Bis ich einen Blick ins Fenster warf.«

Bridget hielt im Waschen ihres Backbretts inne. »Dann ist es gar nicht der, den sie meint?«

Henry schüttelte langsam den Kopf. »Ich kann dir sagen, wer es ist«, erwiderte er.

»Komm herein, komm nur, Lady«, sagte ihr Vater.

Der Mann, der im Sessel am Tivolitisch saß, sah nicht in ihre Richtung. Er wirkte nervös, die Finger der einen Hand rieben die Knöchel der anderen, und er hielt den Kopf schräg geneigt. Sein Anzug war aus schwarzem Serge, an einem Revers steckte das Abzeichen der Pioneer-Bewegung gegen Alkoholmissbrauch. Die Krawatte war fest in einen schäbigen Kragen gebunden. An den Umschlägen der dunklen Sergehose steckten noch Fahrradklammern.

»Tee.« Sie quälte das Wort aus sich heraus und sah, dass der Mann den Kopf gehoben hatte und sie anstarrte. Sein Blick war ausdruckslos, die hageren Gesichtszüge ließen ihn entrückt wirken. Seine Hände fassten nach unten und entfernten die Fahrradklammern.

»Ah, der Tee«, sagte ihr Vater, und die Tassen klapperten, als sie auf die Untertassen gestellt wurden. »Oder möchten Sie lieber ein Glas Whiskey, Mr. Horahan?«

Whiskey könne er nicht annehmen, sagte der Mann und schien nicht wahrzunehmen, dass Tee gebracht worden war. Ihr Vater sagte, die Schulter des Mannes sei in Ordnung, und erzählte ihr, er habe ihn danach gefragt und erfahren, die Verletzung sei ihm nie hinderlich gewesen. In der Eingangshalle habe er den Besucher zunächst nicht erkannt, fuhr ihr Vater fort, aber als er den Namen hörte, habe er sofort Bescheid gewusst. »Mr. Horahan«, sagte ihr Vater und fügte hinzu, dass er ihm eben erklärt habe, man solle Vergangenes ruhen lassen.

Sie verstand überhaupt nichts. Sie kannte den Mann nicht. Sie begriff nicht, was da geredet wurde. Sie hatte den Mann noch nie gesehen.

»Ein Mineralwasser, wenn Sie eins haben«, sagte er und zeigte auf das Abzeichen an seinem Revers.

In diesem Augenblick drehte sie sich um und ging aus dem Zimmer. Sie hörte ihren Vater hinter sich herrufen. Er öffnete die Tür, die sie geschlossen hatte. Er rief sie noch einmal und sagte, es sei alles in Ordnung. Aber sie war bereits draußen und rannte über den Kies.

»Aber um Himmels willen«, wiederholte Bridget zerstreut, »was will er denn? Wieso kommt er hierher?«

Sie griff nach dem Rosenkranz, der oben auf dem Kaminsims lag. Sie schloss die Augen und lehnte sich an die Wand, ihr Gesicht so weiß wie das Mehl, das noch immer ihr schwarzes Kleid bepuderte.

Henry, der sich einen Stuhl vom Tisch herangezogen hatte, sah zu, wie ihre Finger an den Perlen nestelten und ihre Lippen lautlos beteten. Dann ertönte die Salonglocke an der Spiralfeder. Bridget öffnete die Augen. Sie könne dieses Zimmer nicht betreten, sagte sie, und Henry ging an ihrer Stelle. Es war das erste Mal, dass außer an der Haustür wieder eine Glocke im Haus geläutet hatte, seit der Captain und seine Frau vor dreißig Jahren abgereist waren. Dieser Gedanke drang in Bridgets Bewusstsein und schob sich durch ihre verwirrten und empörten Gefühle.

»Er ist Alkoholgegner und will Limonade«, sagte Henry, als er zurückkam, und wühlte in einem der Wandschränke nach Limonadepulver.

»Das ist schon alt«, sagte Bridget, als er eine Flasche fand, in der noch ein Rest war.

»Macht nichts.« Henry kippte den Rest in ein Glas und füllte es mit kaltem Leitungswasser auf. Es müsse heiß sein, sagte Bridget, damit sich die Kristalle auflösten.

»Aber um Himmels willen«, rief sie plötzlich aus, »was

denken wir uns eigentlich, diesem Mann Limonade zu geben?«

»Ich fürchte, Sie haben meine Tochter aus der Fassung gebracht«, sagte der Captain im Salon. »Als ich Sie mit hereinnahm, wusste ich, ehrlich gesagt, immer noch nicht, wer Sie sind.«

»Zurzeit bin ich ohne Arbeit, Sir. An dem Tag, als Sie mit Mr. Sullivan auf der Promenade waren, hatte ich gerade in der Kaserne aufgehört.«

»Sie waren Soldat?«

»An dem Tag, als ich Sie sah, war ich arbeitslos. Dann fand ich Arbeit bei Ned Whelan. Er hat mich wegen meiner Erfahrung beim Straßenbauen in der Kaserne genommen.«

Henry brachte die Limonade, aber der Captain hatte den Eindruck, dass sie nicht mehr verlangt wurde. Der geschwätzige Mann, der in der Eingangshalle umhergestreift war, verstummte abrupt. Er verkroch sich in seinem Sessel, als Henry auf ihn zuging. Henry wusste nicht, was er tun sollte, und stellte das Glas auf den Boden.

»Wir sind in der Küche, falls Sie wieder klingeln sollten«, sagte er, bevor er ging. Er hatte seinen Hut abgenommen und blickte besorgt zurück, ehe er die Tür schloss.

»Wer ist dieser Mann, Sir?«

»Henry arbeitet bei uns.«

»Bei Fremden bin ich vorsichtig, Sir.«

»Mr. Horahan, warum sind Sie hierher gekommen?«

»Ned Whelan hat mich vor zwei Tagen entlassen, Sir. Das sag ich Ihnen nur, damit Sie Bescheid wissen, Sir. Wie es um mich steht, Sir.«

Der Captain trank die Tasse Tee, die er sich eingeschenkt hatte. Dann sagte er, er sei etwas ratlos.

Sein Besucher sei willkommen, fügte er hinzu; man solle die Vergangenheit ruhen lassen, wiederholte er; er wolle keineswegs ungastlich sein. Dennoch sei er ratlos.

»Die Zeit hat uns einen Strich durch die Rechnung gemacht, Mr. Horahan. Aber trotz allem wäre es besser gewesen, Sie wären nicht hierher gekommen.«

Bei diesen Worten kam ihm der Gedanke, dass der Mann womöglich Arbeit suchte, denn er hatte ja gesagt, er sei arbeitslos. Es wäre seltsam, wenn er deshalb gekommen war, wenn er, nachdem er einmal das Haus hatte abbrennen wollen, nun mit einem solchen Anliegen zurückkehren würde. Obwohl es ihm unmöglich schien, sagte der Captain: »Leider können wir Ihnen hier nichts anbieten. Falls Sie an Arbeit dachten.«

Er bekam keine Antwort darauf, weder eine ablehnende noch eine anders geartete. Ein längeres Schweigen trat ein, und dann sagte der Besucher: »Wir drei haben unten am Musikpavillon geraucht, und da sag ich, warum machen wir sie nicht fertig? Das war mein Vorschlag, und als Nächstes haben wir Mr. Fehilly gefragt, ob er uns hilft.«

»Das ist alles lange her.«

»›Vergiftet die Hunde‹, sagt er. ›Als erstes vergiftet ihr die Hunde. Mr. Fehilly hat uns das Mittel gleich gegeben. Er besorgt uns auch die Fahrräder, hat er gesagt. ›Schaut euch die Umgebung an‹, sagt er. ›Geht erst hin, wenn es dunkel ist.‹ Mr. Fehilly ist für Irland zum Krüppel geworden, Sir. Kaputte Knochen hatte er im Rücken. An der Hand haben ihm zwei Finger gefehlt. ›Mal sehen, was wir an Benzin haben‹, sagt er, und die Kanister waren draußen hinterm Haus, in einem ausgetrockneten Graben. ›Deckt sie bloß gut zu‹, sagt er immer wieder. Er gibt uns einen alten Regenmantel, um die Kanister abzudecken, nachdem wir sie an der Fahrradstange befestigt haben. ›Kehrt nirgendwo ein und seid vorsichtig, wenn ihr stehen bleibt und eine raucht.‹ Wir mussten alles so lange wiederholen, bis es saß. Wirf eine Scheibe ein, greif dir innen den Haken. Zieh das Schiebefenster hoch, und rein mit dem Benzin. Gieß es auf die Vorhänge. Gieß es auf alle herumliegenden Kissen, damit die Federn Feuer fangen. Zieh die Klingelschnur, weck das Haus auf. Warte, bis oben Licht angeht, bevor du das Streichholz anreißt. Nimm die Streichholzschachtel mit zurück. Lass sie keinesfalls dort liegen.«

»Trinken Sie Ihre Limonade, Mr. Horahan, seien Sie ein guter Mann. Lassen wir das alles auf sich beruhen.«

Der Captain erhob sich.

»Da ist einiges, was Sie nicht wissen, Sir«, sagte der Besucher.

»Nun ja, mit Sicherheit, aber dennoch sollten wir alles auf sich beruhen lassen.«

»Ein Laienbruder hat uns immer gesagt, in dem großen Haus, da wohnt der Feind. Haben Sie schon mal von den Whiteboys gehört, Sir?«

»Aber natürlich.«

»Dann kamen die Ribbonboys. Und danach die Heckenschulen. Dieser Bruder hat uns alles erklärt. Wie ein Whiteboy sich einen Namen aussucht – Schlitzer oder Sensenmann, Wagehals oder Feuerteufel, was ihm gerade einfällt. Wie der Name weitergegeben wird, wenn ihn ein Junge ablegt. Ich war einige Jahre Soldat, Sir.«

»Verstehe.«

»Ich bin wegen meiner Träume in die Armee eingetreten, Sir.«

»Aha.«

»Aber ich hab mich in der Kaserne nie eingelebt. Seit

dem Vorfall habe ich mich nirgends mehr einleben können, Sir, obwohl ich eine Zeit lang Ruhe hatte. Am Bahnhof war nur dann Aufregung, wenn der Zug aus Cork Verspätung hatte. Er brachte die Kinder im August in die Sommerfrische nach Enniseala. Mr. Hoyne machte seine Bilder auf dem Sand, und die Farben waren von der Flut fortgespült, bevor die Augustkinder kamen. Im selben Monat hatten die Pierrots einen Weidenkorb mit einem Deckel dabei, und den hab ich für sie auf dem Kofferkuli über den Bahnsteig geschoben, und dafür gab's ein Trinkgeld. Ein andermal sind die Jungen von der Boys' Brigade auf dem Bahnsteig marschiert, und ich hab dagestanden und ihnen zugesehen. Es waren nur ein paar, sie hatten ihre kleinen Trommlermützen auf. Solche Mützen hab ich seither nie mehr gesehen, Sir. Gibt es sie nicht mehr?«

»Vielleicht.«

»Am Anfang war es gut auf dem Bahnhof. Ich hatte ein Mädchen, und wir sind oft runter zu den Schwänen. Aus der Hütte, wo man Zigaretten kaufen konnte, kam immer ein kleiner weißer Hund gerannt und hat nach ihren Füßen geschnappt, und dann hat sie ihn geschimpft wie ein kleines Kind. ›Schau dir das an‹, sag ich zu ihr und zeig ihr die Schulter. Hab den tollen Hecht raushängen lassen, wie man es eben macht, wenn man in ein Mädchen verknallt ist. Oh, ich war wirklich verknallt in sie. ›Woher hast du das?‹, fragt sie, und ich erzähl es ihr, und sie sagt, sie hätte nicht gedacht, dass ich zu den Burschen gehöre, die sich auf solche Sachen einlassen. Um ehrlich zu sein, man konnte die alte Narbe gar nicht mehr richtig sehen, aber jedenfalls bin ich danach nie mehr mit ihr zu den Schwänen gegangen. Ich hab nach ihr Ausschau gehalten, aber sie war nicht da. Wenn ich sie bei der Messe gesehen hab, ist sie davongelaufen.«

»Oh. Das tut mir Leid.«

»Ich hab es erst begriffen, als die Träume anfingen. Erst dann ist mir die Wahrheit bewusst geworden, Sir. Seitdem bin ich nicht mehr unbeschwert. Ich hatte Angst vor den Träumen, Sir.«

Der Captain fragte sich, ob Horahan schon früher zum Haus gekommen, ob er in den Jahren seiner eigenen Abwesenheit jemals zu Besuch war. Wenn ja, hatte man es ihm nicht erzählt, und er fragte sich kurz, ob man es ihm bewusst verschwiegen oder nicht darüber gesprochen hatte, wie man es manchmal bei Handlungen von Gestörten tat. Aber weder das Verhalten seiner Tochter, als sie vorhin im Raum gewesen war, noch Henrys ließen darauf schließen, dass es so war.

Die verkrampfte Haltung, die der Exsoldat im Sessel eingenommen hatte, bestätigte das Unwohlsein, von dem er sprach. Von Zeit zu Zeit, wenn ein Schweigen eintrat oder er seine bruchstückhafte Erzählung fortsetzte, berührte er mit den Händen seine Kleider an verschiedenen Stellen, als würde er etwas suchen. Dann standen sie abrupt still, und die Knöchel der einen Hand rieben wieder die Finger der anderen. Seine zusammengekniffenen Augen waren ständig auf den Boden gerichtet, auf die Teppiche, die einen Großteil der breiten Dielen bedeckten, auf die Ecken der Täfelung.

»Vielleicht haben Sie es nicht gewusst, Sir. Aber die zwei anderen sind fortgezogen.«

»Welche anderen zwei meinen Sie, Mr. Horahan?«

»Sie sind schon sehr lange fort.«

»Sie meinen die Jungen, die damals in der Nacht mit dabei waren? Sie sagen, die sind ausgewandert?«

Der Captain erinnerte sich an das Bedauern und die

Angst, die ihn erfasst hatten, als er sah, dass er einen der auf dem Gras stehenden jungen Männer verwundet hatte, und an seine Erleichterung, als der Verletzte nicht gestürzt war. Der junge Mann war ein paar Schritte vorwärts gestolpert, bevor seine Gefährten ihn stützten.

»Es war ein Versehen«, sagte er. »Ich wollte niemanden verletzen. Das Ganze tut mir Leid.«

Er zündete einen Zigarillo an und ging durch den Raum, um sich, da er das Bedürfnis danach verspürte, einen Whiskey einzuschenken. Unterwegs erhaschte er einen Blick auf das Fahrrad, das in der Nähe eines Fensters lehnte, und er fragte sich, ob es das gleiche war, das man schon zweimal für die Fahrt nach Lahardane benutzt hatte. Er fragte sich auch, wie Horahans Gefährten ihn in der Nacht, als er verletzt worden war, nach Enniseala zurückgebracht hatten. Mit drei Fahrrädern dürfte es keine leichte Angelegenheit gewesen sein. Er schenkte sich mehr Whiskey ein als beabsichtigt, dann ging er langsam zu seinem Stuhl zurück.

»Niemand will darüber sprechen, Sir. Das Mädchen, mit dem man ging, sprach nie darüber, weil es zu schrecklich ist, um es jemandem zu sagen. Genauso wie die Leute in Enniseala immer noch nicht darüber sprechen. Auch in den Läden nicht. Weder meine Mutter, Gott hab sie selig, sprach davon noch die Soldaten im Feldlager. Und kein Mann, der für Ned Whelan arbeitet, würde es laut sagen, Sir.«

»Und was wollen alle nicht sagen, Mr. Horahan?«

Der Captain sprach leise, denn er hielt es bei diesem Gespräch für angebracht. Er erinnerte sich an die eben erwähnte Mutter: ihr kalter Blick, schlampig gekleidet, mit Filzpantoffeln. Sie war genauso feindselig gewesen wie ihr Mann, obwohl sie nichts gesagt hatte.

»Im Kino gingen die Lichter an, bevor das Soldatenlied

kam. Wenn die Menge nach draußen strömte, wurde nichts gesagt. Von keinem Mann, von keiner Frau. Nach dem Exerzieren im Kasernenhof war es auch immer das Gleiche. Und beim Essenfassen wurde auch nichts gesagt. Die Muttergottes hat Sie zurückgebracht, Sir.«

Der Captain wurde plötzlich von einem Mitleid erfasst, das ihn selbst überraschte, und er stellte sich diesen kranken Mann in der Kaserne vor, fremd und einsam auf einem Exerzierplatz, das Getuschel hinter seinem Rücken, und wie er sich im Schlaf gegen die ängstigenden Träume wehrte. Er sah ihn vor sich, wie er im Kino von Enniseala strammstand, während die Nationalhymne gespielt wurde. Ob sich die leere Leinwand, auf die er starrte, mit seinen quälenden Hirngespinsten füllte? Sah er sie auch auf der Straße, am Meer, an den Ufern der Flussmündung mit den Schwänen?

»An dem Tag, als Sie auf der Promenade spazieren gingen, hat die Muttergottes zu mir gesprochen.«

Ein paar Bienen schwebten über den Stöcken, die meisten arbeiteten im Inneren. Die Bienen stachen sie nie, aber einmal war eine Wespe in ihrem Schuh gewesen, als sie ihn anzog, und ihre Mutter hatte etwas Kaltes auf die Stelle gerieben und ihr den ganzen Vormittag aus dem grünen Grimm-Märchenbuch vorgelesen. Und viel später, als ihre Mutter nicht mehr da war, hatte Henry in einem Spalt an der Birnbaummauer ein Hornissennest gefunden. »Manchmal glaube ich, der Strand oder die Stelle mit den Trittsteinen im Bach«, hatte sie gesagt, als Ralph sie fragte, was ihr liebster Platz sei. »Und manchmal glaube ich, der Obstgarten.« Sie hatten Beauty-of-Bath-Äpfel gepflückt, und jetzt waren sie wieder reif, hell- und dunkelrot gestreift wie Hannahs Wangen, als sie sie zum letzten Mal gesehen hatte.

Auf den schwarzen Johannisbeersträuchern in der sonnigen Ecke lagen Bridgets Geschirrtücher zum Trocknen. Steif wie Pappe waren sie inzwischen. Lucy nahm sie ab, damit sie nicht nass wurden, falls es später regnete.

Einer der Schäferhunde trottete im Hof zu ihr herüber. Sie streichelte den weichen, dunklen Kopf und spürte, wie er sich an ihre Schenkel schmiegte. Früher, als im Futterschuppen noch Feuer gemacht wurde, hatte sie im Winter oft davor gesessen, so wie Bridget es ihren Erzählungen nach als Kind immer getan hatte. Dorthin ging Lucy jetzt, in das schattige Dunkel. Seit der Schuppen für andere Zwecke benutzt wurde, war kein Feuer mehr gemacht worden. »Wollen wir das Holz hier lagern?«, hatte Henry sie gefragt und so getan, als sei ihre Meinung wichtig. Damals war sie elf gewesen.

Sie setzte sich auf einen Stuhl, der in der Küche gestanden hatte, bis die Lehne abfiel. Der Schäferhund war nicht mit ihr hereingekommen, sondern an der Tür vor der kalten Luft zurückgewichen. Sie hörte Henrys Schritte im Hof, und er sagte, der Besucher sei Horahan. Aber sie wusste nicht, wer Horahan war, wusste nur, dass es der gleiche Name war, den ihr Vater genannt hatte. Sie fragte Henry, und er erzählte es ihr. Er nahm ihr die Geschirrtücher ab und sagte, er sei ohnehin auf dem Weg in die Küche.

»Horahan ist nicht mehr ganz dicht«, sagte er.

Sie stand in der Tür zum Futterschuppen und sah zu, wie Henry über den Hof zum Haus ging. Es spielte keine Rolle, dass der Mann, der an allem die Schuld trug, nach Lahardane gekommen war, es spielte keine Rolle, dass er nicht mehr ganz dicht war. Hatte sich Ralph auf den Weg gemacht? War er wenigstens ein kleines Stück gefahren? Heute, an diesem Nachmittag? War das der Grund für ihre starken Gefühle? Stand vielleicht gerade jetzt ein Auto rückwärts in einem Torweg geparkt an einer leeren Straße, wendete dann, um wieder wegzufahren?

»Ja«, flüsterte sie und war sicher, dass zumindest das von ihrer gemeinsamen Vergangenheit übrig geblieben war. »Es war heute.«

Sie ging wieder in den Obstgarten und in den verwilderten Teil des Grundstücks. Sie fühlte eine Müdigkeit in ihrem Körper, als wäre sie mit einem Mal alt geworden. Er wusste es. Er wusste, dass sie für ihre Dummheit litt. Eines Tages käme ein reuevoller Brief an sie, und sie würde wieder schreiben wollen und es versuchen, aber vielleicht könnte sie es dann nicht mehr.

Sie fragte sich, ob der Mann, der an Ralphs Stelle gekommen war, inzwischen gegangen war, doch als sie vom Garten in den Hof kam und durch den Torbogen vors Haus gelangte, stand das Fahrrad noch da. In der Eingangshalle hörte sie Stimmen. Sie hätte umdrehen oder nach oben gehen können. Aber irgendetwas hielt sie davon ab.

»Möchtest du einen Drink?«, fragte ihr Vater im Salon. »Ansonsten dürfte der Tee noch warm sein.«

Sie schüttelte den Kopf. Aus seinem Blick schloss sie, dass er annahm, sie sei mittlerweile informiert, wer der Mann war, den er im Haus angetroffen hatte. Sie fragte sich, wann es ihm selbst klar geworden war. Sie fragte sich, warum er ihn nicht weggeschickt hatte.

»Mr. Horahan war Soldat«, sagte ihr Vater.

Das unfertige Stickbild mit den Gestalten am Strand lag auf der Sofalehne, ein hellblauer Faden hing aus einem Nadelöhr. Farben fehlten, die sie bestellt hatte, hier und da waren noch leere Stellen. Sie rollte den Stoff zusammen, sicherte ihn mit der Nadel und legte ihn zurück in die Stickschublade.

»Bleib bei uns, Lady«, sagte ihr Vater.

Sie sah zu, wie er sich nachgoss. Er schenkte auch ihr einen Whiskey ein, obwohl sie eben abgelehnt hatte. Er brachte ihr das Glas, und sie dankte ihm. Ein Vogel stieß gegen eine Fensterscheibe und flatterte aufgeregt mit den Flügeln, bevor er sich erholte und davonflog.

Der Mann murmelte etwas vor sich hin.

Als er die Fenster im Irrenhaus strich, war plötzlich ein Insasse da, vielleicht auch zwei oder drei, und sie schüttelten einem die Hand durch die Gitter und fragten, ob ein bisschen Kitt übrig sei, worauf er ihnen ein paar Kugeln zusammenrollte und sie innen aufs Fenstersims legte. »Oh, ich weiß, wer du bist«, sagte irgendwann einer, und die anderen brüllten laut und wollten es auch wissen. »Kenne ich Sie nicht?«, sagte auch der Sergeant auf dem Exerzierplatz, und ein Mann, der aus Phelans Bar kam und einen sitzen hatte, sagte es ebenfalls. »Noch ein Krüppel für Irland«, sagte einer der Burschen, und die Vorhänge wehten aus den Fenstern und loderten am Himmel.

»Jeden Tag zünde ich eine Kerze für das Kind an.«

Er hob die Augen und sah sich im Zimmer um, in dem nichts repariert worden war, man hatte nicht einmal neue Scheiben eingesetzt oder die geschwärzten Wände gesäubert. Die Möbel waren noch da, fast völlig verkohlt, und überall auf dem Boden lagen Glassplitter, die Vorhänge hingen in Fetzen herunter. »Los, beeil dich«, sagten seine Kumpane. »Los, dreh dich nicht um.«

Die Splitter schnitten ihn, als er niederkniete. Blut lief ihm warm übers Bein, als er wieder aufstand, und er sagte, es tue ihm Leid, dass er noch mehr Blut in das Zimmer gebracht habe.

»Es sind bloß Schatten«, sagte er, um seine geistige Abwesenheit zu erklären. Es seien nur Schatten im Rauch, wenn er zurückblickte und Leute den Leichnam trugen.

»Das ist meine Tochter, Mr. Horahan. Meine Tochter ist das Kind, das damals hier war.«

Oben schlug leise eine Tür, wie manchmal, wenn ein Windstoß vom Meer kam und das Schloss klapperte, weil es locker saß. In der Stille des Zimmers wollte Lucy sagen, dass sie den Mann, den sie liebte, hätte heiraten können, dass ihre Eltern aus dem Haus vertrieben worden waren, dass ihre Mutter sich nie von dem Unglück erholt hatte. Es war die Wahrheit. Sie war in den Salon gekommen, um es auszusprechen, denn mehr gab es nicht zu sagen, aber sie brachte die Worte nicht über die Lippen. Die Blumen, die sie zuvor in die Vase gestellt hatte, weiße Glockenblumen, wirkten blass vor der sonnenvergilbten Tapete. Rauch schlängelte sich träge vom Zigarillo ihres Vaters empor.

»Ein schöner Abend für Ihre Rückfahrt«, sagte ihr Vater.

Lucy glaubte, sich verhört zu haben, so absurd kam ihr diese Höflichkeit vor. Wieder verspürte sie den Drang, von der Zerstörung in ihrem Leben zu sprechen, von Angst und Chaos, wo früher nur Glück war, von dem Schmerz. Aber ihre Wut fiel erneut in sich zusammen und konnte nicht ausbrechen.

»Tja, nun«, sagte ihr Vater und ging zur Tür, öffnete sie und blieb dort stehen. »Kommen Sie gut nach Hause«, sagte er in der Eingangshalle.

Sie begleitete ihn, als hätte er sie darum gebeten, aber das hatte er nicht. Draußen fiel die Sonne schräg über den Kies und die Vordertreppe. Das Meer in der Ferne war ruhig. Sie hätte weinen können, aber sie hatte es früher nicht getan und tat es auch jetzt nicht; sie fragte sich, ob sie es jemals wieder tun würde. Einen Augenblick lang sah sie dem Mann ins Gesicht, der nach so langer Zeit zurückgekommen war, und entdeckte dort nur Wahnsinn. Seine Rückkehr war bedeutungslos, brachte weder die Vergangenheit noch die Gegenwart in Ordnung; nichts erhielt dadurch einen Sinn.

»Jeden Tag zünde ich die Kerze an«, sagte er.

»Natürlich«, sagte ihr Vater. »Gewiss.«

Die Fahrradklammern wurden sorgfältig festgesteckt, und dann radelte der nachmittägliche Besucher davon, eine schlaksige Gestalt auf einem großen Fahrrad. Sie sahen zu, wie er auf der Allee entschwand, und als ihr Vater sagte, es tue ihm Leid, entnahm sie seinem Tonfall, dass er wusste, weshalb sie sich schön gemacht hatte.

Schweigend gingen sie ein kleines Stück die Allee entlang, doch dann brach der Zorn aus ihr heraus, machtvoll, wie von einer eigenen Kraft getrieben, kämpfte er sich aus ihrer Müdgkeit empor. Sie schrie dem Mann hinterher, ihr Schmerz hallte in den Bäumen der Allee wider, und als ihr Vater sie an sich zog, fielen ihre Tränen auf seine Kleider.

»Schon gut, schon gut«, hörte sie ihn murmeln, nur die beiden Worte, einmal und dann noch einmal.

8

Henry und Bridget litten noch nicht ernsthaft unter den Gebrechen der Älteren, die sie später beeinträchtigen sollten. Als ihre Schmerzen einsetzten – Henrys Knie, Bridgets Schulter, wenn es feucht war –, vertrauten sie auf Gott; als Henry eines Tages in seiner Werkstatt ein Stechen in der Brust spürte, blieb er stehen und wartete, bis es vorüberging. Bridget war auf einem Ohr taub geworden, behauptete aber, das andere würde ihr genügen.

Ein größeres – und unerwartetes – Unglück kam mit der Erklärung der Molkerei, die Milch von Lahardane sei verseucht. Später wurde festgestellt, dass die Herde von Tuberkulose befallen war: Nach der Zwangsschlachtung blieben nur noch acht Kühe übrig. Seit seiner Rückkehr hatte der Captain Henry beim Melken geholfen, obwohl er darin nicht sehr geschickt war. Dies und alles, was sonst dazu gehörte – zweimal pro Tag die Kühe zum Melken in den Kuhstall treiben, die Milchkannen auskochen, die Milchkammer mit dem Schlauch ausspritzen –, wurde allmählich zu viel für zwei alte Männer, wie zuvor für Henry, als er noch allein war. Er hatte sich angestrengt und kam mit Unterstützung des Captains besser zurecht, aber dennoch erklärte er, dass die acht verbliebenen Kühe zu viel waren, wenn man keine Milch mehr an die Molkerei lieferte, und zu wenig, wenn man es weiterhin tun würde. Die drei mit dem besten Milchertrag wurden behalten, der Rest verkauft.

Damit ging unwiderruflich etwas zu Ende. Wahrscheinlich war es ein ähnlicher Schlusspunkt gewesen, dachte Bridget, als vor Generationen ein Großteil der Weideflächen von Lahardane beim Kartenspiel an die O'Reillys fiel. Henry litt darunter, dass er durch einen Unglücksfall seine tägliche Arbeit verloren hatte, auch wenn sie ihm zusehends schwerer gefallen und die Herde auf seinen Vorschlag hin reduziert worden war. Wie es jetzt aussah, könnten drei Kühe nicht Sommer für Sommer das zur Verfügung stehende Gras fressen. Die Wiesen würden verkommen, Disteln würden sich ungehindert selbst aussäen und Nesseln sich ausbreiten. Er würde all dem hilflos zusehen, ohne das Herz oder die Kraft, dem Ganzen mit der Sense zu Leibe zu rücken. »Lass es«, lautete Bridgets Rat.

Es hatte keinen Sinn, sich dagegen zu wehren und sich draußen im Regen den Tod zu holen, wie es einem jungen Mann nie passieren würde. Immer wieder war Henry bis auf die Knochen durchnässt von den Feldern in die Küche zurückgekommen, wo Bridget seine nassen Kleider an die verstellbare Wäscheleine gehängt hatte. Von fünf Uhr morgens bis in die Dunkelheit hatte er im Sommer mit der Sichel oder seinem langstieligen Haken gearbeitet und die Hecken gestutzt. Jeden März, wenn das Gras auf dem Hortensienrasen zu wachsen begann, hatte er den Winterrost vom Rasenmäher gekratzt und die Achse geölt. Das tat er immer noch.

»Ach nein, Sir, wirklich nicht.« Bridget hielt nichts von dem Vorschlag des Captains, eine Frau aus Kilauran zu engagieren, um ihr im Haus zu helfen. So wie Hannah früher immer gekommen sei, drängte er, aber Bridget sagte, eine fremde Frau im Haus würde mehr Ärger bringen als Nutzen. »Wir kommen wirklich sehr gut zurecht«, hatte sie gesagt.

Der Captain wusste, dass es nicht stimmte. Sie lebten stur in ihrem Trott, und ihr Starrsinn nährte sich aus Stolz. Sie waren stolz darauf, wie sie Lahardane instand gehalten hatten, auf die kontinuierliche Rolle, die sie dabei gespielt hatten, wie sie es geführt und wie sie improvisiert hatten und schließlich mehr waren als die Bediensteten, die man zurückgelassen hatte. Von Henry kam der Vorschlag, wie man das Weideland künftig vor Vernachlässigung und Verfall bewahren könnte: Gegen eine kleine Jahrespacht und die Zusicherung, die Zäune zu erhalten, übernahmen die O'Reillys das Weiderecht.

Dem Besucher, der vor nunmehr über einem Jahr eines Nachmittags nach Lahardane gekommen war, hielt man zugute, dass er auf Grund seiner Geistesgestörtheit eigentlich nicht für sein Eindringen verantwortlich war. Henry sagte es widerstrebend, und Bridget stimmte ihm, nach einem Gebet, widerstrebend zu; doch in beiden blieb ein leichter Groll zurück. Der Captain sagte es mit mehr Überzeugung.

Lucy schrieb nicht wieder an Ralph, wie sie es vorhergesehen hatte, auch dann nicht, als ein Brief von ihm kam, wie ebenfalls vorhergesehen. Die Verwirrungen jenes seltsamen Nachmittags lösten sich rückblickend auf, und dennoch verblasste der Nachmittag für Lucy nicht zu ödem Grau, sondern war in seinen Farben so frisch wie in einem Gemälde. Echte und vorgestellte Bilder waren noch da: Das Auto hielt an und fuhr zurück. Sie nahm die Geschirrtücher von den Büschen. Der Mann, dessen Anwesenheit zufällig war und auch wieder nicht, kniete zum Gebet nieder. Ihr Vater hielt sie in den Armen.

So ist es nun gekommen, schrieb Ralph. *Keinen trifft die*

Schuld. Was sie bestimmt hatte, war nicht in seinem Sinn gewesen: Deswegen hatte sie ihn geliebt und tat es noch immer. Damals hatte sie es nicht gewusst, aber jetzt begriff sie, dass alle Briefe der Welt, alle Sehnsucht nichts geändert hätten. Bis an ihr Lebensende würde sie einen Mann lieben, der mit einer anderen Frau verheiratet war.

»Erzähl mir von Montemarmoreo«, bat sie ihren Vater eines Morgens beim Frühstück, als hätte er es noch nie getan, und er wiederholte, was sie bereits wusste. Sie fuhren wieder zu Pferderennen und in die Oper, und Lucy merkte, dass ihr Vater eine Hoffnung hegte, die sich nie erfüllen würde: Er wünschte, dass auf der Rennbahn oder aus dem Theaterpublikum ein Mann aus der Menge treten würde, wie vor langer Zeit Ralph aus dem Nichts aufgetaucht war. Ihr Vater redete nicht darüber, aber Lucy spürte diesen Wunsch in seiner Besorgtheit.

Ihr gemeinsames Leben, das auf Lucys Seite anfangs von gereiztem Groll geprägt war, während ihr Vater ständig befürchtete, er könnte zu viel von ihr wollen, pendelte sich allmählich ein. Sie hatte ihn zurückgewiesen, erschien es Lucy jetzt, und er musste es damals auch so empfunden haben. Sie schämte sich dafür und dass sie nicht um ihre Mutter getrauert und die selbstsüchtige Liebe so unfreundlich die Oberhand gewonnen hatte. Die Umstände hatten eine Leere in ihrem Leben hinterlassen, und die zügellose Leidenschaft der Liebe gehörte, wie so vieles, einer Vergangenheit an, die nichts von einem verlangte. An ihrem neununddreißigsten Geburtstag sah sie sich mit ihrem Vater in dem schönen neuen Kino in Enniseala den Film *Nicholas Nickleby* an. Zurück auf Lahardane, saßen sie noch bis spät in die Nacht zusammen, wie sie es inzwischen manchmal taten.

Ein paar Wochen später, an einem schönen Novembernachmittag, kümmerten sie sich um die Familiengräber in Kilauran, eine Arbeit, die Lucy bisher immer allein gemacht hatte.

»Wir sind unter unseren Leuten«, bemerkte ihr Vater und schnitt wild wucherndes Gras ab.

Die Grabsteine lagen flach, wie es bei den Gaults Tradition war, und das Gras ringsum war hoch aufgeschossen. Butterblumenschösslinge verdeckten stellenweise die Beschriftung, und die Kalksteinumrandung war von Klee überwachsen.

Lucy riss Stinkenden Storchschnabel, Ampfer und Jakobskraut mit den Wurzeln aus. Sie musste oft daran denken, wie gelassen ihr Vater damals im Salon den Phantasien Horahans zugehört hatte. Da er ein einfacher Mann war, hätte man vermuten können, dass er an jenem Nachmittag das Gewehr, mit dem er Jahre zuvor aus einem Fenster im oberen Stockwerk geschossen hatte, geholt und mit dem Reflex eines Soldaten gedroht hätte, es wieder zu benutzen. Aber er hatte sich von einer Reaktion distanziert, die ihm fern lag, und dabei war es seitdem geblieben.

»Eines Tages«, prophezeite er jetzt, »wird natürlich niemand mehr da sein, der die Gräber pflegt. Nicht, dass es wichtig wäre, denn wir tun es ja ohnehin nur für uns, meinst du nicht?«

Sie nickte und grub wieder eine Wurzel aus. Mit ihnen werde die Linie der Gaults zu Ende gehen, alle Verpflichtungen ihnen gegenüber seien dann erfüllt, alle Erinnerungen an sie tot. Nur die Mythen würden bleiben und die Geschichten, die man sich erzählte.

»Ach ja, das alles«, stimmte er zu.

Sie wischte die Grashalme beiseite, die verstreut auf der glatten grauen Fläche eines Grabsteins lagen. Manchmal fragte sie sich, ob ihn die Pferderennen nicht überforderten; es war ewig her, seit er mit Aloysius Sullivan einen Vormittag in der Bar des Central Hotel verbracht hatte. »Er ist langsam geworden«, hatte sie Henry sagen hören. Er war langsam auf der Treppe und nicht mehr so beweglich wie früher, wenn er durch die Falltür aufs Dach kletterte. Langsam mit der Sense im Obstgarten oder mit dem Spaten, wenn er Dornsträucher umgrub. Sie fuhr jetzt das Auto und ließ ihn darin warten, während sie in Enniseala einkaufte und von Geschäft zu Geschäft ging, mit Bridgets Liste, auf der die Handschrift seit den Tagen, als Henry sie auf dem Rückweg von der Molkerei Mrs. McBride gegeben hatte, gleich geblieben war. Jahrelang hing ein *Zu verkaufen*-Schild vor Mrs. McBrides Laden, aber vor einiger Zeit war es abgenommen worden. Trotzdem zog niemand dort ein.

»Jetzt ist es jedenfalls besser.« Ihr Vater sah zur Seite und verzog das Gesicht, als er sich von den Knien erhob. »Findest du nicht, Lady?«

In einer Ecke des Friedhofs war ein Abfallhaufen für Gras und Unkraut. Dorthin trug sie das bereits welkende Gestrüpp.

»Viel besser«, sagte sie, als sie zurückkam, und begann, das benutzte Werkzeug einzusammeln.

Hinterher fuhren sie nach Enniseala, da sie ohnehin auf dem Weg dorthin waren. Sie kaufte, was sie brauchten, war in allen Geschäften bekannt und wurde gegrüßt. Sie fragte sich oft, ob sie die Leute in Enniseala nervös machte, denn die seltsamen Ereignisse mussten irgendwie auf sie abgefärbt haben: Man konnte es ihnen nicht verübeln, wenn sie so dachten. Dennoch blieb sie jetzt immer eine Weile dort, denn inzwischen mochte sie die Stadt, die ihr früher immer gleichgültig gewesen war.

An diesem Nachmittag beobachtete sie, wie die Schwäne im Wasser schwammen oder, weniger anmutig, auf der Böschung umherwatschelten, die sie sich erobert hatten. Auf dem Weg zur Uferpromenade bewunderte sie den rötlichrosafarbenen Baldrian, der von den hohen Mauern herabhing. Ihr fiel auf, worauf ihr Vater sie nach seiner Rückkehr hingewiesen hatte: die königlichen Insignien, die man unter der grünen Farbe der Briefkästen noch sehen konnte. Sie beobachtete Kinder, die auf den Felsen unterhalb der Kaimauer spielten; sie sah zu, wie Ladungen von Seetang weggekarrt wurden. Manchmal setzte sie sich in das Café der Bäckerei neben den geschlossenen Auktionsräumen, manchmal sonnte sie sich am Musikpavillon, aber heute ging sie an allem vorbei und kehrte zum Auto zurück, in dem ihr Vater über der *Irish Times* döste.

Am Abend erzählte er von den Regatten in Enniseala und von den Volksfesten im Sommer, die es nicht mehr gab. Und sie erinnerte sich, wie Mr. Sullivan einmal Neuigkeiten von den Blueshirts gebracht hatte, die an der langen Hauptstraße aufmarschiert waren, und von den Rennautos, die nach der Hälfte ihrer Irlandumrundung mitten in der Nacht durch die Stadt gedonnert waren.

»Erinnerst du dich noch an den Abend, als wir losgingen, um uns von Mr. Aylward zu verabschieden?«, fragte ihr Vater. »Und du den taubstummen Fischer gesucht hast?«

Er war auf dem Weg ins Schlafzimmer neben dem überladenen Tisch in der Eingangshalle stehen geblieben, in der Hand ein abgewetztes, in Leder gebundenes Buch, das er aufgehoben hatte.

»Er hat mir beigebracht, wie ich mit ihm sprechen kann«, sagte sie. »Habe ich dir das schon erzählt? Wenn ich von der Schule nach Hause ging, hat er immer auf mich gewartet.«

»Du kannst mit den Fingern sprechen, Lady?«

»Ja.«

Sie stand in der offenen Salontür und zeigte es ihm. Die Hände des Fischers waren rau und vernarbt gewesen und die Handrücken von Altersflecken übersät, und dennoch wollte sie, wenn sie ihm zusah, seine Bewegungen imitieren. Ihre Unterhaltungen glichen denen von Kindern, und sie hatte oft gedacht, dass man von einem alten Mann und einem Kind, die sich nur oberflächlich kannten, nicht mehr verlangen sollte.

»Du warst einsam damals«, sagte ihr Vater.

»Es macht nichts, wenn man ein bisschen einsam ist.«

»Tja nun, vielleicht nicht.«

Versonnen legte er das Buch auf den Tisch zurück, der Lederrücken schlackerte an der Stelle, wo er sich gelöst hatte. Es war Le Fanus *Irisches Leben,* und eine Stromrechnung steckte als Lesezeichen darin. Einen Augenblick lang ruhte seine Hand auf dem zerfledderten Leder, und, wie so oft, konnte man ihm seine Gedanken nicht vom Gesicht ablesen. Es war ihm nicht entgangen, dass es eine Frau gab, auf die sie eifersüchtig war; er wusste, dass sie nicht mehr so darunter litt wie früher. Aber nichts davon wurde jemals angesprochen.

»Wirst du eines Tages den Friedhof in der Schweiz besuchen, Lady? Und Montemarmoreo?«

»Könnten wir nicht zusammen nach Montemarmoreo fahren?«

»Hättest du Lust dazu?«

»Ja.«

»Sie war nicht nur unglücklich in all den Jahren, weißt du.«

»Du bist müde, Papa.«

»Es ist schwer zu erklären. Ich habe es einfach gespürt.«

Sie sah zu, wie er weiterging, ohne das Buch, das er aufgenommen und dann wieder abgelegt hatte. In diesem Haus war es nie üblich gewesen, sich gute Nacht zu wünschen, und so hielt man es auch jetzt noch.

»Die Bienen haben Lahardane nicht verlassen«, sagte er und blickte auf halber Höhe der Treppe hinunter. »Ich möchte wissen, ob sie es jemals tun.«

Lucy blieb noch eine Weile im Salon sitzen, dann zog sie das Schutzgitter vor die Glut, die noch im Kamin glühte. Sie richtete die Kissen und die Stühle, schloss die Türen des Eckschranks und hob sie dort, wo sie klemmten und ein wenig geschoben werden mussten, leicht an. Am Tivolibrett ließ sie die Kugeln zwischen die Nägel schnellen. Zweihundertzehn war ihre höchste Punktzahl, die sie mit sechs erreicht hatte, und auch an diesem Abend war sie nicht besser.

Als sie sich umblickte, um festzustellen, ob alles in Ordnung war, sah sie das Zimmer so, wie das Feuer es vor langer Zeit hätte verheeren können, und sie hörte erneut die gepeinigte Stimme. Oft, wenn sie frühmorgens aus einem unruhigen Traum erwachte, hing ihr das Bild einer in düsteres Schwarz gekleideten Gestalt nach, die mit leerem Blick verängstigt in einem Sessel saß. Einmal hatte sie das große altmodische Fahrrad an der Mauer am Leuchtturm gesehen und weit entfernt, auf dem Sand, die schlaksige Gestalt des Mannes, der sich für einen Mörder hielt. Sie hatte ihn kurz beobachtet, ohne zu wissen, warum sie es tat, ohne zu wissen, weshalb sie sich so mühelos erinnerte und das unruhige Gefummel der Hände vor sich sah, die nervösen Finger, die ständig nach schmerzenden Stellen suchten. Er hatte reglos am Strand gestanden und die ganze Zeit aufs Meer gestarrt.

Der Captain lehnte in den Kissen, lauschte den Schritten seiner Tochter und hörte sie an der Tür vorbeigehen. Einen Augenblick lang war er froh, dass sie die Gräber in Ordnung gebracht hatten. Später nahm er einen Schmerz wahr, von dem er nicht aufwachte.

Fünf

I

Lange nach der Beerdigung, als ein neues Jahr begonnen hatte, sah Lucy die Kleidungsstücke und anderen Sachen ihres Vaters durch. Es war nichts dabei, was sie überraschte. Während sie Hemden und Anzüge zusammenlegte, fragte sie sich, ob die tragischen Ereignisse in diesem Haus, das jetzt ihr gehörte, nun endlich vorbei waren. Er hatte bis zum Schluss seinen Whiskey getrunken, und sie hatte ihn nicht daran gehindert. Ihm war bewusst gewesen, dass sich der Tod auf leisen Sohlen näherte. Er hatte sich lächelnd mit der strengen Ordnung der Natur abgefunden, und sie hatte ebenfalls gelächelt und mit ihm zusammen das ängstliche Warten auf den Tod abgelehnt; sie erinnerte sich daran, wie er gewesen war, während sie ihn, der ihr die stummen Vorwürfe immer verziehen hatte, mit langsamen Schritten wieder zu lieben lernte.

Einige seiner Sachen behielt sie: seine Manschettenknöpfe und die Uhr; den Stock, dessen Gebrauch er sich angewöhnt hatte, wenn er sie manchmal auf ihren Spaziergängen begleitete; den Ehering, den er immer getragen hatte. Sie fuhr mit der Kleidung nach Enniseala und schenkte sie den Frauen, die Spenden für die Wohlfahrtsorganisation von St. Vincent de Paul sammelten. Die Postkarten, die er aufbewahrt hatte, legte sie beiseite. Das Schlafzimmer glich jetzt wieder einem Grab, wie früher, in den langen Jahren, als es unbewohnt war; die Tür war verschlossen, es wurde nie betreten.

Mit dem Tod des Captains fiel auch eine gewisse Förmlichkeit von dem Haus ab, eine von ihm geschätzte und hochgehaltene Lebensweise, die aus seiner Vergangenheit stammte und die bei seiner Rückkehr ganz selbstverständlich Einzug gehalten hatte. »Nein, das ist nicht nötig«, bestimmte Lucy, denn sie wollte nicht, dass Bridget oder Henry weiterhin schwere Tabletts zwischen Küche und Esszimmer hin und her trugen. Inzwischen kam es immer häufiger vor, dass sie sich um die beiden kümmerte und nicht umgekehrt. Sie nahm ihre Mahlzeiten wieder am Küchentisch ein, wie in ihrer Kindheit und noch Jahre später. Bei solchen Änderungen hatte sie immer das Wohl des alten Paares im Auge und nicht ihr eigenes. Wenn ihr Vater noch gelebt hätte, wären die Tabletts klaglos ins Esszimmer und wieder zurückgetragen worden. Lucy wusste, dass weder er noch sie daran etwas hätte ändern können.

Bridget kochte weiterhin, während Henry im Hof Holz hackte, die Kühe melkte und sich so gut er konnte mit dem hohen Gras im Obstgarten abmühte. Wenn Lucy sonntags zum Gottesdienst nach Kilauran fuhr, nahm sie die beiden mit und brach eine halbe Stunde früher auf, damit sie ihrer Messe beiwohnen konnten, und sie erinnerten sich alle drei, dass auch dies früher umgekehrt gewesen war. Henry kaufte sich seine Zigaretten, und danach warteten die beiden vor dem Laden auf sie. Der Besuch der Messe und das anschließende Treffen von Bekannten hatte Bridget seit ihrer Kindheit Freude gemacht, und so war es noch immer. Das herrenlose Pförtnerhaus wurde nicht erwähnt, wenn sie auf ihrer sonntäglichen Ausfahrt daran vorbeifuhren. In der

Küche drehten sich die Gespräche oft um Henry und die Zeit, als er nach Lahardane geheiratet und das Meer vermisst hatte, und wie unglücklich Bridget war, weil er sich nicht eingewöhnen konnte und sie glaubte, sie habe ihm seine gewohnte Lebensweise genommen. »Aber sicher, man gewöhnt sich an alles«, sagte Henry, und das hatte er, und es war gut so. Damals zog noch ein Hausierer über die Landstraßen und verhökerte kleine Teppiche aus Ägypten, Knöpfe in allen Größen und Farben, selbst geschnitzte Bratspieße aus Eschenholz, Kreidestifte und braune Tintenfässer. Heutzutage bekam man dergleichen nicht mehr zu sehen, schon seit dreißig Jahren nicht mehr. Ein anderer Mann war nach Lahardane gekommen, um Glühstrümpfe zu verkaufen, und jedes Jahr war der Mann mit dem *Old Moore's Almanac* aufgetaucht. Kesselflicker reparierten im Hof die Töpfe, und die Pferde wurden vier Meilen weiter zum Beschlagen gebracht.

Darüber unterhielten sie sich jetzt, und während Lucy zuhörte, erfuhr sie, dass es am Morgen ihrer Geburt neblig gewesen war und man auch die Namen Daisy oder Alicia für sie in Betracht gezogen hatte. Am ersten Weihnachtsabend, den sie erlebte, hatte der Schornstein im Salon Feuer gefangen. Die »Strohjungen«, die am zweiten Weihnachtsfeiertag mit einem Zaunkönig und in Masken und schwarzen Kitteln von Haus zu Haus zogen, hatten sich eine Geschichte über ein neugeborenes Kind ausgedacht. Und als Hannah einmal am Meer entlang nach Hause ging, hatte sie den Ruf einer Todesfee gehört.

»Das war nur der Wind«, sagte Henry, »er weht durch die Höhlungen in den Klippen.«

Aber Bridget behauptete, Hannah habe keinen Meter von sich entfernt eine schmächtige Gestalt gesehen.

Der Wunsch des Captains wurde respektiert. An einem strahlenden Märzmorgen im Jahr 1953 stand Lucy am Grab ihrer Mutter.

Heloise Gault – im 66. Jahr – aus Lahardane, Irland.

Die dunklen Buchstaben hoben sich von dem unpolierten Granit ab, und Lucy versuchte sich vorzustellen, wie das Gesicht, an das sie sich erinnerte, im Alter ausgesehen haben mochte. Der Friedhof in Bellinzona war klein, niemand sonst war da. Sie kniete nieder und betete.

Später bestellte sie in dem Café gegenüber vom Bahnhof Kaffee. Alles erschien ihr neu und unbekannt – sie hatte Irland noch nie zuvor verlassen. Die langen Bahnfahrten durch England, Frankreich und die Schweiz hatten eine Fremde vor ihr ausgebreitet, die ihr bisher nur in den Romanen begegnet war, die sie las. Die Sprache des Kellners, der ihr den Kaffee brachte, hatte sie noch nie gehört, jedes Wort davon war unverständlich. Eine Wandergruppe aus der Schweiz kam herein und besetzte die Tische ringsum, ihre Stöcke und Rucksäcke türmten sich auf den freien Stühlen. Irgendwo in dieser Stadt gab es einen freundlichen Arzt.

Eine weitere Reise führte sie über die italienische Grenze. Am Abend packte sie in einem kleinen Zimmer im einzigen Hotel von Montemarmoreo den blauen Koffer aus, der nur ihr gehörte, wie man ihr einst versichert hatte, auch wenn sich nie eine Gelegenheit gefunden hatte, ihre Initialen in das Leder prägen zu lassen. Sie bestellte etwas zu essen, ohne zu wissen, was man ihr bringen würde.

Am frühen Morgen fand sie die Via Cittadella und das Haus des Schuhmachers, dessen Waren in den Parterrefenstern ausgestellt waren. Auf dem Balkon im ersten Stock, der auf die Straße ging, war gerade genug Platz für einen Tisch und zwei Stühle. Sie störte den Schuhmacher nicht, weder jetzt noch später, und überlegte nur, ob er der Sohn des früheren Schusters war oder ob das Geschäft den Besitzer gewechselt hatte.

Sie lief durch enge, verstopfte Gassen. In der Kirche gab es ein Altarbild zu Ehren der heiligen Cäcilia. Die Straßenbeleuchtung wurde gerade modernisiert, und man setzte neue Laternenpfähle in Löcher, die man am Rand des Pflasters gegraben hatte; der Verkehr wurde umgeleitet. Sie lernte ihre ersten italienischen Wörter: *ingresso, chiuso, avanti.* Sie fand ein bescheidenes, in einer Seitenstraße gelegenes Restaurant, von dem ihr Vater gesprochen hatte. Und außerhalb der Stadt entdeckte sie die stillgelegten Marmorbrüche.

Ihre Mutter hatte hierher gehört. Mehr als England und mehr als Lahardane war diese gewöhnliche kleine Stadt ihr Zuhause geworden und Italien ihr Land. Lucy erinnerte sich noch immer an eine schattenhafte Gestalt und das ferne Echo einer Stimme, doch im Gewühl der Gassen und auf dem Weg zu den Marmorbrüchen spürte sie eine Fremde. »Ich bleibe noch etwas länger«, schrieb sie auf eine Postkarte an Bridget und Henry und fragte sich, ob vielleicht auch sie, durch eine weitere Laune des Schicksals, für immer hier bleiben würde.

Sie erfuhr die Geschichte der heiligen Cäcilia. Eine Frau in der Kirche erzählte sie ihr, eine schmale Frau mit sanfter Stimme, der sie schon einmal begegnet war und die zwischen den leeren Bänken hervor auf sie zutrat. Das Wunderbare, erklärte die Frau auf Englisch, liege in den Augen der Heiligen auf dem Altarbild. Gemeinsam betrachteten sie die hellblauen Augen und die blonden Haarflechten, den mit Blattgold belegten Heiligenschein, das Gewand, so hell, dass es fast schon farblos wirkte, und die zierlich gehaltene Leier. Als Kind, sagte die Frau, habe die heilige Cäcilia Musik gehört, die erst später entstehen sollte.

Lucy nahm an, dass ihre Mutter – vielleicht aus derselben Quelle – gehört hatte, dass die heilige Cäcilia zur Märtyrerin bestimmt und ermordet worden war, als sie die alten Götter verspottete. Nach ihrem Tod wurde sie zur Schutzheiligen der Musiker, so wie die heilige Katharina die Sattler und Carlo Borromeo die Stärkehersteller beschützte und wie die heilige Elisabeth, die für alle an Zahnschmerzen Leidenden um Barmherzigkeit ersuchte.

Ein Almosen für die Reparatur der Kirche wurde erbeten, und dann ging die Frau davon.

Lucy verließ Montemarmoreo nur widerstrebend, und dennoch wusste sie, sie würde nie wieder zurückkehren. Sie lebte in einer anderen Zeit und unter anderen Umständen als ihre Eltern. Sie konnte sich nichts vormachen.

Als im selben Jahr der Winter kam und die lebhaften Erinnerungen an die lange Reise allmählich verblassten, las sie erneut – und in der strengen Reihenfolge ihrer Entstehung – die Briefe von Ralph. Sie rührten an die Liebe, die noch immer vorhanden war, aber die Menschen in den Briefen waren jetzt andere, genau wie ihre Eltern. Sie holte die unvollendete Handarbeit aus der Stickschublade, wickelte Ralphs verzweifelte Bitten an sie darin ein und verknotete das Bündel mit einer aus bunten Garnfäden gedrehten Kordel.

2

Eines Nachtmittags hielt Lucy in Enniseala Ausschau nach dem schwarzen Fahrrad. Sie suchte es in der Nähe des Leuchtturms, wo die Fischerboote landeten, und im Armenviertel der Stadt. Einmal meinte sie es vor dem Haus der League of the Cross zu sehen und dann noch einmal in der MacSwiney Street, doch beim Näherkommen merkte sie, dass sie sich getäuscht hatte. Sie fing an, sich an eines der Fenster im Café neben der Bäckerei zu setzen. Sie wusste nicht, was sie tun würde, wenn das Fahrrad vorbeifahren oder wenn sie es, wie schon einmal, an einem Schaufenster oder eine Mauer gelehnt sehen würde. Sie konnte sich ihren unwiderstehlichen Drang nicht erklären, er schien aus der Vergeblichkeit ihrer Bemühungen zu wachsen. Am Ende erkundigte sie sich und erfuhr, dass man den von ihr gesuchten Mann in die Irrenanstalt eingewiesen hatte.

Sie erzählte diese Neuigkeit auf Lahardane, stieß damit aber weder auf Interesse, noch erntete sie eine nennenswerte Reaktion. Eine geeignete Maßnahme, schien die unausgesprochene Meinung zu sein, und Lucy stellte sich vor, wie Bridget und Henry mit einer gewissen Befriedigung in der Küche darüber sprachen, wenn sie nicht dabei war. Sie fuhr zur Anstalt, als sie wieder in Enniseala war, und hielt am

Straßenrand neben dem hohen Eisentor. Das Backsteingebäude auf dem Hügel wirkte leer, als gebe es keine Insassen, aber sie wusste es besser. Das verriegelte Tor war furchteinflößend. Eine Kette hing an einem der Pfeiler, auf der anderen Seite war eine Glocke an einem Eisenhalter befestigt.

Sie fuhr wieder weg.

Auf dem Esstisch breitete sie ein neues Stück Leinen aus und beschwerte jede Ecke mit einem Buch. Sorgfältig kopierte sie die von ihr entworfene Aquarellskizze auf den Stoff: Mohnblüten vor ockerfarbenem Hintergrund. Sie wählte die verschiedenen Seidengarnfarben aus und legte sie in einer Reihe nebeneinander.

Sie fragte sich, wie oft sie dies alles schon getan, wie oft sie, wenn ein Stickbild fertig war, gesagt hatte: »Möchten Sie es vielleicht haben?« Ihr war nie etwas Besseres eingefallen, um den Eindruck, dass sie dem Angebotenen einen Wert beimesse, zu vermeiden. Das Schenken machte ihr Freude, und ihre Bemerkung, auf Lahardane sei kein Platz mehr an den Wänden, war eine Übertreibung, die dazugehörte.

Sie stickte mit einfachem Faden, um die Farben hervorzuheben: das Orange und Rot der Mohnblüten in zahlreichen Schattierungen, vier verschiedene Grüntöne für die spitz zulaufenden Blätter, der Ockergrund mit Grau durchzogen. Es würde Monate dauern, um das Bild zu vollenden, den ganzen Winter.

»Bring Miss Gault ihren Tee«, trug die Bäckersfrau hinter der Brottheke im Café einem Kind im geblümten Kittel auf. Sie sei wieder heil zurück, hatte man im Café nach ihrer Rückkehr aus der Schweiz und Italien bemerkt, der Zweck ihrer Reise war bekannt, wurde aber nicht angesprochen.

Sie hängte ihren Schirm über die Lehne des zweiten Stuhls an ihrem Tisch. Am Nachmittag war plötzlich Regen aufgekommen.

»Ein scheußliches Wetter«, rief ihr die Frau hinter der Theke zu.

Das rote Haar der Frau begann zu ergrauen, und aus ihrem Blick sprach eine gewisse Erleichterung, als sei sie insgeheim dankbar dafür, nicht mehr im gebärfähigen Alter zu sein: Sie hatte zehn Mädchen und einen Jungen geboren. Ihr Mann, der sich nie im Café blicken ließ, backte das Brot für die halbe Stadt, dazu Gebäck, Brötchen und Doughnuts.

»Törtchen, nicht wahr, Miss?«, fragte das Kind und verteilte dabei mit der Hand die Krümel auf dem fleckigen Tischtuch und wischte die Milch weg, die der Korkuntersatz nicht ganz aufgesogen hatte. »Soll ich eine Auswahl bringen?«

»Ja, danke.«

Das Kind hatte ein spitzes Gesicht, und auf der Hand, mit der es Zuckertopf und Milchkännchen zurechtschob, waren Frostbeulen. Die andere Hand war verbunden.

»Es regnet ziemlich stark, nicht wahr, Miss?«

»Ja. Bist du Eileen? Ich verwechsle dich immer mit deiner Schwester. Tut mir Leid.«

»Meinen Sie meine ältere Schwester?«

»Ich glaube, ja.«

»Meine ältere Schwester heißt Philomena.«

»Und du bist Eileen?

»Ja, genau. Ich bringe Ihnen gleich Ihren Tee.«

Über der Tür zu den hinteren Räumen befand sich eine Gipsfigur, die mit erhobenen Fingern das Café segnete. Lucy sah zu, wie das Kind darunter hindurchging, und suchte dann in ihrem Geldbeutel nach einem Dreipennystück, damit sie es später nicht vergaß. Sie ließ es in ihren Handschuh gleiten, denn dort würde sie es spüren. Sie beobachtete den Regen zwischen den Buchstaben, die auf die Scheibe des breiten, von einer Gardine halb bedeckten Fensters gemalt waren. Die Leute auf der Straße beeilten sich, sie hatten die Regenmäntel über den Kopf gezogen.

»Wegen dir ertrinken wir noch alle, Mattie!«, rief die Frau hinter der Theke einem zerlumpten Mann zu, der eben eingetreten war und von dessen durchnässter Kleidung Wasser auf den Boden tropfte. Er stand oft auf der Straße und spielte auf seinem Akkordeon, um sich ein paar Kupfermünzen zu verdienen.

»Dann musst du wenigstens den Boden nicht putzen!« Er setzte sich an einen Tisch neben der Tür und legte das Akkordeon vor sich ab.

»Wir haben nur noch die hier«, sagte das Mädchen namens Eileen und meinte damit die Törtchen, die sie gebracht hatte. Aus dem Biskuitteig hatte man jeweils ein keilförmiges Stück herausgeschnitten, künstliche Buttercreme und Himbeermarmelade hineingefüllt und das Stück wieder eingesetzt. Auf dem Teller lagen sechs Törtchen. »Aber es sind die besten, Miss.«

»Sie sehen lecker aus, Eileen.«

Eine verbeulte Teekanne aus Metall wurde vorsichtig auf den Korkuntersatz gestellt und ein Messer neben einen schlichten weißen Teller gelegt.

»Soll ich Ihnen eine Scheibe Rosinenbrot bringen, Miss?«

»Nein, danke, das reicht, Eileen.«

Sie goss den starken dunklen Tee ein und verdünnte ihn mit Milch. Dann löste sie das Papier von einem der Biskuittörtchen. Noch mehr Leute kamen aus dem Regen herein, ein Kinderwagen wurde an den Tisch neben dem des Akkordeonspielers geschoben, jemand schüttelte Tropfen von einem roten Schirm, an dem eine Speiche ungelenk vorragte, als man ihn zusammenlegte. »Es regnet so lange, bis es aufhört«, sagte jemand, und alle lachten.

Sie hätte es schön gefunden, wenn man sie genauso leichthin angesprochen hätte wie den Akkordeonspieler. Sie hätte sich so gern an den harmlosen Späßen beteiligt. »Die protestantische Dame wartet noch auf ihr Wechselgeld«, hatte erst kürzlich eine der Verkäuferinnen bei Domville's gesagt. So dachte man über sie, so beschrieben die Leute sie, wenn ihnen der Name nicht einfiel oder sie ihn nicht kannten, sie beurteilten sie nach ihrem Erscheinungsbild und ihrer Stimme und behandelten sie entsprechend. Eine Protestantin war ein Relikt, übrig geblieben, sie wurde als das respektiert, was sie war, aber sie gehörte nicht dazu. Und selbst von ihresgleichen unterschied sie sich. Als sie an jenem Tag Domville's verlassen hatte, war das Mädchen, dem sie nicht bekannt war, vermutlich sofort aufgeklärt worden.

Sie goss sich neuen Tee ein und bat um heißes Wasser, das nach einiger Zeit kam. Trübes Sonnenlicht erhellte schwach das Fenster, erlosch dann und blitzte wieder auf. Der farbige Anstrich der Häuser auf der anderen Straßenseite leuchtete rosa und grün, auf einem Dach glitzerten Schieferplatten. An das Gefühl des Andersseins war sie genauso gewöhnt wie an das des Alleinseins. Aber vielleicht gab es ja keinen Unterschied zwischen den beiden, jedenfalls war es lächerlich, darüber nachzudenken.

Der Augenblick ging vorüber. In den Monaten, als sie das Mohnblütenbild gestickt hatte, war sie von einem Hochgefühl erfüllt gewesen, das fast schon an Heiterkeit grenzte.

Sie beobachtete noch eine Weile die Menschen im Café: Der Akkordeonspieler trank seinen Tee aus und brauchte ihn nicht zu bezahlen, das Baby schlief in seinem Kinderwagen, ein Pärchen aß Fisch und Fritten, zwei Frauen waren ins Gespräch vertieft. Sie tastete nach dem Dreipennystück in ihrem Handschuh und ließ es unter dem Rand der Untertasse liegen. Dann zahlte sie an der Theke.

Das Pflaster fing an einigen Stellen bereits zu trocknen an, als sie zu ihrem Auto ging. Kinder von fahrendem Volk bettelten, irgendwo hinter ihr setzte die Akkordeonmusik ein. Der Himmel wurde wieder blau.

Sie fuhr, bis sie eine Stelle zum Wenden fand, dann kehrte sie um, steuerte an der Bank of Ireland und an Coughlans Lagerhäusern vorbei, durch die Stadt und hinaus aufs Land.

Als sie an das Eisentor gelangte, hielt sie, wie beim letzten Mal, am Straßenrand. Das Stickbild, an dem sie den ganzen Winter gearbeitet hatte, war in einem Rahmen aus sehr hellem, fast weiß wirkendem Eschenholz. Sie holte es vom Rücksitz und ging damit zum Pfeiler, an dem die Kette für die Glocke hing.

Die schwere Glocke schwang in ihren verrosteten Scharnieren zunächst tonlos hin und her, bis ihr Läuten am Hügel widerhallte. Sie wartete, aber niemand kam, um zu öffnen. Weder ein Gärtner noch ein Arbeiter. Niemand erschien auf der kurzen steilen Auffahrt. Sie blieb noch eine Weile stehen, dann fuhr sie wieder weg.

Als sie eine Reihe von Männern sah, die sich der Kreuzung vor ihr näherten, hielt sie an. Es waren zehn oder elf, alle dunkel gekleidet. Ein Aufseher ging voran, ein zweiter bildetete das Schlusslicht. Sie wartete, bis die Männer näher gekommen waren, und stieg dann aus.

»Der ist heute nicht dabei«, sagte der vordere Aufseher, als sie den Namen nannte. »Aber wenn Sie etwas für ihn haben, gebe ich es weiter.«

Sie überreichte ihm die gerahmte Stickerei. Der andere Aufseher sagte: »Haben Sie das selbst gemacht, Ma'am?«

Sie drängten sich im Kreis, um das Bild anzusehen. »Wunderschön«, sagte derselbe Aufseher. »Wunderschön«, wiederholte einer der Männer, und dann noch einer und noch einer.

Sie fragte, ob es möglich sei, den Empfänger des Geschenks hin und wieder zu besuchen.

»Aber was hat das für einen Sinn?«, murmelte Henry, als Frühling und Sommer jenes Jahres vergangen und ein weiterer Winter hereingebrochen war.

Bridget trocknete eine Tasse ab, stellte sie in eine andere und legte beide seitlich auf die Untertassen. Ihre Finger verrichteten heute nur langsam ihren Dienst, die steifen Knöchel mochten nicht geschmeidig werden.

»Es hat keinen Sinn«, sagte sie. »Aber trotzdem.«

»Ist alles in Ordnung mit ihr, was meinst du?«

Bridget wusste nicht, was sie sagen sollte, und gab keine Antwort. Sie trug die Tassen und Untertassen zum großen grünen Schrank, hängte die Tassen an die Haken und stellte die Untertassen aufrecht hinter die auf dem Bord angebrachte Leiste. Die feuchte Luft bereitete ihr Probleme. Bei Kälte waren ihre Gelenke nicht so steif.

»Sie ist müde, wenn sie zurückkommt«, sagte Henry.

»Wundert dich das?«

Fünf Jahre waren seit dem Besuch des Mannes vergangen, vor vierunddreißig Jahren war er zum ersten Mal gekommen. Bridget erinnerte sich noch daran, wie sie am

Morgen nach jenem ersten Mal vom Pförtnerhaus die Allee hinunterging und Henry sagte, etwas sei nicht in Ordnung, wie er die eine Woche zuvor vergifteten Hunde erwähnt und die blutverklebten Kieselsteine weggeschafft hatte. Sie dachte daran, wie Lucy, als der Mann vor fünf Jahren wieder kam, schick zurechtgemacht die Küche betrat und sagte, sie würde den Tee selbst in den Salon bringen. Und dass Lucy hinterher nicht aussprach, was sie, Henry und der Captain gesagt hatten: Man könne einen Geisteskranken vielleicht nicht dafür verantwortlich machen, wenn er andere belästigte. Man konnte es Lucy nicht verübeln. Man konnte ihr nicht verübeln, dass sie den Mann hasste.

»Die Leute reden darüber«, sagte Henry. »Dass sie dort hingeht.«

»Was hast du erwartet?«

Die Leute redeten darüber, weil sie es nicht verstanden, so wenig, wie man es hier in der Küche verstand. Genügte es nicht, dass sich am Ende alles beruhigt hatte – dass der Captain an seinem Mitgefühl festgehalten hatte, ihre gemeinsamen Ausflüge, als sie seine Zuneigung und Freundschaft schließlich akzeptiert hatte? Und genügten nicht auch die Erinnerungen an die Liebe ihres Freundes in all den Jahren, eine Liebe, die vielleicht noch immer bestand? »Was willst du bloß in diesem alten Gemäuer?« – dieser Einwand lag Bridget auf der Zunge, schon seit Jahren, aber sie behielt ihn für sich.

»Sie spielen *Schlangen und Leitern*, das Brettspiel«, sagte Henry.

3

Eines Tages, nicht lange nach ihrem ersten Besuch, sagte der Aufseher zu ihm: »Ich bring dir bei, wie man die Rasiermesser schärft.«

Auf den Tischen stand noch das Frühstücksgeschirr mit den Bestecken, alle Messer waren mit einer Feile stumpf gemacht, in den Blechbechern lagen Teeblätter. Er hatte Tischdienst und stapelte alles auf ein Tablett, stellte es in die Durchreiche und wartete, bis es zurückkam, während der Aufseher andere Sachen in Schränke einräumte – Salz und Pfeffer, unbenutztes Besteck, die Zuckertöpfe. Matthew Quirke war der Aufseher an diesem Morgen. Er hatte das Jackett ausgezogen, Gummibänder hielten seine Hemdärmel, seine Schirmmütze lag auf einer Truhe neben der Tür. Sonst war niemand da.

»Die Rasiermesser«, sagte Mr. Quirke, »sind ein Privileg.«

Außer Matthew Quirke durfte niemand in die Nähe der Rasiermesser. Nur er rasierte die Männer; seit Eugene Costello ein Messer bei sich behalten und man ihn am nächsten Morgen gefunden hatte, war es eine feste Regel, dass nur Matthew Quirke die Männer rasierte.

»Wieso das denn?«, rief eine Stimme von der anderen Seite der Durchreiche, und ein Paar Hände schoben das Tablett zurück, von dem die Essenreste abgewischt waren.

Es waren MacIncheys Hände, die Stimme war unverkennbar.

»Hörst du mich?«, sagte der Aufseher. »Verstehst du, was ich dir sage?« Mr. Quirke ließ seine Worte vorerst im Raum stehen und drängte nicht weiter. »Aber ja, du verstehst schon«, sagte er und drückte einen Lappen über einer Schüssel mit Wasser aus. Matthew Quirke brauchte einen nur anzusehen, und schon wusste er, ob man ihn verstand. »Es gibt niemanden sonst, dem ich die Rasiermesser anvertrauen würde«, sagte er. Er kam aus South Tipperary und hatte eigentlich Priester werden wollen, aber etwas war schief gelaufen. »Bürste jetzt den Tisch ab«, sagte er. »Den langen überlässt du mir, und dann gehen wir hinten raus.«

Der Schuppen mit den schwarz gestrichenen Fenstern stand auf der anderen Seite des großen Hofs, in dessen Mitte ein Gully war. Zwei Vorhängeschlösser sicherten die Tür, eins oben, eins unten. Innen konnte man Licht machen.

Die Tür schloss sich hinter ihnen, ein Riegel wurde vorgeschoben. Das Licht stammte von einer Glühbirne, die über der Werkbank hing. Der Aufseher entrollte eine weiche grüne Stoffrolle und nahm die Rasiermesser heraus, dann ölte er den Wetzstein.

»Es ist schön, dass sie kommt, oder?«, fragte er.

Das erste Rasiermesser wurde in den Schraubstock gespannt, um einen Rostfleck mit Sandpapier abzuschmirgeln, dann wurde die Schneide über den Stein geführt und mit einem Tuch abgerieben, bevor der an einem Haken hängende Streichriemen straff gespannt wurde.

»Das hast du schnell raus«, sagte der Aufseher. »Es ist doch schön, oder?«, fragte er.

Man brauchte nicht zu antworten. Matthew Quirke

wusste, dass man nichts sagte. Der neue Aufseher, der für Mr. Sweeney kam, hatte es erst nicht begriffen, bis Briscoe ihm erklärte, es gäbe da einen Mann, der nicht sprechen wollte.

»Aber natürlich ist es schön«, sagte Mr. Quirke.

An jenem Tag damals hatte er auf der Rückfahrt von Lahardane in Myley Keoghs Bar Halt gemacht, auf dem Tresen stand ein Krug Wasser. »Ein schönes Fahrrad haben Sie da«, sagte die Frau. Aber es war unmöglich, um einen Schluck Wasser zu bitten, und die Frau wartete darauf. Niemand hätte um Wasser bitten können, nachdem er das Haus und seine Bewohner gesehen hatte. Niemand hätte auch nur ein Wort hervorgebracht.

»Das sieht gut aus«, sagte der Aufseher. »Mach noch ein bisschen mit dem Sandpapier weiter.«

Als das Messer im Licht glänzte, ließ er ihn aufhören. »In der hast du wirklich eine Freundin«, sagte der Aufseher. »Und darauf kommt es doch letztendlich an, oder?«

Mr. Quirke reichte ihm weiteres Sandpapier. Er nahm das nächste Messer aus der Hülle und spannte es in den Schraubstock. An diesem sei mehr Rost als am vorigen, sagte Mr. Quirke. »Lass dir ruhig Zeit damit.«

So wie sich die Tage hinzogen, war es auch besser, sich Zeit zu lassen. Hier wird nichts mit Hast gemacht. Man passt sich den Tagen an. Kein Grund zur Eile.

»Das ist gut, sehr gut«, sagte Mr. Quirke. Er pfiff leise vor sich hin. Er pfiff »Danny Boy«, und dann sang er. Das Rasiermesser sei dunkel angelaufen, wo immer man es aufbewahrt habe, aber man könne es leicht wieder zum Glänzen bringen, sagte Mr. Quirke. Wenn sie damit fertig seien, wäre es besser als ein neues aus der Fabrik.

Eine Stunde und noch länger dauerte die Arbeit in dem

kleinen Schuppen. An der Wand hing ein Kalender mit einem Bild von einem Berghang, auf dem gefällte Baumstämme lagen, darunter waren die Tage verzeichnet. Sie kam immer Anfang und Mitte des Monats, und morgens beim Aufwachen wusste man es. Man wusste nicht, welcher Tag war, nur dass es der war, an dem sie kam. Heute kam sie nicht.

»Das haben wir gut hingekriegt«, sagte der Aufseher.

Er wickelte das Tuch um das erste der geschärften Messer und dann um das zweite. Anschließend schlang er ein Gummiband um den Stoff, damit sie nicht herausrutschten.

»Was hältst du von einem kleinen Nistkasten?«, sagte er. »Man befestigt ihn an einem Baumstamm, und dann nisten die Rotkehlchen darin.«

Er zeichnete den Nistkasten auf ein Stück Sperrholz und zeigte dann, wie das Holz zugeschnitten werden musste: zwei abgeschrägte Seitenteile, die Rückwand länger als die Vorderseite, eine Markierung an der Stelle für das Scharnier, damit man den Deckel heben und hineinsehen konnte. Die Maße schrieb er mit rotem Buntstift auf das Sperrholz: 9 × 4 Zoll für das rückwärtige Teil, 6¾ × 4 für das vordere. 5 × 4 und 4 × 4 für Deckel und Boden, 8 × 4 x 6¾ für die Seitenwände. »Meinst du, das wär was für sie?«, fragte Mr. Quirke.

Die Glocke schlug zwölf. »Wir machen jetzt Schluss«, sagte Mr. Quirke und lehnte das Sperrholz an die Vorderkante eines Fensterbretts. »Willst du nicht mal drüber nachdenken?«, sagte er im Hof und dann noch einmal im Flur. »Wenn sie beim Spielen gewinnt, könntest du ihr das Vogelhaus als Preis geben.«

Im großen Saal hatten sich die Männer zum Angelusgebet versammelt. Mr. Quirke hatte an diesem Morgen die

Aufsicht und ging nach vorn zum Pult. Pfarrer Quirke würde man ihn jetzt nennen, wenn er sich für die Priesterschaft entschieden hätte; er würde sonntags seines Amtes walten, und alles wäre anders für ihn.

Füße scharrten, als das Gebet beendet war; es wurde wieder geredet, und einer rief etwas und dann noch jemand. Man könnte das zustande bringen und genauso bauen, wie Mr. Quirke es gezeigt hatte. Sie würde eine Sechs würfeln und die Leiter hochklettern, dann eine Vier, und sie war im Ziel. Dann könnte man es ihr geben, und sie würde sagen, was es war. Sie würde es für ihn sagen, so wie sie es immer tat.

Sechs

Der Zeiger ihrer Uhr steht auf zwanzig nach fünf, das frühe Morgenlicht ist hauchzart und wird dann grell. Sie schließt die Augen wieder. Wenn man früher so dalag, hörte man als erstes die Truthähne kollern und wie Henry die Kühe rief. Auf dem Waschgestell steht ein Krug, von dessen Schnabel ein Sprung durch das zarte grüne Filigranmuster verläuft und sich dann verliert: Er ist schon immer da gewesen. Das gleiche Grün schmückt die Schüssel und auch die einzige Kachelreihe am Waschgestell. Eines der drei hohen Fenster ist oben einen Spalt geöffnet, denn sie mag die Luft in der Nacht, auch wenn es stürmt. Die Farbe an der Hauswand ist abgeblättert, das Holz von der Sonne verblichen.

Sie rafft ihr Nachthemd über dem Kopf zusammen, und die Dielenbretter knarren tröstlich, als sie zu dem Rohrstuhl geht, auf dem ihre Kleider noch vom Abend zuvor gefaltet liegen, die Strümpfe zusammengerollt, die Schuhe ordentlich auf dem Leisten. Sie gießt Wasser ein und wäscht sich langsam, zieht sich langsam an. Eine Möwe landet auf dem Fenstersims und sieht mit ihren kleinen runden Augen frech ins Zimmer, ehe sie davonfliegt. Kitty Teresa sagte oft, sie wäre gern eine Möwe, aber Bridget meinte, nicht einmal dazu habe Kitty Teresa genug Grips.

Sie steckt ihre Haarnadeln fest, richtet den Kragen, wie sie ihn gern trägt, betrachtet sich im Spiegel der Frisierkommode und steht auf, wobei sie noch immer ihrem Spiegelbild folgt, um ihr Kleid glatt zu ziehen. Sie gießt das Wasser aus der Waschschüssel in den Emaileimer und trägt ihn durchs Zimmer zur Tür. Dann zieht sie das Bettzeug straff, glättet die Falten, streicht auch über jede Decke, schüttelt die Kissen auf und steckt die Tagesdecke fest.

Wann immer sie nach ihrem ersten Besuch die Klingelkette am Pfeiler zog, fing das Geschrei an und drang aus weiter Ferne leise zu ihr. Und dann erschien der Wärter auf der steilen Zufahrt, er ging vorsichtig, weil der Weg uneben war, und wenn er näher kam, klapperten die Schlüssel. »Ach was, von den Horahans kommt keiner«, sagte er beim ersten Mal und meinte die Geschwister, die aus Enniseala weggezogen und zum letzten Mal zur Beerdigung ihrer Mutter gekommen waren. »Eine anständige Familie würde sich schämen«, sagte er, als er neben ihr im Auto saß, nachdem er das Tor wieder abgeschlossen hatte. Er bat sie immer, einen Augenblick zu warten, wenn sie das Haus erreichten. Die graue Eingangstür wurde erst geöffnet, wenn sich der Lärm im Innern gelegt hatte.

Damals machte sie sich ein bisschen zurecht: Das fällt ihr ein, als sie sich an diesem Morgen in ihrem Schlafzimmer fertig anzieht. Sie machte sich schön, weil es den Insassen gefiel. Manchmal sagten sie es ihr in unzusammenhängendem Gemurmel, wenn sie durch die Eingangshalle ging, wo einige von ihnen herumtrödelten und zu ihr kamen, bis man sie gewaltsam zurückhielt. Es störte sie nicht, zurückgehalten zu werden. Und wen es störte, war anderswo untergebracht, sagte der gleiche Wärter, der eine Stufe vor ihr auf der Treppe ging. Er sah über die Schulter und zeigte auf die fünf Steinstufen, damit sie nicht stolperte. Dann bog er in das Holztreppenhaus, wo er erneut um eine Ecke in den langen, gelb gestrichenen Flur bog, in dem sämtliche Türen geschlossen, die Dielenbretter ohne Teppich und die

Wände ohne Bilder waren. Das für die Besucherin und den Insassen bereitgestellte Zimmer war kahl, das gleiche Gelb an den Wänden, unter Christus in seiner Herrlichkeit brannte ein Licht, ihr Stickbild nahm einen Ehrenplatz ein. »Tja nun, tja nun, heute haben wir Besuch.« Das Lachen dieses Wärters war unvergesslich. Er hatte ihr amüsiert erzählt, dass einige sie an jenem Tag auf der Straße für die Frau des Insassen, dessen Namen sie nannte, gehalten hatten. Hinterher habe es deswegen Streit gegeben, sagte er, und später hätten sie gezankt, ob bei diesem oder jenem Besuch der richtige Tag eingehalten worden sei. Sie kam alle vierzehn Tage, aber einige Male hieß es, sie habe den falschen Tag erwischt und sich verrechnet. »Sie kamen natürlich immer richtig«, sagte der Wärter. »In all den Jahren.« Siebzehn waren es letztendlich.

Auf dem Weg durch den Flur zum Bad sieht sie das Gesicht jenes Wärters wieder vor sich. Manche Gesichter sind leichter abrufbar als andere. War es dieser Wärter, der sagte, er werde ihr einen eigenen Schlüssel für das Tor besorgen? An einem Wintertag, als die Scheiben der vergitterten Fenster vereist waren und man nicht hinaussehen konnte? Im Frühling war der speziell für sie nachgemachte Schlüssel fertig, und sie probierten ihn im Schloss aus, weil neue Schlüssel sich manchmal nicht drehen. Sie machten eine Zeremonie daraus, als sie ihr den Trick zeigten.

Sie gießt ihr Waschwasser weg, indem sie den Emaileimer über den Rand der Badewanne kippt. Auf dem Weg nach unten geht sie in alle Zimmer, obwohl sie nur das Gleiche sieht wie gestern, aber sie will es so. In ihrer Reichweite hängt eine Spinne im Netz, das über Nacht gesponnen wurde. Sie bringt die Spinne zum Fenster und lässt sie frei, nachdem sie das Schiebefenster geöffnet hat, und den Rest des Spinnennetzes schnipst sie ebenfalls weg. In dieser Jahreszeit findet man jeden Morgen irgendwo ein neues.

In der Küche schaltet sie die Herdplatte ein, die sich schneller erhitzt als die anderen. Sie sieht zu, wie die Spiralen rot werden und lauscht den Nachrichten: Ein Bauer wurde in der Nacht ermordet, wegen des Geldes, das er bei sich aufbewahrte, ein Golfspieler hat irgendwo einen Rekord aufgestellt. Das kleine blaue Bakelitradio kam in die Küche, als Henrys Schwester nach Amerika auswanderte; es wurde jeden Sonntagabend zu Joe Linnanes Quizsendung eingeschaltet und sonst nie. Das war 1938 oder so.

Gestern kamen die Lebensmittel, das Brot im Kasten ist noch frisch. »Wenn Sie nicht im Internet sind«, mahnt eine forsche Stimme, »sind Sie nicht im Rennen.« Während sie Tee kocht, überlegt sie, was das bedeutet, und erinnert sich, dass die Wetten auf den Sieger Baltimore Girl neun zu eins standen und ihr Vater auf Lismore, sie auf Black Enchanter gesetzt hatte. »Soll das heißen, du warst noch nie beim Pferderennen?« Sein Staunen kommt ihr wieder in den Sinn, und diese Erinnerung führt zu etwas anderem, sie weiß nicht, warum: Sie fragt sich, ob Ralph jemals Lady Morgan gelesen hat. Henry saß ganz nah am Herd, er friere bis auf die Knochen, sagte er, und sie fuhr los, um die neue Ärztin zu holen, und der Priester kam nach Lahardane, in seinem schwarzen, flachen Koffer hielt er schon alles bereit. Ein Jahr später kam Bridget eines Morgens nicht mehr herunter.

Sie isst langsam, das Radio ist inzwischen abgeschaltet. Als sie fertig ist – nachdem sie das restliche Wasser im Kessel über ihr Frühstücksgeschirr gegossen und das Messer sauber gewischt, nachdem sie die Teeblätter ausgeleert und die Teekanne verkehrt herum auf die Abtropffläche gestellt hat –, trägt sie einen Stuhl in den Hof hinaus. Dann holt sie einen zweiten und einen dritten, ihr Gang ist durch das leichte, mit den Jahren schwächer gewordene Hinken kaum beeinträchtigt. Wartend sitzt sie da und döst in der Sonne.

Die Farben gefielen ihm so gut: das Rot und das Grün, Gelb und Purpurrot, am liebsten mochte er Blau. Ihm gefielen die gespaltenen Zungen der Schlangen, die pechschwarzen Augen; zwei Spielbretter von Ronan hatten sie durchgewetzt.

»Wollen wir uns ans Fenster setzen?«, sagte sie an dem Tag, als sie den Kuckuck hörten, und sie sahen auf das von Jakobskraut durchwachsene Gras des Hügels hinunter, kein Baum durchbrach das reine Grün, kein Zaun säumte den kurzen Zufahrtsweg, da war nur die hohe Backsteinmauer. »Oh, hörst du?«, sagte sie, als die zwei Noten des Kuckucksliedes begannen.

Er würfelte und setzte seinen Stein; er wollte immer, dass sie gewann – nicht, dass er es jemals sagte, aber sie wusste es. Die Stimme von damals, im Salon, hörte sie nie wieder: Die Vergesslichkeit, die ihn beherrschte, war sein Geheimnis. In der Irrenanstalt gebe es viele Geheimnisse, sagte ein jüngerer Wärter, in allen Irrenhäusern würden Geheimnisse wie Schätze gehütet, weil es sonst so wenig gäbe. Vergessen sei oft der letzte und einzige Besitz eines Insassen. Dieser junge Wärter redete gern ein wenig verstiegen daher.

Unten sahen sie, wie Eichhörnchen das verwilderte Gras durchsuchten, die Köpfe hin und wieder zur Seite gelegt, die Ohren plötzlich gespitzt. Einmal war ein Fuchs auf dem Hügel herumgelaufen, aber er war zu klug, um sie sich zum Feind zu machen. Sie sagte es ihm und fragte sich, ob er sie verstand.

Dieses Bild steht ihr vor Augen, als sie noch tiefer in den

Schlaf gleitet. Der Wärter sagt, es sei jetzt Zeit, und auf der Treppe und in den Gängen weichen die irren Gesichter vor ihr zurück. Hände werden ausgestreckt und verharren dann harmlos in der Luft.

»Na, da sind Sie ja!«, ruft Schwester Mary Bartholomew.

Die beiden Nonnen, sauber und ordentlich in der Ordenstracht, die man heutzutage trägt, kommen über das Kopfsteinpflaster, jede bringt ihr etwas mit, und Neuigkeiten bringen sie auch mit – man erwartet eine Veränderung im Kloster, es gibt neue Schließfächer vor dem Refektorium. Da ist noch etwas, aber sie versteht es nicht ganz und fragt nicht nach, weil Schwester Mary Bartholomew schon weitererzählt, von den zwei Novizinnen, die diese Woche begonnen haben. Schwester Antony bringt ihr heute Rosinenkekse mit, Schwester Mary Batholomew irgendeinen Kräutertee.

»In Enniseala?«, wiederholt Schwester Mary Bartholomew, was sie eben gefragt wurde. »Was sich dort getan hat?«

Das Auto mache Ärger, der Kühler werde heiß. Wenn das Auto den Geist aufgebe, müssten sie per Fahrrad nach Lahardane kommen. Aber so weit werde es natürlich nicht kommen; und dann lachen sie.

»Condon hat geschlossen«, sagt Schwester Antony. »Der junge Halpin ist aus Amerika zurück.«

»Aber Eddie Halpin ist doch nicht mehr jung«, widerspricht Schwester Bartholomew leise murmelnd. »Wirklich nicht.«

»Ich meinte, jung, als er wegging.«

»Oh, da war er in der Tat jung.«

»Erzähl von Pater Leahy.«

»Pater Leahy geht vielleicht zum Äquator.«

Es ist schön, den Nonnen zuzuhören, gewöhnlich kommen sie am Dienstag. Seit sie angefangen haben, sie zu besuchen, haben sie es nicht ein einziges Mal vergessen.

»Wie gütig von Ihnen«, sagt sie. Es sei gütig von ihnen, sich um jemanden zu bemühen, der nicht ihren Glauben teile, von dessen Einsamkeit sie gehört hatten. Gütig von ihnen, den ganzen Weg herauszukommen. »Freundlich«, sagt sie.

Für sie sei es ein Ausflug, erwiderten die Nonnen, als sie es ihnen vor einiger Zeit sagte, und sie erzählten ihr, dass im letzten Sommer in Mount Melleray eine miesepetrige alte Nonne kritisiert hatte, dass sie vierzehn Meilen fuhren, um eine protestantische Frau zu besuchen. »Können das nicht ihre Leute für sie tun?«, hatte die alte Nonne gemeckert, und sie sagten nicht, was sie darauf erwidert hatten. Seit sie hörten, worüber noch immer geredet wird, sind sie gekommen; eines Morgens fuhren sie einfach vor. In ganz Enniseala spricht man darüber, dass sie vor Jahren hinter dem Leichenzug durch die Stadt ging, und über ihre regelmäßigen Besuche in der Irrenanstalt. Das sollte nicht sein, findet sie, denn ist es wirklich wichtig, weshalb Menschen sich besuchen oder hinter einem Sarg hergehen? Ist es nicht viel wichtiger, dass man es tut?

»Die Schwäne?«

»Sie sind immer noch da.«

Gewöhnlich erkundigt sie sich nach den Schwänen und erinnert sich vorher daran, es nicht zu vergessen. Es wäre schade, wenn die Schwäne aus Enniseala wegzögen. Das Letzte, was ihr Vater zu ihr sagte, war etwas über die Honigbienen im Obstgarten.

Die Nonnen lächeln sie an: Schwester Mary Bartholomew mit ihrem länglichen Gesicht und dem Leberfleck am Kinn, aus dem sich ein Haar kringelt, und Schwester Antony mit einem Gesicht, das so rund ist wie die Sonne. Schon zieht der Duft von Kaffee, den sie gemacht haben, durch den Hof. Frisch gemahlen bei O'Hagan's, sagt Schwester Antony, und Schwester Mary Bartholomew stellt den mit grünem Tuch bespannten Kartentisch auf, den sie vom Hundegang herausgetragen hat. Er ist wacklig und hat seine beste Zeit hinter sich.

»Ich dachte, wir hätten Scones mitgebracht«, sagt Schwester Mary Bartholomew, als sie sieht, dass sie nicht auf dem Tisch liegen, nachdem Schwester Antony das Tischtuch ausgebreitet hat.

»Sie sind noch in der Dose«, sagt Schwester Antony. »Dort halten sie sich frisch.«

Es gibt Makronen, die eine der Laienschwestern backt, und Scheiben ihres Fruchtkuchens, außerdem die Scones in einer geblümten Dose.

»Wie angenehm die Herbstsonne ist!«, bemerkt Schwester Mary Bartholomew.

»Ja, herrlich.«

Ihre Gelassenheit erstaunt sie. Aus diesem Grund kommen sie, um wieder staunen zu können, dass es solchen Frieden gibt: Von allem, was sie bisher gehört haben und noch immer hören, spricht nichts dafür. Ein schreckliches Unglück hat dieses Leben bestimmt, weil der Zufall es vor langer Zeit so wollte. Ein schreckliches Unglück bestimmt auch die Geschichte, die man sich erzählt, und ist der Grund, dass es sie überhaupt gibt: Ist das, was sie darüber hinaus wissen, die zarte Frucht dieser unglücklichen Ernte? Der Gedanke gefällt ihnen: Das kann sie deutlich spüren.

Ihr Staunen liegt in ihren Gesten und in ihren Geschenken, in ihrem unverwandten Blick. Nicht die Nonnen, sondern andere haben gesehen, wie sie einem Fremden Rettung brachte. Sie fragen sich nur, weshalb sie es so treu und so lange getan hat. Wie konnte sie die Vergangenheit hintanstellen? Woher nahm sie die Barmherzigkeit, wo eigentlich keine zu erwarten war? Die Nonnen preisen die Barmherzigkeit und loben insgeheim ihre Anwesenheit bei dem Begräbnis, aber mehr erfahren sie nicht vom Hörensagen.

Sie käme auch gut allein zurecht, sagen die Nonnen oft, denn sie habe das Alleinsein zu einer Kunst entwickelt. In der Küche ist nichts schmutzig: Das hat sie die Nonnen schon oft denken sehen. Sie kleidet sich sorgfältiger als früher, in ihrer Mädchenzeit. Gelegentlich kommt ein Friseur aus Enniseala, um ihr in ihrem gesetzten Alter die Haare zu schneiden.

»Ich mag alles, was italienisch ist«, bemerkt Schwester Mary Bartholomew, als die Unterhaltung einen Augenblick einschläft.

Sie sprechen oft über Italien und die Reise in die Stadt namens Montemarmoreo. Sie wissen von den schmalen voll gestopften Straßen, vom Spaziergang zum Marmorbruch, von den schwarzen Sauerkirschen auf dem Weg dorthin. Sie wissen von der Verehrung der heiligen Cäcilia, einer Schutzpatronin, von der sie ihnen erzählt hat und die sie ins Herz geschlossen haben.

»Armes Mädchen«, sagt Schwester Mary Bartholomew mitfühlsam. »Arme kleine Cäcilia, denke ich mir oft.«

Über all das sprechen sie ein paar Minuten, über die Taten, die Strafe, das Leben. Die Nonnen schenken Kaffee nach und geben Milch hinzu, wie sie es mag. Sie kann sich nicht erklären, was die Nonnen so erstaunt. Sie könnte sagen, dass wieder Zufall im Spiel war, als sie das altmodische Fahrrad an die Kaimauer gelehnt sah, als sie sich umblickte und eine reglose Gestalt entdeckte. Es war Zufall, dass sie in diesem Augenblick vorbeikam, genau wie damals, als ihr Vater nach unten blickte und fand, was der Hund der O'Reillys nur halb im Kiesstrand vergraben hatte.

Aber die Nonnen glauben nicht an Zufall. Sie leben für das Geheimnis. *Nimm dem Wald sein Geheimnis, und es bleibt stehendes Holz. Nimm dem Meer sein Geheimnis, und es bleibt salziges Wasser.* Das fand sie irgendwo, als sie anfing, die Bücher aus den Schränken im Salon zu lesen; viel später, als es ihr wieder einmal einfiel, wiederholte sie es den Nonnen. »Das ist aber treffend formuliert!«, rief Schwester Antony voll Bewunderung aus, und Schwester Mary Bartholomew fragte, ob Charles Kickham oder Pater Prout der Autor sei. Aber sie sagte, nein, sie glaube, es stamme von jemandem mit einem ausländischen Namen.

»Ich glaube, sie werden ein Hotel aus dem Haus machen«, prophezeit sie und spricht einen Gedanken aus, der ihr in der Nacht kam. Sie lag schlaflos da und sah die Verwandlung vor sich: eine Cocktailbar, ein lauter Speisesaal, Nummern auf den Zimmertüren. Ihr ist es egal. Es spielt keine Rolle. Die Leute kommen von überall her, es gibt Reisende wie nie zuvor, so läuft es jetzt in Irland. Junge Fischer aus Kilauran tragen Kellneruniformen, und Autos halten an. In Enniseala laufen die Leute auf den Straßen herum und plaudern am Telefon.

»Ach nein, nicht doch«, sagt Schwester Mary Bartholomew, als sie wieder mit dem Hotel anfängt, und Schwester Antony schüttelt den Kopf.

Sie denken nicht gern an die vielen Veränderungen, auch wenn sie schon da sind. Sie mögen die Sicherheit des Gestrigen, mit dem sie sich abfinden können. Man wird die Nonnen vertreiben, so wie man es mit ihrer Familie getan hat und mit den Morells von Clashmore, den Gouvernets von Aglish, den Priors von Ringville, den Swifts, den Boyces. Es musste sein, es spielt keine Rolle. Aber es würde ihren Besucherinnen wehtun, wenn sie sagt, dass es vielleicht wieder sein muss, und so behält sie es für sich – eine belanglose Lüge, dieses Schweigen.

Sie fragen, und sie erzählt es ihnen: von Paddy Lindon und dem Fischer, der mit den Fingern redete, von der Pferdekutsche, die wartend auf dem Strandkies stand, von den angezündeten Öllampen. Alles vorbei, könnte man meinen, und doch wieder nicht.

»Wir sollten los«, beschließt Schwester Antony den Vormittag und holt die Unterhaltung wieder auf den Boden der Tatsachen zurück.

Die Kühe der O'Reillys, große braun gescheckte Tiere, weiden jetzt auf allen Wiesen. Sie blickt vom Klippenrand nach unten, nimmt aber nicht den leichten Weg zum Strand hinunter, denn inzwischen ist er nicht mehr leicht. Eine Libelle flattert aus dem Gras und fliegt in den stillen Nachmittag davon.

Das ist ihr liebster Tag in der Woche, obwohl sie sich eine Weile einsam fühlt, wenn ihre Freundinnen fort sind. Im Winter zünden sie ihr das Feuer im Salon an, und sie trinken den Kaffee dort. Schwester Antony kam von einem Bauernhof ins Kloster, Schwester Mary Bartholomew aus einem Heim. Manchmal reden sie darüber, schwelgen in Erinnerungen an die Nachbarn, die sie in ihrer Kindheit kannten, denken an Menschen, von denen sie vielleicht gehört hat.

Die Hitze des Tages hat sich abgekühlt. Der späte Nachmittag bringt sonnigen Dunst mit, das Meer ist ruhig wie nie zuvor, und die Wellen plätschern so sanft, dass man dem Geräusch für immer zuhören möchte. Sie beeilt sich nicht, dafür gibt es keinen Grund. Es ist besser, wenn es ein Geheimnis bleibt, es ist besser in der Geschichte aufgehoben, die man sich immer noch erzählt, auch wenn Bridget deswegen böse war und Henry ebenfalls. Die Gabe der Barmherzigkeit, haben die Nonnen gesagt: Vergebung war das Opfer der heiligen Cäcilia, während Musik spielte und ihre Mörder im Haus waren. Sie würden jene Kirche in Italien besuchen; eines Tages, sagten sie.

Sie muss über all das lächeln. Was geschehen ist, lässt sich nicht ändern. In jedem Mai blühte der Wiesenkerbel weiß, wenn sie aus dem hohen, mit Eisenspitzen versehenen Tor fuhr, im Herbst leuchteten die Fuchsien bei dem kleinen Haus, wo der Windhund immer auf der Mauer saß. Ihre Besuche waren die Freude im Leben dieses Insassen, sagte ein alter Wärter Jahre später, bevor die Anstalt abgerissen wurde. Ein Licht im Dunkel, sagte er, auch wenn der Insasse nicht gewusst habe, wer sie war.

Sie hätte als Kind sterben sollen; davon ist sie überzeugt, aber sie hat es nie zu den Nonnen gesagt, hat in ihrer Geschichte nie von den Tagen erzählt, die sich anfühlten wie Jahre, als sie zwischen den eingestürzten Steinen lag. Es hätte ihre Stimmung gedrückt, obwohl es ihre eigene hebt, denn es ist besser, diese Erinnerung zu haben als gar nichts.

Sie sieht zu, wie die Flut steigt. Sie sieht zu, wie die Ebbe einsetzt, bevor sie durch die Wiesen und den Obstgarten zurückgeht. Die Nonnen haben die herabgefallenen Äpfel aufgehoben, aber ein paar liegen noch herum. Die Bienen sind da, naschen am Geißblatt, die Stöcke sind völlig zerfallen. Die Leinen, an denen einst die Wäsche zum Trocknen hing, sind auch noch da, grau von Moos und Nässe.

Der Stock, den sie als Stütze benutzt, wenn sie den steilen Pfad zu ihren Trittsteinen hinuntergeht, lehnt noch an der Torbogenmauer, wo sie ihn vor Wochen abgestellt hat. Heute hat sie Lust auf den beschwerlichen Weg, obwohl sich nichts verändert haben wird: Die Rinde, die über die einst von ihr geschnitzten Initialen gewachsen ist, der Bach, der wie immer in seiner Biegung verläuft und nicht mehr von der Böschung wegwäscht als vor ihrer Zeit. Ihr Ausflug dauert den ganzen Nachmittag, und der Abend kommt, ohne dass sie es merkt.

Im Haus kocht sie ein Ei, macht Toast und erledigt die Küchenarbeit, ehe sie wieder von Zimmer zu Zimmer wandert. Gewitterfliegen sind unter das Glas ihrer Stickbilder gekrochen und liegen jetzt dort, winzige Leichen, die Felstümpel und Blumen zieren. Im unteren Badezimmer ist die Wanne mit grünen und braunen Streifen verfärbt, das halb heruntergezogene Rollo hat einen Riss, die elektrische Glühlampe hängt ohne einen Schirm.

Sie geht durch den Salon und berührt die Oberflächen mit den Fingerspitzen – das Glas einer Schranktür, die Kante einer Tischfläche, den Schreibtisch unter dem Porträt des unbekannten Gault, den Kopf eines Schäfers. Wieder ist da der Duft auf dem Taschentuch ihrer Mutter, wieder nennt ihr Vater sie Lady.

Sie macht es sich in ihrem Sessel am Fenster bequem und sieht hinaus auf die dunkelblauen Hortensien. Die Allee liegt im Schatten, die Konturen der Bäume heben sich hart gegen den Himmel ab. Die Saatkrähen fliegen herab und wühlen im Gras wie jeden Abend um diese Zeit; sie sind ihre Gefährten, während sie dem scheidenden Tag zusieht.